Persuasão

Livros da autora publicados pela **L&PM** EDITORES:

A abadia de Northanger
Amor e amizade e outras histórias
Jane Austen – SÉRIE OURO *(A abadia de Northanger; Razão e sentimento; Orgulho e preconceito)*
Lady Susan, Os Watson e Sanditon
Mansfield Park
Orgulho e preconceito
Persuasão
Razão e sentimento

Jane Austen

Persuasão

Tradução de Celina Portocarrero

Apresentação de Ivo Barroso

www.lpm.com.br

L&PM POCKET

Coleção **L&PM** POCKET, vol. 948

Texto de acordo com a nova ortografia.
Título original: *Persuasion*

Primeira edição na Coleção **L&PM** POCKET: julho de 2011
Esta reimpressão: janeiro de 2020

Tradução: Celina Portocarrero
Apresentação: Ivo Barroso
Capa: L&PM Editores sobre ilustração de Birgit Amadori
Preparação: Elisângela Rosa dos Santos
Revisão: Viviane Borba Barbosa

CIP-Brasil. Catalogação na Fonte
Sindicato Nacional dos Editores de Livros, RJ.

A95p

Austen, Jane, 1775-1817
Persuasão / Jane Austen; tradução de Celina Portocarrero. – Porto Alegre, RS: L&PM, 2020.
256p. (Coleção L&PM POCKET; v. 948)

Tradução de: *Persuasion*
ISBN 978-85-254-2216-3

1. Romance inglês. I. Portocarrero, Celina. II. Título. III. Série.

11-1491. CDD: 823
CDU: 821.111-3

Rua Comendador Coruja, 314, loja 9 – Floresta – 90.220-180
Porto Alegre – RS – Brasil / Fone: 51.3225.5777

PEDIDOS & DEPTO. COMERCIAL: vendas@lpm.com.br
FALE CONOSCO: info@lpm.com.br
www.lpm.com.br

Impresso no Brasil
Verão de 2020

Jane Austen e o real transfigurado

*Ivo Barroso**

No dia 18 de julho de 1817, após um ano de invalidez, Jane Austen faleceu de uma enfermidade cuja etiologia nunca foi definitivamente estabelecida. A hipótese mais provável é que tenha definhado em consequência do "mal de Addison", conforme diagnosticou o renomado cirurgião inglês, Sir Zachary Cope, em um artigo publicado no *British Medical Journal* em 1964, precisamente no dia em que essa data mortuária completava 147 anos. Sua asserção baseia-se sobretudo nos sintomas descritos pela própria enferma em cartas aos amigos e parentes no curso da doença, sendo corroborados pelas observações tanto de seus irmãos Cassandra e Henry quanto da sobrinha Caroline, após o falecimento da autora. Trata-se de uma doença degenerativa, ligada a uma deficiência da glândula suprarrenal, que acarreta debilidade física e perda progressiva dos movimentos.

Jane começou a sentir os primeiros sintomas no início daquele ano e, em 14 de março, escreve à sua sobrinha Caroline: "Não há dúvida de que há algum tempo não venho passando bem e cerca da última semana me senti muito fraca, com períodos de febre e noites mal dormidas, mas agora estou consideravelmente melhor, recuperando um pouco minha aparência, que andava bastante má, as faces ora muito pálidas, ora muito sombrias, com cores sempre desagradáveis. Não alimento a esperança de me recuperar de todo. A doença é uma moratória perigosa na minha idade". Mesmo assim, Jane ainda tinha ânimo de manter sua correspondência familiar, embora já pelo mês de março tenha abandonado a ideia de prosseguir escrevendo sua novela (inacabada) *Catherine*,

* Tradutor e poeta. Traduziu, entre muitos outros livros, *Razão e sentimento* (Nova Fronteira, 1982) e *Emma* (Nova Fronteira, 1996).

hoje conhecida como *Sandition*, colocando o manuscrito "por enquanto na gaveta", conforme suas próprias palavras, às quais acrescentou: "e não sei se sairá dali um dia".

A crescente dificuldade de caminhar acaba levando-a a compor um "esquema" a fim de se "sentir mais atuante": mandou fazer uma sela para o burrico que puxava a carrocinha das crianças (essa peça pode ser vista ainda hoje na casa-museu de Chawton), sobre a qual se deslocaria para percorrer os arredores e exercitar-se. Contudo, esses passeios, realizados com sua sempre elogiada enfermeira Cass e o sobrinho Edward, terão breve duração. Em abril, Jane piora, e seu estado de saúde agrava-se com a depressão que lhe causa a notícia de que sua mãe, por um motivo qualquer, não fora contemplada no testamento de seu tio Leigh Perrot. Como sempre temera a pobreza e os apuros de uma solteirona sem recursos, essa herança significava para ela a esperança de uma velhice segura. Enquanto seu pai, o reverendo George Austen, era vivo, a situação econômica da família era bastante despreocupada: além dos rendimentos de seu cargo eclesiástico, o reverendo George dava aulas e mantinha uma espécie de pensionato para seus alunos em Steventon. Ao morrer, em 1805, o cargo passou para seu filho mais velho, James, e a sra. Austen e suas duas filhas foram morar em uma propriedade dele, em Chawton, pequena cidade a sudeste da Inglaterra, localizada a cerca de cem quilômetros de Londres. Como as mulheres da época não tinham profissões remuneradas, elas se mantinham com as doações dos filhos mais velhos.

Jane, então, passa a guardar o leito, só se erguendo até o sofá. Mesmo assim, conserva um espírito firme e brincalhão nas cartas que continua a escrever e nas quais enaltece o cuidado que seus familiares demonstram para com ela. Em breve, o farmacêutico de Chawton, sr. Alton, sente-se incapacitado para cuidar da enferma e sugere sua transferência para a cidade de Winchester, a cerca de trinta quilômetros de lá, onde ficaria sob a supervisão médica do cirurgião sr. Lyford. O irmão James, pároco de Steventon, manda sua carruagem transportá-la até a casa da sra. David, na College

Street, onde ficará hospedada durante o tratamento. Seu outro irmão, Henry, e o sobrinho William Knight seguem a cavalo acompanhando a carruagem. Jane assim descreve a jornada em carta a uma sobrinha: "Graças à bondade de seus pais em me mandarem sua carruagem, minha viagem de domingo transcorreu sem muita fadiga para mim, e, se o dia estivesse bonito, creio que eu nada teria sentido, mas entristeceu-me ver tio Henry e o filho William – que nos acompanharam a cavalo – fazerem praticamente todo o percurso sob a chuva".

Jane Austen, que em vida adorava bailes e era excelente dançarina, via-se agora condenada a uma cadeira de rodas. Em sua enfermidade, alternava períodos de febre e profundo desânimo com momentos de euforia e de enganosa recuperação, sintomas assinalados pelo dr. Zachary Cope como sendo característicos da doença de Addison. Os frequentes ataques, a palidez crescente e a voz cada vez mais débil prenunciavam o fim. Eis como a irmã Cassandra descreve seus últimos momentos em uma carta dirigida à sobrinha Fanny Knight no dia seguinte à morte de Jane: "Encontrei-a recuperando-se de uma imensa fraqueza e opressão, e ela ainda teve forças de me descrever com minúcia o ataque apoplético que sofrera e já às seis horas estava falando tranquilamente comigo. Mas não sei dizer exatamente quanto tempo depois foi novamente acometida da mesma debilidade. Seguiram-se dores indescritíveis. Quando o dr. Lyford chegou e aplicou-lhe algo para acalmá-la, ela permaneceu em estado de quieta insensibilidade até as sete horas. Daí até as quatro e meia, quando cessou de respirar, praticamente não moveu um músculo". Sabe-se que, próximo do fim, quando indagada pelos que a atendiam se ela queria alguma coisa, sua resposta foi "Nada além da morte".

Jane Austen foi enterrada na Catedral de Winchester, na mesma cidade onde faleceu. Uma longa lousa de mármore negro marca o local no pavimento da igreja e nela se pode ler a seguinte inscrição:

> Em memória de JANE AUSTEN, filha mais nova do falecido Rev. GEORGE AUSTEN, ex-pároco de

> Steventon, neste Condado. Deixou a vida em 18 de julho de 1817, aos 41 anos, após longa enfermidade suportada com a paciência e as esperanças de um cristão. A benevolência de seu coração, a doçura de seu temperamento e os extraordinários dotes de seu espírito granjearam a consideração de todos os que a conheceram e o mais cálido amor daqueles que lhe eram íntimos. Destes, o pesar será tão grande quanto seu afeto, sabendo que a perda é irreparável, mas em sua aflição mais profunda sentem-se consolados pela firme embora humilde esperança de que a sua caridade, devoção, fé e pureza terão tornado sua alma aceitável aos olhos de seu
>
> REDENTOR.

Ainda que exaltando suas qualidades morais e sua grandeza de espírito, não há no epitáfio qualquer referência à sua condição de escritora. Embora Jane Austen, em seus derradeiros anos, já desfrutasse de um público leitor considerável, seus livros ainda eram editados sem assinatura ou, quando muito, mencionando tratar-se da "mesma autora de *Orgulho e preconceito*". Seria em respeito à excessiva modéstia e determinação de Jane em se manter anônima, ou provavelmente nessa época não se considerasse de "bom tom" ter uma "mulher escritora" na família? O lapso foi finalmente corrigido em 1872, depois que seu sobrinho James Edward Austen-Leigh publicou *Memórias de Jane Austen*, autenticando sua autoria. Uma segunda placa, desta vez de bronze, consagra a memória da escritora:

> JANE AUSTEN,
>
> por muitos conhecida pelos seus escritos, querida de sua família pelos múltiplos encantos de seu caráter e enobrecida pela fé e piedade cristãs, nascida em Steventon, no condado de Hants Dez. XVI MDCCLXXV e enterrada nesta Catedral Julho XXIV MDCCCXVII. "Abriu a boca com sabedoria e a lei da clemência estava em sua língua."
>
> *Prov.* XXXI *v. 26*

***

Sabe-se que Jane Austen começou a escrever sua última novela, *Persuasion*, pouco depois de haver terminado *Emma* (março de 1815), para concluí-la em agosto de 1816, um ano antes de falecer, aos 42 anos incompletos. Não há nenhuma indicação segura de que tenha escolhido esse rótulo para o livro, e inclusive alguns críticos julgam que sua intenção tenha sido a de chamá-lo "The Elliots", mas a verdade é que Jane morreu sem ter dado nome à obra. Todavia, nenhum título poderia ser mais adequado e expressivo do caráter do romance do que *Persuasão*, palavra que é mencionada com frequência ao longo da narrativa e que soa como uma espécie de *leitmotiv* no desenvolvimento da ação. Depois de usar em seus livros títulos que expressam sentimentos, em geral dicotômicos (ou mesmo antagônicos), capazes de caracterizar as linhas mestras do enredo, tais como *Orgulho e preconceito*, *Razão e sentimento*, Jane utilizou topônimos e locativos (*Mansfield Park* e *A abadia de Northanger*) para finalmente concentrar a designação no nome do personagem principal: *Emma*. Tudo indica que seu último romance, escrito pouco depois desse percurso, seguiria a tendência com o antropônimo "The Elliots", mas a escolha de "Persuasão", na primitiva linha dos títulos designativos de sentimentos, revelou-se a opção perfeita, com ou sem a participação da autora.

Jane Austen certamente se inspirava nos acontecimentos de sua vida e dela retirava entrechos com os quais compor seus romances. Não que seus livros sejam meramente autobiográficos; seu talento literário permitia-lhe transfigurar experiências vividas em deliciosas ficções, a ponto de se poder dizer que seus personagens são mais fortes do que os seres humanos e as situações que possivelmente os inspiraram. Não obstante seu exuberante talento criativo, sua especial capacidade de inventar tramas e situações imprevistas, cujo desdobramento era acompanhado de grandes tiradas de ironia e até mesmo de sarcasmo na descrição dos hábitos sociais de sua época, vez por outra os críticos puderam apontar em seus romances episódios ou circunstâncias que lembram fatos de sua própria vida. Em *Razão e sentimento*, por exemplo, logo no início do livro deparamo-nos com a sra. Dashwood e suas três filhas a enfrentarem problemas de subsistência com o falecimento do marido, já que a propriedade em que viviam, por força de testamento, ficara em poder de um meio-irmão do falecido. Idêntica situação havia sido vivida pela sra. Austen e por suas filhas; porém, o "entrecho novelístico" da narrativa supera em muito a situação real pelo desdobramento de seus imprevistos e consequências. Jane consegue criar uma "realidade ficcional" que transcende a própria realidade vivida.

Em *Persuasão*, essa capacidade atinge o ápice, visto que no romance são discutidas todas as implicações morais, afetivas e sociais acarretadas pela responsabilidade de se induzir alguém a praticar um ato. Persuadir a outrem de fazer ou deixar de fazer algo, de tomar uma decisão ou renunciar a ela, quando isso pode ser vital e irretratável, é algo que deve ser encarado como uma interferência no próprio destino, no advento do futuro, no que virá ou viria a ser. E, em seu romance, Jane não só analisa as implicações do ato de persuadir em si, como também aborda as consequências da abstenção de praticá-lo. Ao exercer, ainda que não intencionalmente, o poder de persuasão, quem o faz "modifica" o curso da história, altera – acelerando ou detendo – a marcha do tempo. Se consciente de seu papel de modificador de um momento existencial, o agente da persuasão enfrentará a angústia de seu ato, gerado pela dúvida de ter procedido ou não com acerto até o desfecho final, que será irrecorrível.

De onde teria Jane Austen tirado um assunto tão complexo? Na verdade, ela vivenciou uma situação semelhante, que a fez, aliás, refletir sobre todas essas implicações. Pouco antes de começar a escrever o livro, sua adorada sobrinha Fanny Knight pediu-lhe conselhos sobre se devia romper seu já longo noivado ou esperar mais sete anos pela ascensão social e a independência do noivo. Jane já se mostrara antes favorável ao compromisso, enaltecendo as qualidades morais do pretendente, embora estivesse receosa quanto à sua situação econômica. Ao ser instada pela sobrinha sobre o que devia fazer, Jane se vê em situação delicada. Em primeiro lugar, teme que a admiração que a sobrinha tem por ela, por si só, venha a influir na decisão. Tia Jane é o retrato vivo do bom-senso e das atitudes corretas; logo, o que ela disser determinará a resolução de Fanny. Jane não está segura da firmeza do amor da sobrinha. Resistirá a uma espera tão longa? E, se esse amor for de fato verdadeiro e capaz de resistir à longa espera, voltará o noivo em condições de assumir o compromisso?

Não estando certa de que a sobrinha resistiria à separação, nem persuadida da constância de seu amor, Jane envia-lhe uma carta em que se une toda a compreensão de um ser humano à clarividência de uma romancista de sua têmpera. "É melhor parecer volúvel e talvez nunca mais vir a conhecer um homem que seja igual a este do que comprometer-se prematuramente antes de provar a plenitude do amor. (...) Nada pode ser comparado a se estar comprometida *sem* Amor, comprometida com alguém e preferindo outro". (Acresce ainda que Jane passou por situação semelhante, assumindo um compromisso de noivado e renunciando a ele no dia seguinte, talvez por se conscientizar de que realmente não amava o pretendente. Outro ponto de convergência está no fato de sua irmã Cassandra também ter tido um noivado prolongado com Thomas Fowle, que, não tendo condições financeiras para se casar, foi tentar a sorte no Caribe, onde faleceu de febre amarela em 1797. Jane e Cassandra morreram ambas solteiras).

Os críticos veem nesse momento angustiante vivido por Jane Austen o embrião da história central de *Persuasão*, em que Anne Elliot desfaz seu compromisso com Frederick Wentworth, um oficial da Marinha talentoso, mas pobre, repudiado pela família dela, muito ciosa de seus bens e de sua condição social. A figura de Frederick pode ser associada às experiências da vida familiar de Jane: dois de seus irmãos pertenceram à armada britânica; Charles John, o irmão mais novo, foi feito capitão de mar e guerra, e Sir Francis chegou a almirante. Mas há outras semelhanças ou reminiscências em vários personagens secundários, as quais não vêm ao caso mencionar. A maestria de Jane na elaboração de seus enredos manifesta-se em especial na técnica da criação de núcleos e subnúcleos pelos quais se desenvolve a ação narrativa a fim de compor um panorama final em que as histórias parecem atingir seu clímax, expediente do qual se utilizam até hoje os novelistas da televisão. (Mesmo não querendo insistir em paralelos entre suas criações literárias e fatos de sua própria vida, é curioso observar que, no caso particular de *Persuasão*, escrito quando a autora começava a sentir os efeitos da enfermidade que a vitimou, a "desprezada" Anne serve de enfermeira à sua "rival" Louisa Musgrove, que se acidentara, vítima de sua própria imprudência. A dedicação de Anne em cuidar de Louisa parece antecipar os desvelos que a enfermeira Cass teria durante a enfermidade da própria Jane...)

Persuasão foi publicado em 1818, um ano após a morte de Jane, em volume duplo com *A abadia de Northanger*, por iniciativa de seu irmão Henry, que sempre incentivou seus dotes de escritora e foi uma espécie de agente literário. No prefácio dessa edição, que ainda não traz o nome de Jane no frontispício, mas apenas a menção de que se trata da mesma autora de *Orgulho e preconceito*, Henry revela pela primeira vez a identidade da novelista, ao mesmo tempo em que noticia seu recente falecimento. Tendo sido ordenado dois anos antes e se tornado vigário de Chawton, faz nesse prefácio uma verdadeira homilia de exaltação ao sentimento religioso da irmã. Ao que tudo indica, foi ele também o autor da piedosa inscrição mortuária existente na Catedral de Winchester, já que oficiou como ministro nos funerais de Jane. Sabe-se que sempre foi seu desejo revelar ao público a identidade da autora de *Orgulho e preconceito*, *Razão e sentimento*, *A abadia de Northanger* e *Emma*. Contudo, ao que parece, a modéstia da irmã (ou as conveniências sociais da época) só permitiram que essa revelação fosse feita *post mortem*, embora seus livros já fossem então profusamente conhecidos.

Persuasão

Capítulo 1

SIR WALTER ELLIOT, DE KELLYNCH Hall, em Somersetshire, era um homem que, para seu próprio entretenimento, nunca se interessou por qualquer livro além do *Baronetage*; ali encontrava ocupação para os momentos de ócio e consolo nos de angústia; ali era tomado de admiração e respeito diante da contemplação dos limitados vestígios dos títulos mais antigos; ali, quaisquer sensações indesejáveis despertadas por assuntos domésticos transformavam-se com naturalidade em compaixão e desdém à medida que ele percorria as quase infinitas criações do último século, e ali, ainda que um ou outro trecho fosse desinteressante, ele podia ler sua própria história com um interesse que nunca se desfazia. Esta era a página na qual o volume favorito sempre se abria:

ELLIOT de KELLYNCH HALL.

"Walter Elliot, nascido a 1º de março de 1760, casado a 15 de julho de 1784 com Elizabeth, filha de James Stevenson, senhor de South Park, no condado de Gloucester, de cuja esposa (falecida em 1800) lhe nasceram Elizabeth, em 1º de junho de 1785, Anne, em 9 de agosto de 1787, um menino natimorto a 5 de novembro de 1789, e Mary, nascida a 20 de novembro de 1791."

Assim dizia exatamente o parágrafo original grafado pelas mãos do impressor, mas Sir Walter o aprimorara com o acréscimo, para seu próprio esclarecimento e de sua família, destas palavras, após a data de nascimento de Mary: "Casada, em 16 de dezembro de 1810, com Charles, filho e herdeiro de Charles Musgrove, senhor de Uppercross, no condado de Somerset" e pela inserção mais acurada do dia e mês em que perdera a esposa.

Seguiam-se então história e origem da antiga e respeitável família nos termos usuais: como se instalara em

Cheshire, conforme mencionado em Dugdale*, exercendo as funções de enviado da coroa, representando o burgo em três parlamentos sucessivos, demonstrações de lealdade e o título de baronete, no primeiro ano de Charles II, com todas as Marys e Elizabeths com que se casaram, totalizando duas belas páginas duodecimais e concluindo com as armas e a divisa: "Residência principal, Kellynch Hall, no condado de Somerset", e mais uma vez a letra de Sir Walter, neste final:

"Herdeiro presumível, William Walter Elliot, Esq.**, bisneto do segundo Sir Walter."

A vaidade era o começo e o fim da personalidade de Sir Walter Elliot; vaidade por seu aspecto e por sua posição. Fora extraordinariamente bonito na juventude e, aos 55, era ainda um homem muito atraente. Poucas mulheres se preocupariam mais com a aparência pessoal do que ele, e nem o criado de qualquer recém-sagrado lorde se encantaria mais com seu lugar na sociedade. Considerava a bênção da beleza apenas inferior à bênção do título de baronete, e ser Sir Walter Elliot, que reunia tais dons, era o constante objeto de seu mais caloroso respeito e devoção.

Sua boa aparência e posição eram razões válidas para sua dedicação, já que a elas se devia uma esposa de personalidade muito superior a tudo o que, pela sua, teria merecido. Lady Elliot fora uma excelente mulher, sensível e amável, cujo julgamento e conduta, se perdoada a paixonite juvenil que a tornou Lady Elliot, nunca mais mereceram qualquer censura. Ela desculpou, amenizou ou ocultou as falhas do marido, sustentando sua real respeitabilidade ao longo de dezessete anos, e, mesmo não sendo a criatura mais feliz do mundo, encontrou em seus deveres, amigos e filhas, o suficiente para se afeiçoar à vida e não abandoná-la com indiferença quando foi convidada a deixá-la. Três meninas, as mais velhas com dezesseis e catorze anos, eram para qualquer mãe uma terrível herança a ser deixada, ou melhor, uma terrível carga a ser con-

---

* Sir William Dugdale (1605-1686), antiquário e escritor inglês, autor de um livro sobre a nobreza inglesa. (N.T.)

** *Esquire*, título equivalente a Senhor, aposto aos nomes masculinos em documentos oficiais na Inglaterra. (N.T.)

fiada à autoridade e orientação de um pai presunçoso e tolo. Tinha ela, porém, uma amiga muito íntima, mulher sensível e prestativa, que havia sido levada, pela forte ligação entre ambas, a se instalar perto dela, na aldeia de Kellynch. E à sua gentileza e conselhos confiou sobretudo Lady Elliot o sustento e a manutenção dos bons princípios e da boa formação que sempre se empenhara em dar às filhas.

Tal amiga e Sir Walter não se casaram, quaisquer que pudessem ser as expectativas do seu círculo social. Treze anos transcorreram desde a morte de Lady Elliot, e ambos eram ainda bons vizinhos e amigos chegados, continuando ele viúvo e ela viúva.

Que Lady Russell, de idade e personalidade maduras, e bastante bem-dotada para o casamento, não pensasse em segundas núpcias, dispensa desculpas junto ao público, que tende mais a ficar irracionalmente descontente quando uma mulher volta a se casar do que quando não o faz, mas o fato de Sir Walter continuar sozinho requer explicações. Que se saiba então que Sir Walter, como um bom pai (tendo passado por um ou dois desapontamentos com pedidos um tanto fora de propósito), orgulhava-se de permanecer sozinho pelo bem de suas queridas filhas. Por uma delas, a mais velha, ele teria na verdade desistido de qualquer coisa que não estivesse muito tentado a fazer. Elizabeth, aos dezesseis anos e na medida do possível, sucedera a mãe em direitos e importância; sendo muito atraente e muito parecida com o pai, sempre exerceu sobre ele grande influência e viviam os dois bem felizes juntos. Suas duas outras filhas eram bem menos valiosas. Mary adquirira alguma importância artificial ao se tornar a sra. Charles Musgrove, mas Anne, com uma elegância de espírito e doçura de temperamento que a fariam ser levada em alta conta por pessoas de real discernimento, nada representava para o pai ou a irmã; suas palavras não tinham peso, sua utilidade era ceder sempre – ela era apenas Anne.

Para Lady Russell, na verdade, ela era a mais querida e mais apreciada, afilhada predileta e amiga. Lady Russell gostava de todas, mas apenas em Anne sentia a mãe revivida.

Alguns anos antes, Anne Elliot fora uma menina muito bonita, mas seu frescor logo feneceu e como, mesmo em seus melhores dias, o pai pouco encontrara nela para admirar (tão diferentes dos dele eram seus traços delicados e ternos olhos escuros), nada havia, agora que ela estava enfraquecida e magra, que lhe despertasse a estima. Ele nunca alimentara muitas esperanças, e agora não as tinha, de ler algum dia seu nome nas páginas de seu livro favorito. Qualquer aliança entre iguais caberia a Elizabeth, pois Mary apenas se unira a uma antiga e respeitável família rural de grande fortuna, à qual levara toda a sua honra sem nada receber: Elizabeth, algum dia, se casaria condignamente.

Acontece algumas vezes que uma mulher seja mais bela aos 29 anos do que era dez anos antes. E de modo geral, não havendo transtornos de saúde ou ansiedade, é essa uma época da vida na qual quase nenhum encanto foi perdido. Assim era com Elizabeth, ainda a mesma bela srta. Elliot que despontara havia treze anos, e Sir Walter poderia ser desculpado, portanto, por se esquecer de sua idade ou, ao menos, considerado apenas meio louco, por pensar em si mesmo e em Elizabeth tão exuberantes como sempre, em meio à devastação da beleza dos demais, pois ele percebia com clareza o quanto envelhecia todo o resto da família e dos conhecidos. Anne esgotada, Mary vulgar, todos os rostos dos vizinhos enfeando e o rápido aumento dos pés de galinha nas têmporas de Lady Russell eram para ele, havia muito, motivo de angústia.

Elizabeth não se igualava ao pai em termos de satisfação consigo mesma. Treze anos a viram como senhora de Kellynch Hall, presidindo e dirigindo com uma segurança e uma decisão que nunca poderiam fazer pensar ser ela mais moça do que era. Por treze anos ela fez as honras, fez valer em casa as regras familiares, foi a primeira a entrar na carruagem e caminhou logo atrás de Lady Russell na saída de todas as reuniões e jantares da região. Treze sucessivas geadas invernais a viram abrir todos os bailes importantes que podiam ser oferecidos por tão diminuta comunidade, e treze primaveras revelaram seus brotos enquanto ela viajava a Londres com o pai para o prazer anual de frequentar a alta sociedade por algumas semanas. De tudo isso ela se lembrava, e ter consciência de estar com 29 anos lhe trazia alguns remorsos e algumas apreensões; estava bastante satisfeita por ser ainda tão bonita quanto antes, mas sentia-se chegar à idade perigosa e teria ficado encantada com a certeza de ser devidamente pedida em casamento por alguém de sangue nobre no decorrer dos próximos dois anos. Poderia então dedicar-se ao livro dos livros com tanto prazer quanto na juventude, mas agora não o apreciava. Ser sempre apresentada com a data do seu próprio nascimento e não ver qualquer casamento senão o da irmã mais moça tornava o livro um flagelo, e mais de uma vez, quando o pai o deixava aberto na mesa, ela o fechara, desviando o olhar, e o empurrara para longe.

Sofrera também uma decepção, cuja lembrança era sempre evocada por aquele livro, e mais ainda pela história de sua própria família. O herdeiro presumido, o próprio Sir William Walter Elliot, Esq., cujos direitos eram com tanta generosidade defendidos por seu pai, a desapontara.

Tivera ela, quando muito menina, tão logo soube que seria ele, caso não tivesse ela um irmão, o futuro baronete, intenção de desposá-lo, e seu pai sempre a encorajara. Não o conheceram criança, mas, logo após a morte de Lady Elliot, Sir Walter procurara o parente e, mesmo não tendo sido sua aproximação recebida com qualquer simpatia, perseverara em procurá-lo, fazendo concessões à timidez própria de juventude e, numa das excursões primaveris a Londres, estando Elizabeth no auge de sua beleza, o sr. Elliot se vira obrigado a aceitar a apresentação.

Era naquela ocasião um rapaz bastante jovem, iniciando seus estudos de Direito; Elizabeth achou-o muitíssimo agradável e confirmaram-se todos os planos em relação a ele. Foi convidado a ir a Kellynch Hall; foi assunto de conversa e esperado durante todo o resto do ano, mas nunca apareceu. Na primavera seguinte, foi mais uma vez visitado na capital, considerado igualmente agradável, mais uma vez encorajado, convidado e esperado, e mais uma vez não apareceu. E as notícias seguintes foram de que se casara. Em vez de encaminhar sua fortuna conforme a direção determinada pelo herdeiro da casa de Elliot, comprara a independência unindo-se a uma mulher rica de berço inferior.

Sir Walter ressentira-se. Como chefe do clã, achava que deveria ter sido consultado, sobretudo depois de ter demonstrado em público seu especial apreço pelo jovem. "Pois devemos ter sido visto juntos", observou ele, "uma vez no Tattersall* e duas no saguão da Casa dos Comuns." Sua desaprovação foi expressa, mas aparentemente muito pouco acatada. O sr. Elliot não tentou se desculpar e mostrou-se tão pouco desejoso de continuar a ser estimado pela família quanto Sir Walter o considerou indigno de consideração: encerraram-se quaisquer relações entre eles.

Essa constrangedora história do sr. Elliot, depois de transcorridos vários anos, ainda despertava a raiva de Elizabeth, que gostara do homem por ele mesmo e mais ainda por ser o herdeiro de seu pai, cujo intenso orgulho familiar somente nele poderia ver um companheiro adequado para a primogênita de Sir Walter Elliot. Não havia, de A a Z, um baronete a quem seus sentimentos se dispusessem com tanta facilidade a considerar um igual. Ainda assim, ele se conduzira tão mal que, embora usasse agora (no verão de 1814) fitas negras em sinal de luto pela esposa, ela não podia admitir que fosse digno de seus pensamentos. A desonra do primeiro casamento poderia talvez, como não havia razões para acreditá-lo perpetuado por descendentes, ter sido esquecida, não tivesse ele atitudes piores; mas o rapaz, conforme foram informados pela costumeira intervenção de bons amigos, referira-se a todos eles de forma bastante desrespeitosa, e com bastante menosprezo e desdém à própria linhagem à qual pertencia e cujo título seria seu um dia. Isso não poderia ser perdoado.

Tais eram os sentimentos e sensações de Elizabeth Elliot; tais as apreensões com as quais lidar, a diversidade de apreensões, a rotina e a elegância, a prosperidade e o vazio do cenário de sua vida; tais as emoções com que tornar inte-

---

* Casa de leilão de cavalos. (N.E.)

ressante uma longa e monótona residência num único círculo campestre, com que preencher a ociosidade onde não havia, fora de casa, o costume de se fazer útil ou, no lar, talentos ou realizações que a mantivessem ocupada.

Nos últimos tempos, porém, uma nova ocupação e exigência mental viera somar-se às anteriores. Seu pai começava a ter problemas de dinheiro. Ela sabia que, quando ele agora abria o *Baronetage*, fazia-o para afastar do pensamento as pesadas contas dos comerciantes e as indesejáveis insinuações do sr. Shepherd, seu administrador. A propriedade de Kellynch era boa, mas não equivalente à expectativa de Sir Walter quanto às condições essenciais de seu proprietário. Enquanto vivia Lady Elliot, houve método, moderação e economia, que o mantiveram dentro dos limites de sua renda, mas com ela morreu qualquer bom-senso e, a partir de então, ele com frequência os ultrapassara. Não lhe fora possível gastar menos; ele nada fizera além de cumprir as imperiosas obrigações de Sir Walter Elliot. Mas, por inocente que fosse, ele não apenas via aumentarem terrivelmente suas dívidas como ouvia falar delas com tanta assiduidade que se tornou inútil tentar ocultá-las da filha por mais tempo, mesmo que em parte. Chegara a abordar o assunto na última primavera, na capital; chegara mesmo a dizer "Podemos cortar despesas? Ocorre-lhe algum item no qual possamos poupar?", e Elizabeth, justiça seja feita, pôs-se, num primeiro impulso de alarme feminino, a pensar no que poderia ser feito e, afinal, propôs estas duas possibilidades de economia: cortar algumas filantropias desnecessárias e abster-se da reforma dos móveis da sala de estar; a tais medidas acrescentou mais tarde a feliz ideia de não levarem presente algum para Anne, como costumavam fazer todos os anos. Mas tais providências, embora boas, eram insuficientes para a real extensão dos danos, cujo alcance Sir Walter viu-se obrigado a lhe confessar pouco tempo depois. Elizabeth não teve qualquer outra proposta mais eficaz. Sentiu-se ultrajada e desafortunada, como o pai; e nenhum dos dois foi capaz de imaginar quaisquer medidas para reduzir despesas sem comprometer a dignidade, ou abrir mão do conforto de forma suportável.

Havia apenas uma pequena parte de seu patrimônio da qual Sir Walter podia dispor, mas não faria qualquer diferença caso todos os acres pudessem ser alienados. Ele concordara em hipotecar tanto quanto lhe fora possível, mas nunca concordaria em vender. Não, jamais desgraçaria seu nome a tal ponto. A propriedade de Kellynch seria transmitida íntegra e completa, tal como a havia recebido.

Seus dois amigos e confidentes, o sr. Shepherd, que vivia na cidade comercial vizinha, e Lady Russell, foram chamados a aconselhá-los, e tanto pai quanto filha pareciam esperar que algo fosse imaginado por um dos dois para extinguir seu constrangimento e reduzir suas despesas, sem envolver a perda de qualquer permissividade em termos de bom gosto ou orgulho.

Capítulo 2

O SR. SHEPHERD, UM ADVOGADO cortês e sensato que, independente de sua influência ou opinião sobre Sir Walter, preferia que temas desagradáveis fossem abordados por terceiros, eximiu-se de oferecer qualquer sugestão e apenas pediu licença para fazer uma implícita menção ao excelente julgamento de Lady Russell, cujo reconhecido bom-senso ele desejava que viesse trazer o aconselhamento de medidas concretas, que esperava ver enfim adotadas.

Lady Russell deu maior e mais preocupada atenção ao assunto e a ele se dedicou com bastante seriedade. Era uma mulher de natureza mais criteriosa do que rápida, cuja dificuldade para chegar a qualquer decisão sobre aquele caso foi grande, devido à oposição de dois princípios fundamentais. Ela própria era de uma integridade a toda prova, com delicado senso de honra, mas era tão motivada a preservar os interesses de Sir Walter, tão atenta à credibilidade da família, tão aristocrática em suas opiniões sobre o que lhes era devido, quanto poderia ser qualquer pessoa sensata e honesta. Era uma mulher benevolente, caridosa, boa e capaz de intensa lealdade, muito correta em sua conduta, severa em suas noções de decoro e com atitudes que eram consideradas modelos de boas maneiras. Era culta e, de modo geral, razoável e consistente, mas preconceituosa em relação à linhagem; dava à posição social e ao prestígio um valor tal que a deixava um tanto cega em relação às falhas daqueles que os tinham. Sendo ela própria a viúva de um simples fidalgo, rendia a devida homenagem à dignidade de um baronete, e Sir Walter, independente de suas prerrogativas de velho conhecido, vizinho amável, senhorio atencioso, marido de sua muito querida amiga, pai de Anne e das irmãs, tinha, por ser *Sir* Walter, na sua opinião, direito à maior compaixão e consideração possíveis em relação às atuais dificuldades.

Precisavam reduzir gastos, quanto a isso não havia dúvidas. Mas sua maior ansiedade era que tudo fosse feito da maneira menos dolorosa possível para ele e Elizabeth. Traçou planos de economia, fez cálculos exatos e tomou uma atitude na qual ninguém mais pensara: consultou Anne, que nunca parecia ser considerada pelos outros como tendo qualquer interesse no problema. Consultou-a e deixou-se de certa forma influenciar por ela na definição do esquema de corte de gastos que foi afinal submetido a Sir Walter. Todas as ponderações de Anne haviam sido a favor da honestidade acima do prestígio. Ela desejava medidas mais enérgicas, uma reforma mais completa, uma quitação rápida dos débitos, um tom mais forte de indiferença por tudo o que não fosse justiça e imparcialidade.

– Se pudermos convencer seu pai a fazer tudo isso – disse Lady Russell, relendo suas anotações –, muito poderá ser feito. Se ele adotar estas atitudes, em sete anos tudo estará quitado, e espero podermos convencê-lo, e a Elizabeth, de que Kellynch Hall tem uma respeitabilidade própria que não pode ser afetada por tais reduções e que a real dignidade de Sir Walter Elliot estará longe de ser diminuída aos olhos de pessoas sensatas, caso ele aja como um homem de princípios. O que estará ele fazendo, aliás, senão o que a maioria de nossas primeiras famílias já fez ou deveria ter feito? Nada há de singular no caso dele, e é a singularidade que, na maioria das vezes, determina a pior parcela do nosso sofrimento, tal como sempre faz com nossa conduta. Tenho grandes esperanças de persuadi-lo. Precisamos ser sérias e determinadas, pois, afinal, a pessoa que contraiu dívidas deve quitá-las, e embora devamos muita consideração aos sentimentos de um cavalheiro e chefe de família, como seu pai, maior ainda é a que devemos ao caráter de um homem honesto.

Tal era a atitude que Anne desejava ver o pai assumir, os amigos incentivarem. Considerava um ato de dever indispensável atender às reivindicações dos credores com a maior presteza tornada possível pelo mais abrangente corte de gastos, e não via qualquer dignidade em agir de outra maneira. Desejava que assim fosse recomendado e sentido como dever. Tinha em alta conta a influência de Lady Russell e, quanto ao alto grau de desprendimento que sua própria consciência sugeria, acreditava que pouca diferença haveria entre persuadi-los a aceitar uma reformulação total ou parcial. O que conhecia do pai e de Elizabeth levava-a a acreditar que o sacrifício de uma parelha de cavalos dificilmente seria mais doloroso para eles do que de duas, e assim por diante, ao longo de toda a lista dos cortes demasiado benevolentes de Lady Russell.

Pouco importa o modo como teriam sido recebidas as sugestões de Anne. As de Lady Russell não obtiveram sucesso algum: não poderiam ser toleradas, não seria possível acatá-las.

"Como? Todo o conforto da vida abandonado? Viagens, Londres, criados, cavalos, comida... cortes e restrições em tudo! Não mais viver com o decoro permitido até mesmo a um simples cavalheiro! Não, ele preferiria abandonar Kellynch Hall de imediato a permanecer ali em termos tão desonrosos."

"Abandonar Kellynch Hall." A insinuação foi no mesmo instante considerada pelo sr. Shepherd, cujos interesses estavam envolvidos na redução de gastos de Sir Walter e que estava absolutamente convencido de que nada poderia ser feito sem uma mudança de residência.

"Já que a ideia fora expressa exatamente por quem de direito", disse ele que não teria qualquer escrúpulo de confessar ser aquela também sua opinião.

Não lhe parecia que Sir Walter poderia, em termos materiais, alterar o estilo de vida numa casa com tamanha carga de hospitalidade e dignidade ancestrais. Em qualquer outro lugar, Sir Walter poderia ser senhor de seus atos e seria tomado como modelo, fosse qual fosse a maneira por ele escolhida para administrar a casa.

Sir Walter deixaria Kellynch Hall; e, depois de mais alguns dias de dúvidas e indecisão, a grande questão de para onde ir foi resolvida, e esboçadas as primeiras linhas dessa importante mudança.

Foram três as alternativas: Londres, Bath ou outra casa no campo. Todos os desejos de Anne voltavam-se para a última. Uma pequena casa nos arredores, onde ainda poderiam desfrutar do convívio de Lady Russell, continuar perto de Mary e contar ainda com o prazer de, às vezes, ver os gramados e arvoredos de Kellynch, era o objeto de sua ambição. Mas o destino habitual de Anne se fez presente, ao determinar algo totalmente oposto às suas preferências. Ela não gostava de Bath e não acreditava que lhe fosse fazer bem, e Bath viria a ser o seu lar.

Sir Walter pensara primeiro em Londres. Mas o sr. Shepherd sentia que não poderia confiar nele em Londres e fora habilidoso o bastante para dissuadi-lo e fazê-lo preferir Bath. Tratava-se de um lugar muito mais seguro para um cavalheiro em dificuldades: lá, ele poderia ser importante com despesas relativamente pequenas. Duas vantagens materiais de Bath em relação a Londres foram, é claro, também salientadas: a distância mais conveniente de Kellynch, de apenas cinquenta milhas, e o fato de Lady Russell lá passar parte do inverno. E, para grande satisfação de Lady Russell, cuja preferência para a projetada mudança sempre fora Bath, Sir Walter e Elizabeth foram levados a acreditar que, lá se instalando, não se veriam privados da posição social ou de prazeres.

Lady Russell sentiu-se na obrigação de se opor aos desejos da querida Anne. Seria demais esperar que Sir Walter fosse viver em uma pequena casa nos arredores. A própria Anne sentiria a desonra daí decorrente com mais intensidade do que podia antever, e, para os sentimentos de Sir Walter, seria terrível. Quanto à antipatia de Anne por Bath, considerava-a um preconceito e um erro, decorrentes, primeiro, do fato de ter estado três anos na escola local depois da morte da mãe e, segundo, de não ter se sentido muito bem no único inverno que, mais tarde, lá passara em sua companhia.

Lady Russell, em resumo, adorava Bath e estava inclinada a pensar que seria conveniente para todos eles. E, para a saúde de sua jovem amiga, qualquer perigo seria evitado se passasse todos os meses de calor com ela em Kellynch Lodge; e aquela seria, na verdade, uma mudança que lhe faria bem tanto à saúde quanto ao ânimo. Anne pouco saíra de casa, pouco tinha sido vista. Seu temperamento não era alegre. Um círculo social maior lhe faria bem. Queria que a conhecessem melhor.

O fato de ser qualquer outra casa nos arredores indesejável para Sir Walter foi sem dúvida bastante reforçado por um detalhe, e um detalhe muito importante do plano, que fora felizmente incorporado desde o início. Ele não apenas deixaria seu lar, mas o veria nas mãos de terceiros; uma prova de coragem que mentes mais fortes do que a de Sir Walter teriam considerado excessiva. Kellynch Hall seria arrendado. Isso, entretanto, era um profundo segredo, que não deveria ser ventilado fora de seu próprio círculo.

Sir Walter não suportaria a degradação de ver divulgado seu intento de arrendar a casa. O sr. Shepherd mencionara uma vez a palavra "anunciar", mas nunca mais ousara voltar ao assunto. Sir Walter rejeitava a ideia de que houvesse qualquer tipo de oferta; proibiu que a menor alusão fosse feita a respeito de tal intenção e somente a arrendaria na hipótese de que isso lhe fosse espontaneamente solicitado por algum pretendente irrepreensível, em seus próprios termos, e como um grande favor.

Com que rapidez surgem as razões para aprovar o que gostamos! Lady Russell tinha outro excelente motivo para estar bastante contente com a partida de Sir Walter e sua família. Elizabeth, nos últimos tempos, estabelecera uma amizade que ela gostaria de ver interrompida. Era com a filha do sr. Shepherd, que voltara, depois de um casamento malsucedido, para a casa paterna, com o ônus adicional de duas crianças. Tratava-se de uma moça perspicaz, versada na arte de agradar... na arte de agradar, pelo menos, em Kellynch Hall; e que se tornara tão simpática à srta. Elliot que já pernoitara na casa mais de uma vez, a despeito de tudo o que Lady Russell, que considerava tal amizade um tanto inadequada, pudesse aconselhar em termos de precaução e reserva.

Lady Russell, na verdade, tinha muito pouca influência sobre Elizabeth e parecia gostar dela muito mais porque assim desejava do que pelo merecimento de Elizabeth. Nunca recebera dela mais do que uma atenção superficial, nada além das fórmulas de cortesia; nunca tivera sucesso em fazer valer seu ponto de vista contra qualquer ideia preconcebida. Inúmeras vezes empenhara-se para que Anne fosse incluída nas idas a Londres, percebendo com clareza toda a injustiça e a humilhação dos planos egoístas que a deixavam de fora, e, em várias outras ocasiões menos importantes, tentara oferecer a Elizabeth a oportunidade de se valer de sua própria sabedoria e experiência: Elizabeth fazia tudo à sua maneira e nunca fez uma oposição mais ferrenha a Lady Russell do que na escolha da amizade da sra. Clay, desprezando o convívio com uma excelente irmã para entregar seu afeto e sua confiança a alguém que nada deveria significar para ela além do objeto de uma distante cortesia.

Em termos de nível social, a sra. Clay, na opinião de Lady Russell, não estava à sua altura e, quanto ao caráter, considerava-a companhia um tanto perigosa; portanto, uma mudança que deixasse para trás a sra. Clay e trouxesse para a srta. Elliot a escolha de amizades mais adequadas era matéria de primordial importância.

Capítulo 3

– PERMITA-ME OBSERVAR, SIR WALTER – disse o sr. Shepherd uma manhã em Kellynch Hall, deixando de lado o jornal –, que a atual conjuntura nos é bastante favorável. Esta paz trará para terra firme todos os nossos ricos oficiais da Marinha. Estarão todos em busca de um lar. Não poderia haver época melhor, Sir Walter, para a escolha de arrendatários, arrendatários muito responsáveis. Mais de uma considerável fortuna foi feita durante a guerra. Se um rico almirante cruzasse nosso caminho, Sir Walter...

– Ele seria um homem de muita sorte, Shepherd – respondeu Sir Walter. – É só o que tenho a dizer. Kellynch Hall seria para ele sem dúvida um prêmio, talvez o maior prêmio de todos, ainda que já tenha recebido inúmeros, hein, Shepherd?

O sr. Shepherd, como sabia que deveria, riu da brincadeira espirituosa e acrescentou:

– Tomo a liberdade de observar, Sir Walter, que, em se tratando de negócios, os oficiais da Marinha são fáceis de lidar. Conheci um pouco de seus métodos de fazer transações e posso confessar que eles têm noções muito liberais e parecem ser arrendatários tão interessantes quanto qualquer grupo de pessoas que se possa encontrar. Assim sendo, Sir Walter, o que eu me permitiria sugerir é que, em consequência de quaisquer rumores de sua intenção porventura ventilados no exterior, o que deve ser considerado possível, porque sabemos como é difícil manter ações e projetos de um lado do mundo distantes da atenção e curiosidade do outro; o prestígio tem seus ônus; eu, John Shepherd, posso ocultar quaisquer assuntos familiares que quiser, porque a ninguém ocorrerá que vale a pena me observar, mas Sir Walter Elliot tem voltados para ele olhares talvez muito difíceis de iludir. E, em assim sendo, até onde posso especular, não me surpreenderia demais se, apesar de toda a nossa cautela, algum eco da verdade tenha chegado ao exterior, caso em que, como tencionava observar, uma vez que sem dúvida surgirão ofertas de pretendentes, eu consideraria qualquer um dos nossos prósperos capitães navais especialmente digno de consideração e peço permissão para acrescentar que duas horas me trarão aqui a qualquer momento para lhe poupar o contratempo de responder.

Sir Walter apenas concordou com a cabeça. Mas logo depois, levantando-se e percorrendo a sala, observou com sarcasmo:

– Há pouquíssimos oficiais da Marinha, suponho, que não se surpreenderiam ao se ver numa casa como esta.

– Eles olhariam em torno, sem dúvida, e dariam graças por sua sorte – disse a sra. Clay, pois a sra. Clay estava presente: seu pai a levara, nada sendo mais benéfico à saúde da filha do que uma ida a Kellynch –, mas concordo com meu pai ao pensar que um marinheiro poderia ser um arrendatário bastante interessante. Conheci muitos indivíduos dessa profissão e eles, além de sua liberalidade, são muito asseados e cuidadosos em tudo o que fazem! Estes seus valiosos quadros, Sir Walter, caso o senhor preferisse deixá-los, estariam perfeitamente seguros. Tudo o que há dentro e fora da casa seria muitíssimo bem cuidado! Os jardins e arvoredos seriam mantidos quase tão bem quanto são hoje. E não precisa temer, srta. Elliot, que seus belos canteiros de flores sejam negligenciados.

– Quanto a tudo isso – retrucou Sir Walter com frieza –, supondo que eu fosse persuadido a arrendar minha casa, de modo algum me decidi quanto às regalias a ela anexadas. Não me sinto particularmente disposto a favorecer um arrendatário. O acesso ao parque lhe seria facultado, é claro, e poucos oficiais de Marinha, ou homens de qualquer outra classe, podem ter tido tão grande gramado. Mas que restrições eu deveria impor quanto ao uso dos locais de lazer é outro assunto. Não gosto da ideia de livre acesso a meus arvoredos e recomendaria à srta. Elliot que tomasse precauções quanto aos seus canteiros florais. Reafirmo-lhes que estou muito pouco inclinado a conceder a um arrendatário de Kellynch Hall qualquer favor extraordinário, seja ele marinheiro ou soldado.

Depois de curta pausa, o sr. Shepherd ousou dizer:

– Em todos esses casos, há costumes estabelecidos que tornam claras e agradáveis as relações entre senhorio e arrendatário. Seus interesses, Sir Walter, estão em boas mãos. Confie em mim para cuidar que nenhum arrendatário tenha mais direitos do que seria justo. Arrisco-me a afirmar que Sir Walter não pode ser tão zeloso de seus bens quanto John Shepherd será em seu nome.

Nesse momento, Anne falou:

– A Marinha, acredito eu, que tanto fez por nós, pode fazer pelo menos tantas reivindicações quanto qualquer outro grupo social, em relação a todo o conforto e a todos os privilégios que qualquer lar pode oferecer. Devemos admitir que os marujos trabalham duro para fazer jus a seu conforto.

– É bem verdade, bem verdade. O que a srta. Anne diz é bem verdade – foi a observação do sr. Shepherd; e

– Oh! Sem dúvida! – foi a de sua filha.

Mas o comentário de Sir Walter veio logo a seguir:

– A profissão tem sua utilidade, mas eu lamentaria ver qualquer amigo fazer parte dela.

– Realmente? – foi a resposta, com um olhar de surpresa.

– É, há nela dois pontos que me desagradam. Tenho dois fortes elementos de objeção. Primeiro, por ser a forma de alçar pessoas de nascimento obscuro a uma indevida distinção e elevar homens a honrarias com que seus pais e avós nunca sonharam; segundo, por destruir a juventude e o vigor de um homem da forma mais horrível: um marujo envelhece mais cedo do que qualquer outro homem. Assim tenho observado ao longo da vida. Um homem corre mais perigo, na Marinha, de ser insultado pela promoção de outro com cujo pai seu próprio pai não se teria dignado a falar, e de se tornar ele mesmo, prematuramente, objeto de repulsa, do que em qualquer outra carreira. Um dia, na última primavera, na capital, estive com dois homens, exemplos flagrantes do que digo. Lord St Ives, cujo pai todos conhecemos por ter sido pároco de aldeia, não tinha o que comer. Precisei ceder lugar a Lord St Ives e a um tal de almirante Baldwin, o personagem de aparência mais deplorável que se possa imaginar: rosto cor de mogno, áspero e engelhado ao mais alto grau, coberto de sulcos e rugas, nove cabelos grisalhos de um lado e, no alto, nada além de vestígios de pó. "Em nome dos céus, quem é aquele velho?", perguntei a um amigo que estava perto (Sir Basil Morley). "Velho?!", exclamou Sir Basil. "É o almirante Baldwin. Que idade lhe dá?" "Sessenta", eu disse "ou talvez sessenta e dois." "Quarenta", respondeu Sir Basil. "Quarenta, e nada mais." Avaliem minha perplexidade. Não me esquecerei facilmente do almirante Baldwin. Jamais vi exemplo mais lamentável do que pode causar a vida no mar. Mas, até certo ponto, sei que o mesmo acontece com todos: são todos maltratados e expostos a todo tipo de clima e intempéries até que não se pode mais olhar para eles. É uma pena que não sejam golpeados na cabeça de uma vez, antes de atingirem a idade do almirante Baldwin.

– Céus, Sir Walter! – exclamou a sra. Clay – Isso é ser demasiado severo. Tenha um pouco de compaixão pelos pobres homens. Nem todos nascemos para sermos bonitos. O mar não embeleza, sem dúvida; tenho observado que os marinheiros envelhecem antes do tempo, perdem cedo o ar juvenil. Mas não acontece o mesmo com muitas outras profissões, talvez a maioria? Os soldados na ativa não se saem muito melhor. E mesmo nas profissões mais tranquilas há um desgaste e um esforço mental, quando não físico, que raras vezes deixam o aspecto dos homens apenas a cargo do efeito natural do tempo. O advogado tem um trabalho árduo, um tanto desgastante; o médico levanta-se a qualquer hora e viaja com qualquer tempo; até mesmo o clérigo – ela parou por um momento para refletir sobre o que poderia ocorrer com o clérigo –, até mesmo o clérigo, o senhor sabe, é obrigado a entrar em lugares infectos e expor sua saúde e aparência a todos os malefícios de uma atmosfera insalubre. De fato, como estou há muito convencida, embora todas as profissões sejam necessárias e honradas, apenas aqueles que não são obrigados a abraçar qualquer uma delas, que podem viver de modo regular, no campo, escolhendo seus próprios horários, de acordo com seus próprios interesses, e usufruindo das rendas de seus bens, sem o tormento de tentar ganhar seu sustento, apenas esses, repito, podem gozar ao máximo das bênçãos da saúde e de uma boa aparência: não conheço outra classe de homens que não perca parte de seus atrativos ao deixar para trás a juventude.

Foi como se o sr. Shepherd, em seu afã de angariar a boa vontade de Sir Walter para que aceitasse como arrendatário um oficial da Marinha, tivesse tido o dom da previsão. Pois a primeira oferta em relação à casa partiu de um certo almirante Croft, com quem esteve pouco tempo depois numa audiência trimestral do Tribunal de Taunton e de quem, na verdade, recebera informações por parte de um correspondente de Londres. Segundo o relatório que se apressou a levar a Kellynch, o almirante Croft era natural de Somersetshire e dono de respeitável fortuna, desejando estabelecer-se em seu próprio condado, e estivera em Taunton com a intenção de examinar alguns locais anunciados naqueles arredores, que, entretanto, não lhe agradaram. Ao ouvir casualmente (acontecia como previra, observou o sr. Shepherd: os interesses de Sir Walter não podiam ser mantidos secretos), ao ouvir casualmente uma observação quanto à possibilidade de arrendamento de Kellynch Hall e sabedor de sua (dele, sr. Shepherd) ligação com o proprietário, apresentara-se a ele a fim de obter informações concretas e, no decorrer de uma conversa um tanto demorada, expressara pelo lugar um interesse tão intenso quanto poderia ter um homem que só o conhecia por descrição e dera ao sr. Shepherd, por meio de explícitas informações a respeito de sua pessoa, provas de ser um arrendatário bastante qualificado e responsável.

– E quem é o almirante Croft? – foi a indagação fria e desconfiada de Sir Walter.

O sr. Shepherd respondeu ser ele membro de uma família de cavalheiros e mencionou um local. Anne, depois da breve pausa que se seguiu, acrescentou:

– Ele é um contra-almirante. Combateu na batalha de Trafalgar e foi depois transferido para as Índias Ocidentais, onde serviu, acredito, por vários anos.

– Então posso ter certeza – observou Sir Walter – de que seu rosto é quase tão alaranjado quanto os punhos e capas das librés dos meus criados.

O sr. Shepherd apressou-se em garantir-lhe que o almirante Croft era um homem muito saudável, robusto e de boa aparência; a bem da verdade, um pouco castigado pela vida ao ar livre, mas não muito, e um perfeito cavalheiro em todas as suas opiniões e atitudes. Não deveria criar qualquer dificuldade com os termos do contrato; desejava apenas um lar confortável para onde se mudaria tão cedo quanto possível; sabia que deveria pagar pelo seu conforto, sabia a quanto poderia chegar o valor de uma casa mobiliada daquela importância, não ficaria surpreso se Sir Walter tivesse pedido mais, fizera perguntas em relação às terras, ficaria contente por desfrutar delas, mas não fazia grande questão; afirmou que empunhara armas algumas vezes, mas nunca matara; um perfeito cavalheiro.

O sr. Shepherd foi eloquente em suas palavras, salientando todas as circunstâncias da família do almirante, que o tornavam especialmente interessante como arrendatário. Tratava-se de um homem casado e sem filhos, a situação ideal. Uma casa nunca é bem cuidada, observou o sr. Shepherd, sem uma senhora: não sabia se os móveis corriam mais risco de ser danificados onde não havia uma senhora ou onde havia muitas crianças. Uma senhora, sem filhos, era a maior garantia do mundo quanto à preservação do mobiliário. Ele conhecera também a sra. Croft; ela estava em Taunton com o almirante e estivera presente durante quase todo o tempo em que discutiram o assunto.

– Pareceu-me uma senhora muito educada, gentil e perspicaz – continuou ele. – Fez mais perguntas sobre a casa, as condições e os impostos do que o próprio almirante, e mostrou-se mais experiente em termos de negócios. Além disso, Sir Walter, descobri que ela tem algumas ligações com nossa região, mais ainda do que o marido; ou seja, é irmã de um cavalheiro que viveu entre nós algum tempo; ela mesma me contou: é irmã de um cavalheiro que viveu há alguns anos em Monkford. Ai, meu Deus! Como era o nome dele? Não consigo me lembrar agora do nome, mesmo o tendo ouvido há tão pouco tempo.

Penélope, querida, pode me ajudar com o nome do cavalheiro que viveu em Monkford, o irmão da sra. Croft?

Mas a sra. Clay estava numa conversa tão animada com a srta. Elliot que não ouviu o pedido.

– Não tenho ideia de quem você possa estar falando, Shepherd. Não me lembro de cavalheiro algum residente em Monkford desde os tempos do velho governador Trent.

– Ai meu Deus! Que estranho! Em breve me esquecerei do meu próprio nome, imagino. Um nome com o qual estou tão familiarizado; eu conhecia o cavalheiro tão bem, de vista; avistei-o centenas de vezes; e ele foi me consultar uma vez, lembro-me, sobre a invasão de sua propriedade por um vizinho, um peão entrando em seu pomar, muro derrubado, maçãs roubadas, flagrante, e mais tarde, contrariando minha opinião, tudo resolvido com um acordo amigável. É mesmo muito estranho!

Depois de aguardar alguns instantes, Anne falou:

– O senhor se refere ao sr. Wentworth, imagino!

O sr. Shepherd ficou gratíssimo.

– O nome era Wentworth! O homem era o sr. Wentwort! Foi o pároco de Monkford, o senhor sabe, Sir Walter, há algum tempo, por um ou dois anos. Deixe-me ver... há uns cinco anos, se não me engano. Estou certo de que o senhor se lembra dele.

– Wentworth? Oh! Ora... o sr. Wentworth, o pároco de Monkford. O senhor me confundiu com o termo *cavalheiro*. Pensei que estivesse falando de algum homem importante: o sr. Wentworth não era ninguém, lembro-me, um tanto solto no mundo, nada a ver com a família de Strafford. Pergunto-me como tantos nomes da nossa aristocracia se tornaram tão comuns.

Quando o sr. Shepherd compreendeu que aquele parentesco dos Croft em nada os ajudaria com Sir Walter, não mais o mencionou; voltando, com todo tato, a se alongar sobre as circunstâncias mais indiscutivelmente a seu favor: idade, número de pessoas e fortuna, o alto conceito em que tinham Kellynch Hall e a extrema consideração para com as vantagens de arrendá-la; fazendo parecer como se, para eles, nada fosse considerado mais importante do que a felicidade de serem locatários de Sir Walter Elliot: um incrível bom gosto, sem dúvida, como se fossem eles secretamente conhecedores da opinião de Sir Walter quanto aos deveres de um locatário.

Foi, entretanto, bem-sucedido. E embora Sir Walter sempre olhasse com má vontade quem quer que pretendesse morar naquela casa, e os considerasse infinitamente afortunados por terem permissão de arrendá-la em termos tão dispendiosos, foi levado a permitir que o sr. Shepherd prosseguisse com o acordo e a autorizá-lo a contatar o almirante Croft, que continuava em Taunton, e marcar um dia para a visita à casa.

Sir Walter não era muito astuto, mas de qualquer modo tinha suficiente experiência de vida para perceber que, sob todos os aspectos e sendo imparcial, dificilmente se apresentaria locatário mais satisfatório do que o almirante Croft. Até aí alcançava sua compreensão; e sua vaidade recebia um pequeno consolo adicional com a posição social do almirante, que era alta o bastante, e não alta demais. "Arrendei minha casa ao almirante Croft" soaria muito bem, muito melhor do que a algum simples senhor..., um senhor (exceto, talvez, uma meia dúzia na nação) sempre precisa de uma nota explicativa. Um almirante revela seu próprio valor e, ao mesmo tempo, nunca inferioriza um baronete. Em todas as negociações e interações, Sir Walter Elliot sempre teria primazia.

Nada poderia ser feito sem uma consulta a Elizabeth, mas tão forte se tornava sua preferência por uma mudança que ela ficou feliz por vê-la definida e decidida por um locatário ao alcance da mão, e nem uma palavra para adiar a decisão foi por ela pronunciada.

O sr. Shepherd recebeu plenos poderes para agir e, tão logo se chegou a um acordo final, Anne, que fora a mais atenta ouvinte do grupo, deixou a sala em busca do alívio do ar fresco para suas faces coradas e, caminhando ao longo de um arvoredo preferido, disse, com um leve suspiro:

– Mais alguns meses e ele, talvez, poderá estar passeando por aqui.

Capítulo 4

Ele não era o sr. Wentworth, antigo pároco de Monkford, por mais que assim fizessem crer as aparências, e sim um capitão Frederick Wentworth, irmão dele, que, promovido a comandante devido à ação nos arredores de São Domingo e não recebendo de imediato ordens de se apresentar, fora para Somersetshire no verão de 1806 e, não tendo pais vivos, hospedara-se por seis meses em Monkford. Ele era, naquela ocasião, um rapaz excepcionalmente atraente, de grande inteligência, coragem e brilho, e Anne uma moça muitíssimo bonita, dotada de gentileza, modéstia, bom gosto e sensibilidade. A metade de tais atrativos, de ambos os lados, teria sido suficiente, pois ele nada tinha para fazer e ela menos ainda alguém para amar, mas o encontro de tão generosas recomendações não poderia ser em vão. Aos poucos, os dois se aproximaram e, uma vez próximos, apaixonaram-se rápida e profundamente. Seria difícil dizer quem, de ambos, vira maior perfeição no outro, ou quem fora mais feliz: ela, ao receber suas declarações e propostas, ou ele, por vê-las aceitas.

Seguiu-se um curto período de extraordinária felicidade, mas foi mesmo muito curto. Os problemas logo surgiram. Sir Walter, ao lhe ser feito o pedido, sem na verdade negar seu consentimento ou dizer que jamais o daria, demonstrou seu total desagrado por meio de grande perplexidade, grande frieza, grande silêncio e uma declarada determinação de nada fazer pela filha. Considerava a união por demais degradante. E Lady Russell, embora com orgulho mais brando e compreensivo, julgou-a bastante lamentável.

Anne Elliot, com todos os seus dons de berço, beleza e intelecto, desperdiçar tudo aos dezenove anos, comprometer-se aos dezenove anos num noivado com um rapaz a quem nada recomendava além dele mesmo, sem esperanças de enriquecimento, a não ser na eventualidade de atingi-lo pelos riscos de uma profissão um tanto incerta, e sem relações que ao menos lhe garantissem uma futura ascensão nessa profissão, seria, sem dúvida, um desperdício que a fazia sofrer só em pensar! Anne Elliot, tão moça, a quem tão poucos conheciam, ser arrebatada por um estranho sem alianças ou fortuna, ou pior, ser por ele mergulhada num estado de extenuante e ansiosa dependência que lhe destruiria a juventude! Nada disso aconteceria se, por uma justa interferência de amizade, pelas reivindicações de alguém que tinha um amor quase maternal, e direitos maternos, pudesse ser impedido.

O capitão Wentworth não possuía fortuna. Tivera sorte na profissão, mas, ao gastar com facilidade o que entrara com facilidade, nada aplicara. Tinha, entretanto, certeza de que logo enriqueceria: cheio de vida e vigor, sabia que logo teria um navio e logo estaria numa posição que o levaria a tudo o que desejava. Sempre tivera sorte, sabia que continuaria a ter. Tal confiança, poderosa em sua própria intensidade e sedutora na graça com que era com frequência expressa, poderia ter sido suficiente para Anne. Mas Lady Russell a via de forma bem diversa. O temperamento arrojado e a mente temerária do rapaz funcionavam com ela de modo bem diferente. Via neles uma exasperação do mal. A ele, só acrescentavam uma índole perigosa. Ele era brilhante, era obstinado. Lady Russell apreciava muito pouco a finura de espírito, e qualquer coisa que beirasse a imprudência lhe causava horror. Ela abominava a união sob todos os aspectos.

Tal oposição, e os sentimentos por ela produzidos, eram demais para Anne. Jovem e gentil como era, ainda teria sido possível enfrentar o rancor do pai, mesmo não atenuado por uma palavra ou olhar gentil por parte da irmã... Mas Lady Russell, a quem sempre amara e em quem sempre confiara, não poderia, com tal firmeza de opinião e tais atitudes de ternura, insistir em aconselhá-la em vão. Foi levada a acreditar que o noivado era um erro: imprudente, inadequado, com poucas possibilidades de dar certo e não merecedor de sucesso. Mas não foi por simples precaução egoísta que agiu, ao dá-lo por terminado. Não imaginasse agir no interesse dele, até mais do que no seu próprio, dificilmente teria desistido do rapaz.

A convicção de estar sendo prudente e altruísta, sobretudo para o bem dele, foi sua maior compensação na amargura daquela separação, uma separação definitiva. E toda compensação era necessária, pois ela precisou enfrentar toda a dor adicional de ouvir as palavras dele, totalmente inconformado e inflexível, e sentindo-se atraiçoado por uma desistência tão imposta. Deixara o país, em consequência.

Poucos meses assistiram o começo e o fim de suas relações, mas poucos meses não bastaram para pôr fim à cota de sofrimento de Anne. Seu afeto e remorsos anuviaram por muito tempo toda a alegria da juventude, e uma prematura perda de brilho e graça fora o efeito duradouro.

Mais de sete anos transcorreram desde que essa pequena história de lastimável interesse chegara ao fim, e o tempo atenuara muito, talvez quase toda, sua especial afeição por ele, mas ela contara apenas com o passar do tempo, nenhuma ajuda tendo recebido graças a uma mudança de local (exceto por uma visita a Bath logo após a ruptura) ou de qualquer novidade ou acréscimo em suas relações de amizade. No círculo social de Kellynch, ninguém surgiu que se pudesse comparar a Frederick Wentworth, tal como permanecera em suas lembranças. Nenhum segundo interesse, a única cura de fato natural, feliz e eficaz naquela época da vida, fora possível para a sensibilidade de seu espírito, a exigência de seu gosto, nos estreitos limites da sociedade que os rodeava. No limiar dos 22 anos, foi convidada a mudar de nome pelo jovem que não muito tempo depois encontrou mentalidade mais acolhedora em sua irmã mais moça. E Lady Russell lamentou a recusa, pois Charles Musgrove era o primogênito de um homem cujas propriedades e importância geral só eram superadas, na região, pelas de Sir Walter, tendo bom caráter e boa aparência, e, embora Lady Russell pudesse ter ainda desejado algo mais, quando Anne estava com 19 anos, teria ficado encantada vendo-a, aos 22, ser afastada das parcialidades e injustiças da casa de seu pai de forma tão respeitável e para sempre instalada perto de sua própria casa. Mas, nesse caso, Anne não mais tinha ouvidos a dar a conselhos; e, ainda que Lady Russell, sempre satisfeita com seu próprio discernimento, nunca tivesse desejado desfazer o passado, começava agora a desejar, com aquela ansiedade que beira o desespero, que Anne fosse tentada, por algum homem de talento e independência, a passar a um estado para o qual a considerava especialmente adequada, por seus sentimentos sensíveis e hábitos domésticos.

As duas não tinham conhecimento da opinião uma da outra, fosse de sua constância ou de sua mudança, a respeito do ponto primordial da conduta de Anne, pois o assunto nunca era mencionado. Mas Anne, aos 27 anos, pensava de modo muito diferente do que fora levada a pensar aos 19. Não culpava Lady Russell, não se culpava por se ter deixado guiar por ela, mas sentia que, caso alguém jovem, em circunstâncias semelhantes, lhe pedisse conselhos, jamais receberia um que lhe causasse tão imediata desventura, tanta incerteza quanto a um futuro feliz. Estava convencida de que, apesar de todas as desvantagens da desaprovação familiar, de qualquer ansiedade quanto à profissão do noivo, de todos os prováveis medos, atrasos e desapontamentos, ainda assim teria sido uma mulher mais feliz mantendo o noivado do que fora ao sacrificá-lo. E isso, tinha absoluta certeza, mesmo se tivessem vivido a cota habitual, ou uma cota ainda maior do que a habitual de todas aquelas preocupações e angústias, sem mencionar o verdadeiro desfecho de seu caso, que, do modo como se deu, lhes teria trazido prosperidade antes do que seria razoável esperar. Todas as arrojadas expectativas, toda a confiança do rapaz se justificaram. Sua genialidade e fervor pareceram ter previsto e conduzido seu caminho de prosperidade. Ele obtivera, pouco depois de encerrado seu compromisso, uma colocação: e tudo o que ele lhe havia dito que aconteceria tornara-se realidade. Ele se distinguira, logo fora promovido e devia agora, por meio de sucessivas conquistas, ter feito uma bela fortuna. Ela tinha apenas os anais da Marinha e os jornais como fonte de informação, mas não poderia duvidar que ele estivesse rico. E, considerando sua constância, não tinha razões para acreditá-lo casado.

Como Anne Elliot poderia ter sido eloquente! Como eram eloquentes, ao menos, seus votos a favor de uma calorosa ligação precoce e de uma alegre confiança no futuro, contra aquela precaução por demais ansiosa que parecia insultar o empenho e suspeitar da Providência! Na juventude, obrigaram-na a seguir a prudência; ao amadurecer, aprendera o romance: a sequência natural de um começo antinatural.

Com todas essas circunstâncias, recordações e sentimentos, não foi possível ouvir que a irmã do capitão Wentworth talvez fosse morar em Kellynch sem que se reavivasse a antiga dor. E muitos passeios, muitos suspiros, foram necessários para dispersar a agitação daquela ideia. Muitas vezes, Anne disse a si mesma que aquilo era uma insensatez, antes de ser capaz de controlar os nervos o suficiente para não ver perigo na incessante discussão sobre os Croft e seus negócios. Ajudaram-na, porém, a perfeita indiferença e aparente inconsciência por parte das três únicas pessoas conhecedoras do segredo do passado, que pareciam quase negar qualquer lembrança a respeito. Era capaz de compreender a superioridade dos motivos de Lady Russell em relação aos de seu pai e Elizabeth; era capaz de respeitar os melhores sentimentos oriundos da sua tranquilidade, mas o clima geral de esquecimento era extremamente importante, independente da origem. E, viesse mesmo o almirante Croft a arrendar Kellynch Hall, ela mais uma vez se alegraria com a convicção, que sempre lhe fora muito grata, de ser o passado conhecido apenas por aquelas três únicas pessoas do seu círculo de relações, pelas quais, acreditava, nenhuma sílaba seria sussurrada, e na certeza de que, entre os conhecidos dele, apenas o irmão com quem ele havia morado recebera qualquer informação quanto ao seu rápido noivado. Aquele irmão fora há muito transferido para longe e, tratando-se de um homem sensível e, além disso, solteiro naquela ocasião, Anne estava convicta de que nenhum ser humano ouvira dele uma só palavra a respeito.

A irmã, a sra. Croft, estava então fora da Inglaterra, acompanhando o marido numa base naval no exterior, e sua própria irmã, Mary, estava na escola quando tudo aconteceu e, pelo orgulho de uns e pela delicadeza de outros, nunca veio a tomar qualquer conhecimento posterior do ocorrido.

Assim protegida, esperava que as relações entre ela mesma e os Croft, que, com Lady Russell ainda residindo em Kellynch e Mary instalada a apenas três milhas dali, poderiam ser antecipadas, não precisassem envolver quaisquer constrangimentos.

Capítulo 5

Na manhã escolhida para que o almirante e a sra. Croft visitassem Kellynch Hall, Anne achou muito natural fazer sua caminhada quase diária até a casa de Lady Russell e se ausentar até que tudo estivesse acabado, quando achou muito natural lamentar ter perdido a oportunidade de vê-los.

Aquele encontro das duas partes revelou-se altamente satisfatório, e de imediato se decidiram todas as negociações. As duas senhoras estavam já dispostas a um acordo e, assim, nada viram além de boas maneiras recíprocas; quanto aos cavalheiros, havia por parte do almirante uma cordialidade tão sincera e uma liberalidade tão franca e confiante que não poderiam deixar de influenciar Sir Walter, que, ademais, se sentira lisonjeado a ponto de demonstrar seu melhor e mais elegante comportamento pela declaração do sr. Shepherd de que teriam dito ao almirante ser ele um modelo de boas maneiras.

A casa e as terras, bem como a mobília, foram aprovados, os Croft foram aprovados, termos, prazo, tudo e todos estavam corretos, e a equipe do sr. Shepherd foi posta a trabalhar, sem que houvesse uma única modificação preliminar a ser feita em tudo o que "Este contrato estabelece".

Sir Walter, sem hesitação, declarou ser o almirante o mais bem-posto marujo que jamais conhecera e chegou a ponto de dizer que, tivesse seu próprio serviçal se encarregado de arranjar-lhe o penteado, ele não se envergonharia de ser visto a seu lado onde quer que fosse. E o almirante, com solidária cordialidade, observou à esposa enquanto voltavam pelo parque:

– Achei que logo chegaríamos a um acordo, minha cara, a despeito do que nos disseram em Taunton... O baronete pode não ser capaz de grandes feitos, mas não parece má pessoa.

Elogios recíprocos, que poderiam ser considerados praticamente do mesmo teor.

Os Croft deveriam tomar posse do local no dia de São Miguel e, como Sir Walter propusera mudar-se para Bath no correr do mês anterior, não havia tempo a perder para cuidar de todos os arranjos necessários.

Lady Russell, convencida de que a Anne não seria permitida qualquer utilidade, ou autoridade, na escolha da casa pela qual optariam, não gostaria de vê-la se mudar tão depressa e queria fazer o possível para que a moça fosse deixada para trás até que ela própria pudesse acompanhá-la a Bath depois do Natal. Tendo, porém, seus próprios compromissos que a afastariam de Kellynch por várias semanas, não tinha condições de hospedá-la como gostaria, e Anne, embora receando o possível calor de setembro em toda a luminosidade de Bath e lamentando renunciar à tão doce e triste influência dos meses outonais no campo, não acreditava que, afinal de contas, desejasse ficar. Seria mais correto e mais sensato e, portanto, envolveria menos sofrimento ir com os outros.

Algo ocorreu, porém, que lhe criou outras obrigações. Mary, quase sempre um pouco adoentada, sempre dando muita importância às próprias queixas e tendo sempre o hábito de chamar Anne por qualquer motivo, estava indisposta. E, prevendo que não teria um só dia de boa saúde até o outono, pediu-lhe, ou melhor, exigiu-lhe, porque aquilo não se podia chamar de pedido, que fosse para Uppercross Cottage e lhe fizesse companhia por tanto tempo quanto dela precisasse, em vez de ir para Bath. "Não posso ficar sem Anne", foi o raciocínio de Mary. E a resposta de Elizabeth foi: "Então, tenho certeza de que Anne faria melhor ficando, porque ninguém vai querê-la em Bath".

Ser requisitada por ser útil, mesmo num estilo impróprio, é pelo menos melhor do que ser rejeitada por não ter serventia alguma. E Anne, satisfeita por ser considerada de alguma conveniência, satisfeita por ter algo definido como um dever e, sem dúvida, não lamentando que o cenário desse dever fosse o campo, seu próprio e amado campo, concordou prontamente em ficar.

Esse convite de Mary afastou todos os problemas de Lady Russell e, em consequência, ficou determinado que Anne não iria para Bath até que Lady Russell a levasse e que, até lá, todo o seu tempo seria dividido entre Uppercross Cottage e Kellynch Lodge.

Até então, tudo estava perfeito, mas Lady Russell quase se descontrolou com a violação de parte do plano de Kellynch Hall, quando de repente explodiu a notícia de que a sra. Clay fora contratada para ir para Bath com Sir Walter e Elizabeth, como importante e valiosa assistente em todas as tarefas que se apresentariam. Lady Russell lamentou muitíssimo a necessidade de se recorrer a tal expediente e ficou preocupada, abalada e receosa. E a afronta que representava para Anne o fato de a sra. Clay ser tão útil, e Anne dispensável, era um doloroso agravante.

Anne, por sua vez, já se tornara insensível a tais afrontas, mas percebeu a imprudência do arranjo com tanta perspicácia quanto Lady Russell. Com grande capacidade de silenciosa observação e um conhecimento, que ela muitas vezes desejava fosse menor, do caráter do pai, tinha consciência de que sérias consequências para a família poderiam resultar daquela intimidade. Não acreditava que o pai, no momento, imaginasse algo. A sra. Clay tinha sardas, um dente saliente e pulsos nada graciosos, sobre os quais ele sem cessar fazia duras observações quando ela não estava presente. Mas era jovem, sem dúvida atraente no conjunto, e tinha, com sua perspicácia e modos sempre agradáveis, atrativos infinitamente mais perigosos do que poderiam ser quaisquer dotes físicos. Anne estava tão impressionada com o grau de perigo por eles representado que não poderia deixar de tentar torná-los perceptíveis para a irmã. Tinha poucas esperanças de sucesso, mas imaginou que Elizabeth, muito mais digna de pena do que ela mesma na eventualidade de tal desventura, jamais deveria ter razões para censurá-la por não lhe ter alertado.

Falou, e pareceu apenas ofender. Elizabeth não podia conceber como tal suspeita absurda lhe poderia ter ocorrido e, indignada, respondeu que cada um deles sabia perfeitamente o seu lugar.

– A sra. Clay – disse ela, veemente – nunca se esquece de quem é. E, como estou muito mais a par de seus sentimentos do que você, garanto que, no que diz respeito a casamentos, eles são especialmente escrupulosos, e que ela reprova qualquer desigualdade de posição e nível social com mais energia do que muita gente. E, quanto a meu pai, eu na verdade não teria pensado que quem se manteve sozinho durante tanto tempo, por nossa causa, devesse agora merecer suspeitas. Se a sra. Clay fosse uma mulher linda, admito que seria um erro tê-la por tanto tempo comigo; não que algo neste mundo, tenho certeza, pudesse levar meu pai a fazer uma união degradante, mas ele poderia sofrer. Mas a pobre sra. Clay, mesmo com todos os seus méritos, nunca poderia ser considerada passavelmente bonita. Na verdade, acho que a pobre sra. Clay pode ficar aqui em total segurança. Seria de imaginar que você nunca tenha ouvido meu pai falar das desventuras pessoais da moça, embora eu saiba que ouviu mais de cinquenta vezes. Aquele dente e aquelas sardas. Sardas não me incomodam tanto quanto a ele. Conheci rostos não tão desfigurados assim por algumas, mas ele as abomina. Você deve tê-lo ouvido mencionar as sardas da sra. Clay.

– Raro é qualquer defeito físico – respondeu Anne – que maneiras agradáveis não façam, aos poucos, passar para segundo plano.

– Penso muito diferente – retrucou Elizabeth, ríspida. – Maneiras agradáveis podem realçar traços belos, mas nunca podem alterar os feios. Entretanto, de qualquer modo, como tenho muito mais em jogo, neste caso, do qualquer outra pessoa, acho um tanto desnecessário que você venha me aconselhar.

Anne cumprira seu dever, satisfeita por estar o assunto encerrado e de modo algum desestimulada a agir corretamente. Elizabeth, mesmo ressentida com a suspeita, poderia, graças a esta, ficar atenta.

A última função da carruagem de quatro cavalos seria levar a Bath Sir Walter, a srta. Elliot e a sra. Clay. O grupo partiu em ótimo estado de espírito; Sir Walter munido de condescendentes acenos para todos os aflitos colonos e lavradores aos quais deve ter sido insinuado que se apresentassem; e Anne, ao mesmo tempo, dirigiu-se a pé, numa espécie de desolada tranquilidade, para Kellynch Lodge, onde deveria passar a primeira semana.

Sua amiga não estava mais bem-disposta do que ela própria. Lady Russell se ressentia demais com aquela dispersão da família. Sua respeitabilidade lhe era tão cara quanto a sua própria, e contatos diários haviam se tornado um hábito precioso. Era doloroso olhar para as terras desertas, e ainda pior antecipar as novas mãos nas quais cairiam; e, para fugir da solidão e da melancolia de uma aldeia tão mudada e estar longe do caminho quando chegassem o almirante e a sra. Croft, decidira que sua própria ausência de casa começaria quando fosse acompanhar Anne. Assim sendo, sua mudança foi feita em conjunto, e Anne foi instalada em Uppercross Cottage, no primeiro estágio da viagem de Lady Russell.

Uppercross era uma aldeia de tamanho médio, que poucos anos antes fora inteiramente em estilo Old English, contendo apenas duas casas de aparência superior às dos pequenos proprietários e operários: a mansão do senhor das terras, com seus altos muros, grandes portões e velhas árvores, imponente e antiquada; a pequena e sólida casa paroquial, incrustada em seu próprio jardim bem cuidado, com uma parreira e uma pereira entrelaçadas ao redor das grandes janelas. Mas, com o casamento do jovem senhor, recebera a melhoria de ter uma sede de fazenda elevada ao nível de vivenda, para sua residência. E Uppercross Cottage, com seu terraço, janelas francesas e outros adereços, era tão capaz de atrair o olhar do viajante quanto os mais consistentes e imponentes aspectos e dependências da Great House, cerca de um quarto de milha adiante.

Ali, Anne hospedara-se diversas vezes. Conhecia os caminhos de Uppercross tão bem quanto os de Kellynch. As duas famílias encontravam-se com tanta assiduidade, estavam tão habituadas a entrar e sair das respectivas casas a todas as horas, que chegou quase a ser uma surpresa encontrar Mary sozinha. Mas, estando sozinha, era de se esperar que estivesse mal-disposta e deprimida. Embora mais prendada do que a irmã mais velha, Mary não tinha a compreensão ou o temperamento de Anne. Quando estava saudável, feliz e bem tratada, tinha ótimo humor e excelente estado de espírito, mas qualquer indisposição deixava-a totalmente acabrunhada. Não dispunha de recursos para lidar com a solidão e, tendo herdado uma cota considerável da presunção dos Elliot, era muito inclinada a somar a todas as outras angústias a de se imaginar negligenciada e maltratada. Na aparência, era inferior a ambas as irmãs e, mesmo nos anos de frescor, só chegara à classificação de ser "uma boa moça". Estava agora deitada no gasto sofá da pequena e bonita sala de estar, cuja mobília antes elegante fora aos poucos se deteriorando, sob a ação de quatro verões e duas crianças. E, vendo surgir Anne, recebeu-a com:

– Ora, até que enfim você chegou! Já estava achando que nunca a veria. Estou tão doente que mal consigo falar. Não vi uma única criatura viva a manhã inteira!

– Lamento encontrá-la indisposta – respondeu Anne. – Você mandou dizer que estava tão bem, na quinta-feira!

– É, fiz o que pude para parecer bem, sempre faço, mas estava longe de me sentir bem naquele dia; e acho que nunca estive tão mal em toda a vida como hoje pela manhã: fraca demais para ser deixada sozinha, com certeza. Imagine se de repente eu tivesse um ataque horrível e não conseguisse tocar a campainha! Então, Lady Russell não veio. Acho que ela não veio a esta casa três vezes, neste verão.

Anne deu uma resposta adequada e perguntou-lhe do marido.

– Oh! Charles foi caçar. Não o vejo desde as sete horas. Saiu, mesmo eu lhe dizendo o quanto estava doente. Afirmou que não ficaria fora por muito tempo, mas nunca voltou, e já é quase uma da tarde. Garanto-lhe que não vi uma só alma em toda esta longa manhã.

– Os meninos não ficaram com você?

– Ficaram, enquanto eu pude suportar o barulho que faziam, mas são tão impossíveis que me fazem mais mal do que bem. O pequeno Charles não ouve uma palavra do que digo, e Walter está indo pelo mesmo caminho.

– Bem, você logo vai melhorar – respondeu Anne, alegre. – Você sabe que eu sempre a curo quando venho. Como vão seus vizinhos na Great House?

– Não tenho como lhe dar notícias deles. Não vi nenhum deles hoje, a não ser o sr. Musgrove, que só parou e falou comigo pela janela, mas sem descer do cavalo. E, mesmo eu lhe tendo dito o quanto estava doente, nenhum deles chegou perto de mim. Não devia ser conveniente para as moças Musgrove, imagino, e elas nunca alteram seus próprios planos.

– Você talvez as veja ainda, antes do final da manhã. É cedo.

– Nunca as quero por aqui, lhe garanto. Elas falam e riem em excesso para mim. Oh! Anne! Estou tão mal! Foi bem indelicado de sua parte não ter vindo na quinta.

– Minha querida Mary, lembre-se do tranquilizador recado que me mandou a seu respeito! Você escreveu com a maior alegria, e disse que estava perfeitamente bem, e que eu não me apressasse. Sendo assim, você deveria saber que meu desejo seria ficar com Lady Russell até o último instante: e, além do que sinto por ela, estive na verdade tão ocupada, com tanto para fazer, que não me teria sido muito conveniente deixar Kellynch mais cedo.

– Santo Deus! O que você pode ter para fazer?

– Inúmeras coisas, garanto. Mais do que consigo me lembrar assim de repente, mas posso lhe falar de algumas. Estive fazendo uma duplicata do catálogo de livros e quadros de meu pai. Estive várias vezes no jardim com Mackenzie, tentando entender, e fazê-lo entender, quais, entre as plantas de Elizabeth, são para Lady Russell. Tive todas as minhas próprias coisinhas para arrumar, livros e partituras para dividir, e todos os baús para refazer, por não ter compreendido a tempo como seriam arrumadas as carroças. E houve algo que precisei fazer, Mary, de natureza mais desgastante: ir a quase todas as casas da paróquia, numa espécie de despedida. Disseram-me que assim desejavam. Mas todas essas coisas me tomaram muito tempo.

– Ah! Bem!

E, depois de um momento de pausa:

– Mas você ainda não me perguntou coisa alguma a respeito de nosso jantar de ontem com os Poole.

– Então você foi? Não fiz perguntas porque deduzi que você tivesse sido obrigada a desistir da festa.

– Ah! Fui sim. Eu estava muito bem ontem, nada de errado comigo até hoje pela manhã. Teria sido estranho se eu não fosse.

– Fico muito contente por você ter estado bem, e espero que tenha sido uma festa agradável.

– Nada de especial. Sempre se sabe de antemão qual será o jantar e quem estará presente, e é tão desconfortável não ter uma carruagem própria. O sr. e a sra. Musgrove me levaram, e estávamos tão apertados! Os dois são tão grandes e ocupam tanto espaço. E o sr. Musgrove sempre senta na frente. Então, lá estava eu, apertada no banco traseiro com Henrietta e Louise. Acho bem possível que minha doença de hoje se deva àquilo.

Mais alguma perseverança em termos de paciência e alegria forçada por parte de Anne quase curaram Mary. Logo ela conseguiu se sentar direito no sofá, e começou a desejar que pudesse sair dali a tempo para o almoço. Depois, esquecendo-se de pensar nisso, já estava do outro lado da sala, consertando um arranjo de flores. Comeu então um prato de frios e logo a seguir estava bem o bastante para propor um pequeno passeio.

– Aonde iremos? – perguntou ela, quando estavam prontas. – Imagino que você não gostaria de ir a Great House antes que tenham vindo visitá-la.

– Não faço a menor objeção quanto a isso – respondeu Anne. – Nunca pensaria em fazer esse tipo de cerimônia com gente que conheço tão bem quanto as Musgrove.

– Ah! Mas elas deveriam vir visitá-la o quanto antes. Devem saber o respeito que lhe devem como minha irmã. Entretanto, podemos também ir até lá e conversar com elas um pouco e, isso feito, poderemos aproveitar nosso passeio.

Anne sempre considerara esse tipo de atitude bastante imprudente, mas deixara de tentar impedi-lo por acreditar que, mesmo havendo de parte a parte contínuos motivos de queixa, nenhuma das duas famílias poderia agora passar sem eles. Para a Great House então foram, para se sentar por meia hora na antiquada sala de visitas, com o tapetinho e o assoalho reluzente, à qual as atuais filhas da casa iam aos poucos dando o devido ar de confusão com um grande piano e uma harpa, floreiras e mesinhas colocadas por toda parte. Ah! Pudessem os originais dos retratos pendurados nos lambris, pudessem os cavalheiros em veludo marrom e as senhoras em cetim azul ver o que acontecia, pudessem estar cientes de tamanha decadência de qualquer ordem e elegância! Os próprios retratos pareciam fitar tudo aquilo com perplexidade.

Os Musgrove, como suas casas, estavam num estado de mudança, talvez de melhoramento. O pai e a mãe eram do velho estilo inglês, e os jovens, do novo. O sr. e a sra. Musgrove eram de uma espécie muito boa de pessoas, amistosos e hospitaleiros, não muito cultos, e de modo algum elegantes. Os filhos tinham mentes e maneiras mais modernas. A família era grande, mas não havia mais crianças; além de Charles, eram apenas Henrietta e Louise, moças de dezenove e vinte anos, que trouxeram da escola em Exeter todo o habitual estoque de dotes e eram agora como milhares de outras moças, vivendo para ser elegantes, felizes e divertidas. Seus trajes eram excelentes, seus rostos eram bem bonitos, seu estado de espírito, ótimo, seus modos, desembaraçados e agradáveis; eram consideradas em casa e admiradas fora dela. Anne sempre as vira como algumas das criaturas mais felizes de suas relações; mas ainda assim livre, como somos todos por algum reconfortante sentimento de superioridade, para desejar uma possibilidade de troca, ela não desistiria de sua própria mente mais elegante e culta por todas as diversões das outras, e em nada as invejava, exceto por aquela aparente perfeita harmonia e compreensão, aquele bem-humorado afeto recíproco, que ela mesma tão pouco experimentara com qualquer das irmãs.

Foram recebidas com muita cordialidade. Nada parecia haver de errado com a família de Great House, que em geral era, como Anne bem sabia, impecável. A meia hora se passou em conversas bastante agradáveis e, ao final, ela em absoluto não se surpreendeu quando as moças Musgrove, a convite de Mary, se juntaram às irmãs em seu passeio.

Capítulo 6

Anne não precisava daquela visita a Uppercross para saber que a transferência de um grupo de pessoas para outro, mesmo com uma distância de apenas três milhas, envolve muitas vezes uma total mudança de conversas, opiniões e ideias. Nunca se hospedara lá antes sem que isso lhe ocorresse, ou sem desejar que outros Elliot pudessem ser como ela surpreendidos ao ver o quanto eram ali desconhecidos, ou irrelevantes, os assuntos que em Kellynch Hall eram tratados como de interesse geral e suma importância. Ainda assim, com toda essa experiência, acreditava dever agora admitir que mais uma lição, na arte de conhecer nossa própria insignificância fora de nosso próprio círculo, se tornava necessária para ela, pois sem dúvida, chegando como chegou, com o coração tomado pelo assunto que por muitas semanas ocupara por inteiro as duas casas em Kellynch, esperara maior curiosidade e simpatia do que encontrou nas distintas, porém similares, observações do casal Musgrove: "Então, srta. Anne, Sir Walter e sua irmã se foram. Em que região de Bath a senhorita acredita que se instalarão?", e isso sem esperar muito por uma resposta. Ou no adendo das moças: "Espero irmos a Bath no inverno, mas lembre-se, papai, se formos, devemos ficar bem instalados, nada de Queen Square para nós!". Ou no ansioso acréscimo de Mary: "Palavra de honra, eu ficarei bem servida, quando vocês todos tiverem ido ser felizes em Bath".

Ela só poderia se decidir a evitar semelhantes desapontamentos no futuro, e pensou com ainda maior gratidão na extraordinária bênção de ter uma amiga tão verdadeiramente compreensiva quanto Lady Russell.

Os dois senhores Musgrove tinham sua própria caça para vigiar e destruir, seus próprios cavalos, cães e jornais para se ocupar, e as mulheres cuidavam em permanência de todas as outras tarefas comuns de casa, vizinhos, vestidos, danças e música. Ela reconhecia ser bastante adequado que cada pequena comunidade social ditasse seus próprios temas de conversação e esperava, em breve, se tornar um membro não indigno daquela para a qual fora agora transplantada. Com a perspectiva de passar pelo menos dois meses em Uppercross, considerava seu dever investir imaginação, memória e todos os pensamentos em Uppercross, ao máximo possível.

Não receava aqueles dois meses. Mary não era tão repulsiva e tão pouco fraternal quanto Elizabeth, nem tão inacessível à sua influência, e nada havia de desconfortável entre os outros moradores do Cottage. Sempre estivera em termos amigáveis com o cunhado e, nos meninos, que a amavam quase tanto quanto à mãe e a respeitavam bem mais, tinha um objeto de interesse, distração e saudável exercício.

Charles Musgrove era polido e agradável; em sensatez e gênio era sem sombra de dúvida superior à esposa, mas não em recursos, eloquência ou graça para transformar em perigosa contemplação o passado que os unira. Embora, ao mesmo tempo, Anne acreditasse, como Lady Russell, que uma união menos desigual poderia tê-lo melhorado bastante e que uma mulher de verdadeiro discernimento poderia ter-lhe tornado a personalidade mais consequente e mais úteis, racionais e elegantes os hábitos e ocupações. Como era, ele nada fazia com muito empenho, exceto os esportes, e o resto do tempo era desperdiçado, sem o benefício dos livros ou de qualquer outra coisa. Tinha muito bom humor, que nunca parecia muito afetado pelas ocasionais depressões da esposa, suportando às vezes sua irracionalidade a ponto de surpreender Anne, e, no todo, embora houvesse com frequência alguma desavença (nas quais ela se envolvia mais do que desejaria, sendo chamada por ambos a interferir), poderiam passar por um casal feliz. Sempre estavam de perfeito acordo quanto à necessidade de mais dinheiro e compartilhavam a permanente expectativa de um belo presente do pai dele, mas nesse ponto, como em muitos outros, ele se mostrava superior, pois, enquanto Mary considerava uma grande vergonha que tal presente não fosse dado, ele sempre afirmava ter o pai muitos outros usos para o dinheiro e o direito de gastá-lo como quisesse.

Quanto à educação dos filhos, a teoria dele era muito melhor do que a da esposa, e a prática não tão ruim. "Eu poderia educá-los muito bem, não fosse a intervenção de Mary", era o que Anne o ouvia dizer com frequência, e acreditava nisso. Mas, ao escutar a acusação de Mary de que "Charles estraga os meninos de um jeito que eu não consigo fazê-los obedecer", nunca tinha a menor tentação de dizer: "É verdade".

Uma das circunstâncias menos agradáveis de sua estadia era ser tratada com excessiva confiança por todos e ter demasiado conhecimento das queixas secretas de cada uma das casas. Sendo conhecida sua influência sobre a irmã, era continuamente chamada a exercê-la, ou, pelo menos, recebia indiretas para fazê-lo, além do que seria possível. "Eu gostaria que você convencesse Mary a não se fazer sempre de doente", era a linguagem de Charles." E, em tom infeliz, assim dizia Mary: "Acho que, se Charles me visse morrendo, ele não acreditaria que houvesse algo errado comigo. Tenho certeza, Anne, que se você quisesse, poderia convencê-lo de que estou realmente muito doente... muito mais do que jamais admiti".

A declaração de Mary era: "Detesto mandar os meninos para a Great House, embora a avó esteja sempre querendo vê-los, porque ela os mima e paparica em excesso e lhes dá tanta porcaria e doces que, quando voltam, sempre passam o resto do dia doentes e irritados. E a sra. Musgrove aproveitou a primeira oportunidade de estar a sós com Anne para dizer: "Ah, srta. Anne, não posso deixar de desejar que a sra. Charles tivesse um pouco do seu jeito com esses meninos! São criaturas tão diferentes quando estão com a senhorita! Mas a verdade é que em geral são tão mimados! É uma pena que não possa ensinar sua irmã a educá-los. Eles são os melhores e mais saudáveis meninos que já vi, pobres queridinhos, sem qualquer parcialidade. Mas a sra. Charles não sabe como deveriam ser tratados! Oh, céus! Como são malcriados, às vezes. Garanto-lhe, srta. Anne, isso me impede de querê-los em nossa casa com a frequência que deveria ser. Acredito que a sra. Charles não fique muito satisfeita por eu não convidá-los mais vezes, mas a senhorita sabe que é muito ruim ter crianças que somos obrigadas a vigiar todo o tempo, "não faça isso" e "não faça aquilo", ou que só conseguimos manter num comportamento tolerável dando-lhes mais bolos do que seria bom para elas".

Além disso, ouviu de Mary este comunicado: "A sra. Musgrove acha todas as suas criadas tão leais que seria alta traição questionar o assunto. Mas tenho certeza, sem exagero, que a arrumadeira principal e a lavadeira, em vez de cuidar de seus afazeres, ficam perambulando pela cidade o dia inteiro. Encontro-as onde quer que eu vá. E, declaro, nunca entro duas vezes no quarto de brinquedos sem que veja vestígio das duas. Se Jemina não fosse a mais confiável e leal criatura do mundo, isso bastaria para estragá-la, pois ela me conta que sempre a estão tentando com convites para dar uma volta". E, por parte da sra. Musgrove, era assim: "Tenho como regra nunca interferir em assunto algum da minha nora, pois sei que não daria certo, mas vou lhe dizer, srta. Anne, porque a senhorita pode ser capaz de dar um jeito nas coisas, que não tenho muito boa opinião a respeito da babá da sra. Charles: ouço estranhas histórias a respeito dela, está sempre perambulando por aí. E, por observação própria, posso declarar que se trata de uma senhora tão bem vestida que é capaz de arruinar qualquer serviçal da qual se aproximar. A sra. Charles tem muita confiança nela, eu sei, mas só lhe dou essas informações para que fique atenta, porque, se vir algo inoportuno, não precisa ter medo de comentar".

Mais uma vez, vinha a queixa de Mary de que a sra. Musgrove era muito propensa a não lhe dar a precedência que lhe era devida, quando jantavam em Great House com outras famílias, e ela não via a razão pela qual deveria ser considerada tão íntima a ponto de perder seus direitos. E, um dia, quando Anne andava sozinha com as moças Musgrove, uma delas, depois de falar de nível social, gente de nível e ciúmes da posição social, disse:

– Não tenho quaisquer escrúpulos de comentar com você como as pessoas podem ser inconsistentes em relação a seu nível, porque todos sabem o quanto você é tranquila e indiferente a respeito disso, mas eu gostaria que alguém pudesse dar a entender a Mary que seria muito melhor se ela não fosse tão irredutível, sobretudo se não estivesse sempre se precipitando para tomar o lugar de mamãe. Ninguém duvida do direito dela de ter precedência sobre mamãe, mas seria mais elegante por parte dela não estar sempre insistindo nisso. Não que mamãe de algum modo se preocupe com isso, mas sei que muita gente tem reparado.

Como iria Anne colocar tudo aquilo nos devidos lugares? Pouco podia fazer além de ouvir com paciência, atenuar qualquer crítica e desculpar uns com os outros, fazer a todos sugestões quanto à tolerância necessária entre vizinhos tão próximos, e ampliar tais sugestões quando se destinavam a favorecer sua irmã.

Em todos os outros aspectos, sua visita começou e continuou muito bem. Seu próprio estado de ânimo melhorou com a mudança de lugar e de assunto, por estar a três milhas de distância de Kellynch. Os males de Mary diminuíram com a presença de uma companhia constante e o contato diário com a outra família, desde que não houvesse no Cottage afeto, confiança ou afazeres mais importantes por elas interrompidos, chegava a ser uma vantagem. Tal contato era sem dúvida o maior possível, pois se encontravam todas as manhãs, e era raro que passassem uma noite sem se ver, mas ela acreditava que nada teria dado tão certo sem a visão das respeitáveis figuras do sr. e sra. Musgrove nos lugares habituais, ou sem as conversas, risos e canções de suas filhas.

Anne tocava piano bem melhor do que as duas moças Musgrove, mas, não tendo voz, não sabendo dedilhar a harpa e sem pais amorosos que se sentassem e se fizessem de encantados, ninguém prestava atenção a seu desempenho, a não ser por cortesia, ou para dar descanso às outras, como ela bem percebia. Sabia que, quando tocava, dava prazer apenas a si mesma, mas aquela não era uma sensação nova. A não ser num curto período da vida, ela nunca, desde os catorze anos de idade, nunca desde a morte de sua querida mãe, conhecera a felicidade de ser ouvida ou incentivada por imparcial apreciação ou verdadeiro bom gosto. Na música, sempre estivera habituada a se sentir sozinha no mundo; e a carinhosa parcialidade do casal Musgrove a favor do desempenho de suas próprias filhas, somada à total indiferença de qualquer outra pessoa, deu-lhe muito mais prazer por elas do que angústia por si mesma.

O grupo em Great House era às vezes aumentado por outras companhias. A vizinhança não era numerosa, mas os Musgrove eram visitados por todos e tinham mais jantares dançantes, mais visitas, mais hóspedes convidados e ocasionais do que qualquer outra família. Eram definitivamente populares.

As moças eram loucas por danças e as noites terminavam, por vezes, num pequeno baile improvisado. Havia uma família de primos não muito longe de Uppercross, em condições menos favoráveis, que dependia dos Musgrove para todas as diversões: eles viriam a qualquer momento e ajudariam a jogar fosse o que fosse, ou dançar fosse onde fosse. E Anne, preferindo mil vezes o papel de musicista a outra ocupação mais ativa, tocava para eles as contradanças, durante horas; uma gentileza que, mais do que qualquer outra coisa, sempre valorizava seus dotes musicais diante do casal Musgrove e com frequência gerava este cumprimento:

– Muito bem, srta. Anne! Muito bem mesmo! Louvado seja Deus! Como voam esses seus dedinhos!

Assim se passaram as primeiras três semanas. Chegou o dia de São Miguel, e o coração de Anne voltou-se mais uma vez para Kellynch. Um lar amado entregue a terceiros; todos os preciosos cômodos e móveis, arvoredos e paisagens, começando a reconhecer outros olhos e outros corpos! Ela não conseguia pensar em outra coisa no dia 29 de setembro. E, à noitinha, ouviu esta consoladora observação de Mary que, ao precisar anotar o dia do mês, exclamou:

– Meu Deus, não é hoje o dia em que os Croft deveriam chegar a Kellynch? Estou contente por não ter pensado nisso antes. Como me deprime!

Os Croft tomaram posse com um aparato típico da Marinha, e precisavam ser visitados. Mary lamentou ser obrigada a isso. Ninguém sabia o quanto iria sofrer; adiaria aquilo o mais que pudesse, mas não descansou até ter convencido Charles a levá-la até lá o quanto antes. E, ao voltar, estava num alvoroçado e feliz estado de fantasiosa agitação. Anne sinceramente se alegrara por não ter sido possível a sua ida. Desejava, entretanto, conhecer os Croft e ficou contente por estar em casa quando a visita foi retribuída. Eles chegaram: o dono da casa não se encontrava, mas as duas irmãs estavam juntas. E, tendo o acaso determinado que a sra. Croft ficasse aos cuidados de Anne, enquanto o almirante se sentava ao lado de Mary e se mostrava muito agradável com uma bem-humorada atenção dada aos meninos, ela teve a oportunidade de procurar uma semelhança e, se não a encontrou nas feições, pôde percebê-la na voz, ou no modo de sentir e se expressar.

A sra. Croft, embora não fosse alta ou gorda, tinha uma postura antiquada, respeitável e vigorosa que a tornava imponente. Tinha brilhantes olhos escuros, bons dentes e um rosto, no conjunto, agradável, embora sua pele avermelhada e maltratada pelo ar livre, consequência de ter passado quase tanto tempo no mar quanto o marido, faziam-na parecer ter vivido muito mais anos no mundo do que seus reais 38. Suas maneiras eram francas, afáveis e decididas, como alguém que não tem dúvidas a respeito de si mesma e nenhuma hesitação quanto ao que deve fazer, mas sem qualquer traço de grosseria ou qualquer falta de bom humor. Anne creditou-lhe, na verdade, sentimentos de grande consideração para com sua pessoa em tudo o que se relacionava a Kellynch, e isso a agradou: sobretudo, como se tranquilizou no primeiro meio minuto, no instante mesmo da apresentação, por não haver o menor sintoma de qualquer conhecimento ou suspeita por parte da sra. Croft que lhe valesse algum tipo de preconceito. Estava, quanto a isso, bem à vontade e, em consequência, cheia de força e coragem, até, num dado momento, ser eletrizada pela repentina frase da sra. Croft:

– Foi com a senhorita, e não com sua irmã, deduzo, que meu irmão teve o prazer de travar relações quando esteve nesta região.

Anne desejou ter passado da idade de enrubescer, mas da idade da emoção com certeza não passara.

– Talvez não tenha tomado conhecimento de que ele se casou – acrescentou a sra. Croft.

Foi então capaz de responder como deveria, e ficou feliz por perceber, quando as palavras seguintes da sra. Croft explicaram ser do sr. Wentworth que falava, que nada dissera que não se pudesse aplicar a qualquer um dos irmãos. Percebeu de imediato como era razoável que a sra. Croft estivesse pensando e falando de Edward e não de Frederick, e, envergonhada de seu próprio esquecimento, dedicou-se a indagar sobre a atual situação do antigo vizinho com o devido interesse.

O resto foi só tranquilidade, até que, quando o casal ia saindo, ela ouviu o almirante dizer a Mary:

– Estamos esperando para breve a chegada de um irmão da sra. Croft. Ouso afirmar que a senhora o conhece de nome.

Ele foi interrompido pelos impetuosos ataques dos meninos, pendurando-se nele como se fosse um velho amigo, declarando que ele não iria embora e sendo tão absorvido pelas propostas de levá-los nos bolsos do casaco etc., e não teve outro momento para terminar ou se lembrar do que começara a dizer, levando Anne a se convencer, como pôde, de que se tratava do mesmo irmão. Não conseguiu, porém, chegar a tal grau de certeza que não a deixasse ansiosa para ouvir o que havia sido dito a respeito daquele assunto na outra casa, onde os Croft estiveram antes.

A família de Great House deveria passar o final da tarde em Uppercross Cottage e, sendo aquela uma época do ano que já não permitia que tais visitas fossem feitas a pé, começava-se a esperar ouvir os cavalos quando chegou a mais jovem das moças Musgrove. Que ela vinha se desculpar, e que passariam a noite sem companhia, foi no que primeiro se pensou, e Mary já estava pronta para se sentir insultada quando Louisa consertou tudo ao dizer que só tinha ido a pé para deixar mais espaço para a harpa, que estava sendo levada na carruagem.

– E vou lhes dizer a razão disso – acrescentou ela – e tudo o mais. Vim antes para lhes contar que papai e mamãe estão deprimidos esta tarde, por causa de mamãe: ela está pensando demais no pobre Richard! E concordamos que o melhor seria ouvirmos harpa, que parece alegrá-la mais do que o piano. Vou lhes dizer por que ela está deprimida. Quando os Croft foram nos visitar hoje pela manhã (vieram aqui depois, não foi?), disseram que o irmão dela, o capitão Wentworth, acabou de voltar para a Inglaterra, ou entrou para a reserva, ou algo assim, e está vindo diretamente para vê-los. E, por falta de sorte, mamãe se lembrou, quando o casal se foi, que Wentworth, ou algo muito parecido, era o nome do comandante do pobre Richard em algum momento, não sei quando ou onde, mas muito tempo antes de ele morrer, coitadinho! E, depois de procurar nas cartas e coisas dele, ela achou que era, e teve certeza de que devia ser o mesmo homem, e não para de pensar nisso e no pobre Richard! Então precisamos ficar o mais alegres que pudermos, para que ela não continue a alimentar essas ideias melancólicas.

As verdadeiras circunstâncias desse patético episódio da história familiar eram que os Musgrove tinham tido a má sorte de ter um filho por demais problemático e irresponsável, e a boa sorte de perdê-lo antes que completasse vinte anos; que ele fora mandado para alto-mar porque era incapaz e indisciplinado em terra; que a família nunca se preocupara muito com ele, embora se preocupasse mais do que ele merecia; que pouco ouviam falar dele e menos ainda sentiam sua falta, quando a notícia de sua morte no exterior chegou a Uppercross, havia dois anos.

Na verdade, embora suas irmãs fizessem agora o que podiam por ele, chamando-o de "pobre Richard", ele não passara de um Dick Musgrove, imbecil, insensível e imprestável, que, vivo ou morto, jamais obrara algo que o fizesse merecer mais do que a abreviação do próprio nome.

Estivera por muitos anos no mar e, entre as transferências às quais estão sujeitos os aspirantes da Marinha, e sobretudo aqueles aspirantes dos quais todos os capitães querem se ver livres, passara seis meses a bordo da fragata do capitão Frederick Wentworth, a *Laconia*. E, da *Laconia*, ele escrevera as duas únicas cartas que seus pais receberam durante toda a sua ausência, ou melhor, as duas únicas cartas desinteressadas, todo o resto tendo sido meros pedidos de dinheiro.

Em ambas as cartas, ele falara bem de seu comandante, mas mesmo assim, tão pouco tinham eles o costume de tratar desses assuntos, tão desatentos e desinteressados eram em relação a nomes de homens ou embarcações, que o elogio mal lhes causara qualquer impressão na época, e o fato de que a sra. Musgrove tivesse se abalado, naquele dia, com a lembrança do nome de Wentworth em relação ao filho, parecia uma dessas extraordinárias percepções mentais que às vezes ocorrem.

Ela tinha ido em busca das cartas e descoberto o que supunha. E aquela releitura daquelas cartas, depois de tanto tempo, o pobre filho para sempre desaparecido e toda a intensidade de seus erros já esquecida afetaram por demais seu estado de espírito e a atiraram num luto ainda maior do que sentira ao tomar conhecimento de sua morte. O sr. Musgrove foi, em menor grau, também afetado. Ao chegarem ao Cottage, sem dúvida ansiavam, primeiro, por serem ouvidos em relação àquele assunto e, depois, por todo o consolo que lhes poderiam dar companheiros afetuosos.

Ouvi-los falar tanto do capitão Wentworth, repetir tantas vezes seu nome, relembrar anos distantes e, ao final, deduzir que era possível, era provável, tratar-se do mesmo capitão Wentworth que lembravam ter encontrado, uma ou duas vezes, ao voltarem de Clifton – um rapaz muito distinto –, mas sem poderem dizer se isso havia acontecido sete ou oito anos antes, foi uma nova espécie de desafio para os nervos de Anne. Ela descobriu, porém, ser aquele um desafio com o qual deveria se habituar. Já que ele era realmente esperado na região, ela deveria aprender a, nesse sentido, se tornar insensível. E não parecia ser apenas esperado, e para breve, como os Musgrove, em sua calorosa gratidão pela bondade que ele demonstrara para com o pobre Dick e com enorme respeito pelo seu caráter, evidenciado como fora pelo fato de ter o pobre Dick passado seis meses sob seus cuidados e tê-lo descrito, num grande elogio, apesar dos erros de ortografia, como "um camarada muito bão, só que insigente demais como patrão", tinham intenções de se apresentar a ele e tentar travar relações, tão logo soubessem de sua chegada.

A decisão de assim fazer ajudou-os a encontrar consolo naquele fim de tarde.

Capítulo 7

Mais alguns dias e soube-se que o capitão Wentworth estava em Kellynch, e que o sr. Musgrove fora visitá-lo e voltara ainda mais entusiasmado, pois o capitão se comprometera, assim como os Croft, a jantar em Uppercross no final da semana seguinte. Havia sido um grande desapontamento para o sr. Musgrove saber que nenhuma data mais próxima poderia ser marcada, tão impaciente estava por demonstrar sua gratidão, recebendo o capitão Wentworth sob seu próprio teto e oferecendo-lhe o que de melhor e mais forte houvesse em suas adegas. Mas seria preciso esperar uma semana; apenas uma semana, pelas contas de Anne, e então, ela supunha, deveriam se encontrar. E logo começou a desejar se sentir segura, ao menos por uma semana.

O capitão Wentworth retribuiu bastante cedo a cortesia do sr. Musgrove, e por pouco ela não os visitava durante a mesma meia hora. Ela e Mary preparavam-se para ir a Great House, onde, como mais tarde soube, teria sido inevitável encontrá-lo, quando foram interrompidas pela chegada do menino mais velho, sendo levado para casa em consequência de uma queda. O estado da criança afastou qualquer hipótese de visita, mas ela não ficou indiferente ao saber do que escapara, mesmo em meio à grande ansiedade em que mergulharam.

A clavícula do menino estava deslocada, e tão grande fora a contusão nas costas que dera margem aos mais alarmantes pensamentos. Foi uma tarde angustiante, e Anne tinha inúmeras coisas para fazer de imediato. O farmacêutico a ser chamado, o pai a ser localizado e informado, a mãe a acalmar e cuja histeria devia ser impedida, os criados a serem controlados, a criança menor a ser afastada, e o coitadinho que sofria a ser cuidado e consolado. Além de mandar, tão logo pensou nisso, as devidas notícias à outra casa, o que lhe valeu, mais do que ajudantes úteis, companheiros apavorados e cheios de perguntas.

A volta do cunhado foi seu primeiro alívio; ele poderia cuidar melhor da esposa, e a segunda bênção foi a vinda do farmacêutico. Até que ele chegasse e examinasse a criança, seus temores eram os piores, por serem vagos; suspeitavam de um grande trauma, mas não sabiam onde. A clavícula fora logo recolocada no lugar e, embora o sr. Robinson apalpasse e voltasse a apalpar, esfregasse, parecesse sério e dissesse palavras em voz baixa tanto para o pai quanto para a tia, ainda assim todos foram levados a esperar o melhor, a poder se separar e a fazer suas refeições em tolerável estado de espírito. E foi então que, pouco antes de saírem, as duas jovens tias se afastaram tanto do assunto da saúde do sobrinho a ponto de dar informações a respeito da visita do capitão Wentworth. Ficando cinco minutos a mais do que os pais, fizeram questão de contar o quanto estavam absolutamente encantadas com ele, como o acharam mais bonito e infinitamente mais agradável do que qualquer outro entre seus conhecidos do sexo masculino que pudesse até então ter sido um favorito. Como ficaram contentes ao ouvir papai convidá-lo a ficar para o almoço, como lamentaram quando ele respondeu que não lhe seria possível aceitar e como outra vez se alegraram quando ele prometeu, diante de novos e insistentes convites de papai e mamãe para que viesse almoçar com eles no dia seguinte – de fato, no dia seguinte. E ele prometera de um modo tão encantador, como se compreendesse, exatamente como deveria, todo o motivo daquela atenção. E, resumindo, ele olhara e dissera tudo com tanta graça e requinte que elas podiam garantir a todos que ficaram ambas com a cabeça virada por ele. E saíram correndo, tão cheias de alegria quanto de amor, e aparentemente mais inebriadas do capitão Wentworth do que do pequeno Charles.

A mesma história e os mesmos arroubos foram repetidos quando as duas moças voltaram com o pai, ao cair da tarde, para saber notícias, e o sr. Musgrove, não mais sob o primeiro impacto da preocupação com o herdeiro, pôde acrescentar sua confirmação, elogios e esperança de que agora não haveria razões para a ausência do capitão Wentworth, lamentando apenas acreditar que talvez a família do Cottage não quisesse abandonar o menino para ir à reunião.

– Ah, não! Impossível deixar o menino!

Tanto a mãe quanto o pai estavam ainda por demais alarmados para sequer cogitar do assunto, e Anne, na alegria de escapar, não fez senão somar aos deles seus calorosos protestos.

Charles Musgrove, na verdade, mais tarde, mostrou-se mais inclinado a sair; a criança estava passando tão bem, e ele gostaria muitíssimo de ser apresentado ao capitão Wentworth que talvez pudesse se juntar a eles à tardinha; não jantaria fora, mas poderia ir até lá por uma meia hora. Mas a isso sua esposa foi violentamente contra, retrucando:

– Oh! Não, Charles, eu de fato não posso suportar a ideia de que você saia. Imagine só se alguma coisa acontecer.

O menino passou bem a noite e continuou a melhorar no dia seguinte. Seria uma questão de tempo ter certeza de que nenhum mal fora causado à coluna, mas o sr. Robinson nada encontrou que acarretasse maior alarme, e Charles Musgrove começou, em consequência, a não considerar necessário mais tempo de confinamento. A criança deveria ser mantida na cama e distraída com a maior calma possível, mas o que havia ali para um pai fazer? Aquele era um assunto para mulheres, e seria um grande absurdo para ele, que não poderia ser útil em casa, permanecer trancafiado. Seu pai queria muito que ele conhecesse o capitão Wentworth e, não havendo razões suficientes em contrário, ele deveria ir. E tudo terminou com uma enfática e pública declaração, feita ao voltar da caça, de sua intenção de se vestir naquele mesmo instante e ir almoçar na outra casa.

– Nada pode estar melhor do que o menino – disse ele –, portanto falei a meu pai, agora mesmo, que iria, e ele me deu razão. Sua irmã estando com você, meu amor, não tenho quaisquer escrúpulos. Você não gostaria de deixá-lo, mas pode ver que não tenho qualquer utilidade. Anne mandará me buscar, se algo acontecer.

Maridos e esposas em geral compreendem quando a oposição será em vão. Mary soube, pelo modo de falar de

Charles, que ele estava bastante determinado a ir e que seria inútil irritá-lo. Nada disse, então, até que ele deixou o quarto, mas, tão logo havia apenas Anne para ouvir...

– Assim, você e eu devemos ser deixadas para nos arranjarmos sozinhas com esta pobre criança doente, e nenhuma criatura vem nos fazer companhia à tarde! Eu sabia como seria. Esta é sempre a minha sina. Se há alguma coisa desagradável acontecendo, os homens sempre se afastam, e Charles é tão mau quanto qualquer um deles. Muito insensível! Devo dizer que é muito insensível da parte dele estar fugindo de seu pobre menino. Dizer que ele está melhorando! Como ele sabe que o menino está melhorando, ou se pode haver uma mudança repentina dentro de meia hora? Não imaginei que Charles fosse tão insensível. E então ele vai embora e se diverte, e, porque sou a pobre mãe, não tenho o direito de criar caso. E mais, tenho certeza, eu sou menos adequada do que qualquer outra pessoa para me ocupar da criança. O fato de eu ser a mãe é a própria razão pela qual meus sentimentos não deveriam ser postos à prova. Não estou à altura. Você viu o quanto eu estava histérica ontem.

– Mas aquilo foi apenas o efeito do susto repentino... do choque. Você não ficará histérica de novo. Atrevo-me a dizer que não temos com que nos preocupar. Compreendo perfeitamente as instruções do sr. Robinson e não tenho o que temer. E, na verdade, Mary, não estranho a atitude do seu marido. Cuidar de crianças não é um ofício masculino, não é da competência dele. Uma criança doente é sempre propriedade da mãe: em geral, seus próprios sentimentos fazem com que assim seja.

– Espero amar tanto meu filho quanto qualquer mãe, mas não sei se sou de algum modo mais útil do que Charles no quarto de um doente, pois não posso estar sempre repreendendo e implicando com a pobre criança quando ela está enferma. E você viu, hoje pela manhã, que, se eu lhe dizia para ficar quieto, era certo que ele começava a se excitar. Não tenho nervos para esse tipo de coisa.

– Mas você se sentiria bem, passando toda a tarde longe do coitadinho?

– Sim. Você entende que o pai dele possa, e por que eu não poderia? Jemina é muito cuidadosa, e poderia nos mandar um recado de hora em hora dizendo como ele está. Realmente acho que Charles deveria ter dito ao pai que todos nós iríamos. Agora, não estou mais alarmada com o pequeno Charles do que ele. Eu estava terrivelmente apavorada ontem, mas hoje o caso é bem diferente.

– Bem, se você não acha que é tarde demais para se apresentar, suponho que deva ir, tanto quanto seu marido. Deixe o pequeno Charles aos meus cuidados. O sr. e a sra. Musgrove não poderão achar errado, se eu ficar com ele.

– Você está falando sério? – exclamou Mary, os olhos brilhando. – Deus meu! Esta é uma ótima ideia, ótima mesmo. Na verdade, posso ir ou não ir, tanto faz, porque não sou mesmo útil em casa... sou? E isso só me atormenta. Você, que não tem sentimentos maternais, é de longe a pessoa mais adequada. Você consegue que o pequeno Charles faça tudo o que você quer, ele sempre ouve tudo o que você diz. Será muito melhor do que deixá-lo sozinho com Jemina. Ah! Sem dúvida eu vou, tenho certeza de que deveria ir se pudesse, tanto quanto Charles, porque eles querem demais que eu trave relações com o capitão Wentworth, e sei que você não se importa de ser deixada sozinha. Uma excelente ideia você teve, Anne, de verdade. Vou avisar a Charles, e me aprontarei agora mesmo. Você pode mandar nos buscar, você sabe, a qualquer momento, se houver alguma coisa. Mas me atrevo a dizer que nada acontecerá para alarmá-la. Eu não iria, pode ter certeza, se não me sentisse muito tranquila em relação a meu querido filho.

No momento seguinte, ela batia à porta do quarto de vestir do marido e, como Anne a seguira ao andar de cima, chegou a tempo de ouvir toda a conversa, que começou com Mary dizendo, em tom mais que exultante:

– Pretendo ir com você, Charles, pois não sou mais útil em casa do que você. Se eu ficasse para sempre trancafiada com meu filho, não seria capaz de convencê-lo a fazer coisa alguma que ele não quisesse. Anne vai ficar; Anne se compromete a ficar em casa e tomar conta dele. A proposta foi da própria Anne, então irei com você, o que será muito melhor, porque não almoço na outra casa desde terça-feira.

– Isso é muito gentil da parte de Anne – foi a resposta do marido –, e eu ficaria muito contente se você fosse, mas me parece um tanto injusto que ela seja deixada sozinha em casa para cuidar de nosso filho doente.

Anne já estava perto o bastante para defender sua própria causa, e a sinceridade de sua atitude sendo logo suficiente para convencê-lo, quando ser convencido era no mínimo muito agradável, ele não mais teve escrúpulos quanto a deixá-la almoçando sozinha, embora ainda quisesse que ela se juntasse a eles à tarde, quando o menino estaria na cama para a noite, e com gentileza insistisse para que ela o deixasse vir buscá-la, mas ela se mostrou irredutível. E, assim sendo, teve ela pouco depois o prazer de vê-los sair juntos de excelente humor. Tinham ido, esperava, ser felizes, por mais estranha que pudesse parecer a construção daquela felicidade. Quanto a ela, foi tomada por tantas sensações de conforto quantas, talvez, fossem as que estivesse destinada a conhecer nesta vida. Sabia que era muitíssimo útil para a criança, e o que lhe importava se Frederick Wentworth estava a apenas meia milha de distância, sendo agradável para outros?

Gostaria de saber como ele se sentia em relação a um encontro. Talvez indiferente, se pode a indiferença existir sob tais circunstâncias. Deveria estar indiferente ou desinteressado. Se acaso tivesse alguma vez desejado vê-la de novo, não precisaria esperar até agora; ele teria feito o que ela não podia deixar de acreditar que, no lugar dele, teria feito há muito tempo, quando os acontecimentos lhe proporcionaram tão cedo a independência que era apenas o que lhes faltara.

Seu irmão e irmã voltaram encantados com o novo conhecido e com a visita em geral. Tiveram música, canto, conversas, risos, tudo o que havia de mais agradável; as maneiras encantadoras do capitão Wentworth, nenhuma timidez ou reserva; todos pareciam conhecer bem uns aos outros e ele viria logo na manhã seguinte para caçar com Charles. Deveria vir para o café da manhã, mas não no Cottage, embora isso lhe tivesse sido proposto. Insistiram para que fosse a Great House, e ele pareceu receoso de incomodar a sra. Charles Musgrove, por causa do menino, e então, de algum modo, eles não sabiam bem como, resolveu-se que Charles o encontraria, para o café, na casa de seus pais.

Anne compreendeu. Ele quis evitar vê-la. Soube que perguntara por ela, por alto, como conviria a uma antiga relação superficial, parecendo admiti-la assim como ela a havia admitido, movido, talvez, pelo mesmo propósito de fugir a uma apresentação quando viessem a se encontrar.

As horas matinais do Cottage eram sempre mais tardias do que as da outra casa, e no dia seguinte essa diferença foi tão grande que Mary e Anne apenas começavam a tomar o café da manhã quando Charles entrou para avisar que já estavam saindo, que ele fora buscar os cães e suas irmãs viriam com o capitão Wentworth, as irmãs pretendendo visitar Mary e o menino, e o capitão Wentworth propondo também entrar por alguns minutos, se não fosse inconveniente. E, embora Charles tivesse respondido não estar a criança tão mal que tornasse a visita inconveniente, o capitão Wentworth não ficaria satisfeito se não passasse para saber notícias.

Mary, muito grata por tal atenção, ficou encantada por recebê-lo, enquanto milhares de sentimentos se atropelaram em Anne, entre os quais o mais confortador era que aquilo logo terminaria. E logo terminou. Dois minutos depois do aviso de Charles, os outros apareceram; estavam na sala de estar. Seu olhar cruzou rapidamente com o do capitão Wentworth, uma inclinação de cabeça, uma reverência; ela ouviu a voz dele; ele falou com Mary, disse tudo o que seria adequado, disse algo às moças Musgrove, o bastante para marcar uma rápida passagem; a sala parecia cheia, cheia de pessoas e vozes, mas em poucos instantes tudo terminou. Charles apareceu à janela, tudo estava pronto, o visitante inclinou-se e saiu, as moças Musgrove também saíram, de repente resolvidas a caminhar até o final da aldeia com os dois esportistas: a sala ficou vazia e Anne pôde terminar seu café da manhã em paz.

– Acabou! Acabou! – ela repetia consigo mesma sem parar, em nervosa gratidão. – O pior já passou!

Mary falava, mas ela não conseguia ouvir. Ela o vira. Tinham se encontrado. Tinham estado outra vez na mesma sala.

Logo, entretanto, começou a racionalizar e a tentar se emocionar menos. Oito anos, quase oito anos haviam se passado desde que tudo terminara. Como era absurdo voltar a sentir uma inquietação que o tempo relegara à distância e à sombra! O que não fariam oito anos? Acontecimentos de todo tipo, transformações, alienações, mudanças... tudo, tudo poderia estar neles contido, e o esquecimento do passado... como seria natural, como seria certo também! Oito anos representavam quase a terça parte de sua própria vida.

Uma pena! Com toda a sua racionalização, ela descobriu que, para sentimentos reprimidos, oito anos poderiam ser pouco mais que nada.

Agora, como deveriam ser interpretados os sentimentos dele? Significariam um desejo de evitá-la? E, no momento seguinte, ela se odiava pelo desatino que a levava a fazer tal pergunta.

Para outra pergunta que talvez sua extrema sensatez não tivesse vetado, foi logo poupada de qualquer suspense; pois após as moças Musgrove terem voltado e terminado sua visita ao Cottage, ela recebeu de Mary esta espontânea informação:

– O capitão Wentworth não foi muito galante com você, Anne, embora tenha sido tão atencioso comigo. Ao saírem daqui, Henrietta perguntou-lhe o que achava de você e ele disse que você estava "tão mudada que ele não a teria reconhecido".

Mary não tinha sentimentos que a fizessem respeitar os da irmã, como seria compreensível, mas em absoluto não desconfiava estar lhe infligindo qualquer sofrimento.

"Muito mais do que ele poderia imaginar", admitiu Anne em silenciosa e profunda angústia. Sem dúvida era verdade, e ela não tinha como revidar, porque ele não estava mudado, ou não para pior. Ela já o reconhecera para si mesma e não podia pensar de outra maneira; ele que pensasse dela o que quisesse. Não: os anos que nela haviam destruído juventude e viço, a ele deram apenas uma aparência mais radiante, viril, segura, sem de modo algum empanar suas qualidades pessoais. Ela vira o mesmo Frederick Wentworth.

"Tão mudada que ele não a teria reconhecido!" Aquelas eram palavras que não poderiam deixar de ecoar dentro dela. Embora logo começasse a se alegrar por tê-las ouvido: apaziguavam a inquietação, acalmavam, e com isso deveriam deixá-la mais feliz.

Frederick Wentworth usara tais palavras, ou algo parecido, mas sem ter ideia de que poderiam ser levadas até ela. Ele a achara terrivelmente mudada e, diante da primeira pergunta feita, dissera o que sentia. Não perdoara Anne Elliot. Ela o tratara mal, o desapontara e abandonara. E, pior, demonstrara ao fazê-lo uma fragilidade de caráter que o temperamento decidido e autoconfiante dele não conseguia suportar. Desistira dele para agradar a terceiros. Aquilo fora o resultado de excesso de persuasão. Aquilo fora fraqueza e timidez.

Seu afeto por ela tinha sido muito intenso e, desde então, nunca encontrara uma mulher que a igualasse. Mas, exceto por alguma natural sensação de curiosidade, não tinha qualquer desejo de vê-la novamente. Seu poder sobre ele desaparecera para sempre.

Seu objetivo atual era o casamento. Estava rico e, de volta à terra firme, decidido a se casar tão logo fosse devidamente tentado; na verdade, olhava em volta, pronto para se apaixonar tão depressa quanto lhe permitia uma mente esclarecida e uma rápida escolha. Seu coração seria de ambas as moças Musgrove, se o soubessem conquistar; seu coração seria, aliás, de qualquer moça agradável que lhe cruzasse o caminho, a não ser Anne Elliot. Essa foi sua única exceção secreta, quando disse à irmã, em resposta às suas conjecturas:

– Sim, Sophia, eis-me um tanto inclinado a fazer uma escolha insensata. Qualquer uma entre quinze e trinta anos pode receber minha proposta. Um pouco de beleza, alguns sorrisos, alguns elogios à Marinha, e sou um homem perdido. Não seria isso o bastante para um marinheiro que não conviveu com mulheres que o tornassem agradável?

Ele dissera aquilo, ela sabia, para ouvir seu protesto. Seu olhar brilhante e orgulhoso atestava a convicção de ser agradável, e Anne Elliot não estava longe de seus pensamentos quando, com mais seriedade, descreveu a mulher que gostaria de encontrar: "Um espírito forte e atitudes suaves", foi o resumo da descrição.

– É assim a mulher que quero – disse ele. – Sem dúvida me conformaria com um pouco menos, mas não pode ser muito menos. Se sou tolo, serei tolo até o fim, porque já pensei neste assunto mais do que a maioria dos homens.

Capítulo 8

A partir de então, o capitão Wentworth e Anne Elliot estiveram diversas vezes no mesmo grupo. Pouco depois jantavam ambos em casa dos Musgrove, pois o estado de saúde do menino não mais servia à tia de pretexto para se ausentar. E aquele foi apenas o primeiro de outros jantares e outras reuniões.

Se antigos sentimentos precisavam ser revistos, deveriam ser postos à prova; tempos antigos seriam sem dúvida trazidos à memória de ambos; não poderiam deixar de recordá-los; o ano do seu noivado não poderia deixar de ser mencionado por ele nas pequenas narrativas ou descrições trazidas à baila pela conversa. Sua profissão o capacitava, e sua natureza o levava a falar. E "Isso foi em 1806", "Isso aconteceu antes que eu fosse para o mar em 1806", surgiram, é claro, na primeira tarde que passaram juntos. Embora a voz dele não vacilasse, e embora ela não tivesse razões para supor que seu olhar a procurasse enquanto ele falava, Anne sentiu a total impossibilidade, pelo que conhecia dele, de que ele não estivesse, tanto quanto ela, sendo invadido pelas recordações. Tinha que haver a mesma imediata associação de ideias, embora ela estivesse longe de conceber que pudesse haver a mesma dor.

Não trocavam palavra alguma, nenhum contato além do requerido pela mais elementar cortesia. Antes, tanto um para o outro! Agora nada! Houve um tempo em que, mesmo com todo o grande grupo que agora lotava a sala de estar em Uppercross, teriam achado muito difícil parar de conversar um com o outro. Com exceção, talvez, do almirante e sra. Croft, que pareciam especialmente unidos e felizes (Anne não via qualquer outra exceção, mesmo entre os casais), não poderia haver outros dois corações tão abertos, gostos tão semelhantes, sentimentos tão em uníssono, expressões tão amorosas. Agora eram como estranhos; não, pior do que estranhos, pois jamais poderiam se tornar dois conhecidos. Era um perpétuo distanciamento.

Quando ele falava, ela ouvia a mesma voz, e percebia a mesma mente. Havia, no grupo, uma ignorância generalizada a respeito de todos os assuntos navais, e ele era muito interrogado, sobretudo pelas duas moças Musgrove, que pareciam só ter olhos para ele, em relação ao ritmo de vida a bordo, atividades diárias, comida, horários etc., e a surpresa de ambas diante de seus relatos, ao ouvi-lo descrever os alojamentos e a organização existente, provocou nele uma zombaria divertida, que lembrou a Anne dias passados, quando ela também nada sabia e quando também fora acusada de imaginar que os marujos vivessem a bordo sem ter o que comer, ou sem cozinheiros para preparar as refeições se comida houvesse, ou sem criados para ajudá-los, ou sem garfos e facas para usar.

Destes relatos e pensamentos ela foi arrancada por um sussurro da sra. Musgrove que, tomada de profunda tristeza, não pôde deixar de dizer:

– Ah! Srta. Anne, tivessem os céus desejado poupar meu pobre filho, ouso dizer que ele seria hoje alguém muito diferente.

Anne disfarçou um sorriso e ouviu com delicadeza, enquanto a sra. Musgrove desabafava um pouco mais. Assim, por alguns minutos, não conseguiu acompanhar a conversa dos outros.

Quando conseguiu deixar sua atenção voltar ao curso natural, observou as moças Musgrove abrindo o *Almanaque Naval* (a lista naval que lhes pertencia, a primeira que já existira em Uppercross) e sentando-se juntas para estudá-la, com a declarada intenção de encontrar os navios comandados pelo capitão Wentworth.

– Seu primeiro foi o *Asp*, eu me lembro. Vamos procurar o *Asp*.

– Não o encontrarão aí. Muito combalido e descomposto. Fui o último homem que o comandou. Já pouco adequado para o serviço. Declarado apto para serviços locais por um ou dois anos, e com isso fui mandado para as Índias Ocidentais.

As moças pareceram absolutamente perplexas.

– O almirantado – continuou ele – diverte-se de vez em quando mandando algumas centenas de homens para o mar num navio inadequado para a navegação. Mas eles têm inúmeros para tripular e, entre os milhares que tanto podem ir a pique como não, lhes é impossível determinar os que menos falta fariam.

– Ora, ora! – exclamou o almirante. – Quanta bobagem dizem estes rapazes! Nunca houve chalupa melhor do que a *Asp*, na sua época. Em termos de chalupa antiga, não havia igual. Feliz do camarada que a conseguisse! Ele sabe que uns vinte homens melhores do que ele devem ter se candidatado a ela ao mesmo tempo. Feliz do camarada que conseguisse algo tão cedo, exclusivamente pelo seu próprio potencial.

– Sei que tive sorte, Almirante, garanto-lhe – respondeu o capitão Wentworth, sério. – Fiquei tão satisfeito com meu cargo quanto o senhor pode desejar. Havia um forte motivo para meu desejo de estar em alto mar naquela época, um motivo muito forte, eu queria me ocupar com alguma coisa.

– Com certeza você queria. O que havia para um rapaz como você fazer em terra por meio ano seguido? Se um homem não tem esposa, bem depressa quer estar outra vez embarcado.

– Mas, capitão Wentworth – exclamou Louisa –, como deve ter ficado desapontado quando chegou ao *Asp*, ao ver a coisa velha que lhe tinham dado.

– Eu sabia muito bem como ele era, antes daquele dia – disse ele, sorrindo. – Não tinha maiores descobertas a fazer do que a senhorita teria em relação ao estilo e à força de qualquer velha peliça que já tivesse visto ser emprestada à metade dos seus conhecidos desde que se podia lembrar e que, afinal, num dia muito úmido, lhe fosse emprestada. Ah! O *Asp* foi um velho e querido barco para mim. Fazia tudo o que eu queria. Eu sabia que faria. Sabia que ou iríamos a pique juntos ou ele seria a minha salvação. E nunca tive dois dias de mau tempo durante todo o período em que estive com ele no mar. E, depois de tomar navios corsários em número suficiente para nos divertirmos, tive a sorte, em minha passagem por terra no outono seguinte, de me deparar exatamente com a fragata francesa que queria. Levei-a para Plymouth e tive outro momento de sorte. Estávamos há menos de seis horas no Estreito quando chegou a tormenta, que durou quatro dias e quatro noites e teria dado cabo do pobre *Asp* na metade do tempo; o contato com a Grande Nação* não tendo ajudado a melhorar nossa situação. Menos 24 horas e eu teria sido apenas um galante capitão Wentworth, num pequeno parágrafo nas páginas dos jornais e, tendo perecido numa mera corveta, ninguém se lembraria muito de mim.

O sobressalto de Anne foi apenas interno, mas as moças Musgrove podiam ser tão espontâneas quanto sinceras em suas exclamações de piedade e horror.

– E então, imagino – disse a sra. Musgrove, baixinho, como se pensasse em voz alta –, então ele foi para o *Laconia*, e lá conheceu nosso pobre menino. Charles, meu bem (chamando-o com um gesto), pergunte ao capitão Wentworth onde foi que ele conheceu o coitadinho do seu irmão. Sempre me esqueço.

– Foi em Gibraltar, mamãe, eu sei. Dick tinha sido deixado doente em Gibraltar, com uma recomendação do seu antigo comandante ao capitão Wentworth.

– Oh! Mas, Charles, diga ao capitão Wentworth que ele não precisa ter medo de mencionar o pobre Dick na minha frente, pois seria um prazer ouvir algo sendo dito a seu respeito por um amigo tão bom.

Charles, de certa forma mais cauteloso quanto às probabilidades de ser esse o caso, apenas concordou com a cabeça e se afastou.

As moças buscavam agora pelo *Laconia*, e o capitão Wentworth não se furtaria ao prazer de tomar aquele precioso volume em suas próprias mãos para poupar-lhes o trabalho. E mais uma vez leu em voz alta a pequena referência ao nome e classe do navio, e à sua atual situação de navio auxiliar, observando a seguir que aquele também havia sido um dos melhores amigos que pode ter um homem.

---

* Referência pejorativa à França e sua armada, comum entre os oficiais ingleses da época. (N.T.)

– Ah! Foram dias agradáveis aqueles em que comandei o *Laconia*! Como fiz dinheiro depressa com ele! Um amigo e eu fizemos uma encantadora viagem pelas Ilhas Ocidentais. Pobre Harville, minha irmã! Você sabe o quanto ele precisava de dinheiro: ainda mais do que eu. Excelente camarada. Tinha uma esposa.

Nunca me esquecerei da felicidade dele. Tudo o que fazia era por amor a ela. Gostaria de tê-lo tido outra vez comigo no verão seguinte, quando tive a mesma sorte no Mediterrâneo.

– E estou certa, senhor – disse a sra. Musgrove –, que foi o nosso dia de sorte aquele em que o senhor foi feito capitão daquele navio. Nunca nos esqueceremos do que fez.

Sua emoção fazia com que falasse baixo. E o capitão Wentworth, ouvindo apenas parte, e provavelmente não tendo Dick Musgrove em seus pensamentos, pareceu um tanto expectante, como se aguardasse algo mais.

– Meu irmão! – sussurrou uma das moças. – Mamãe está pensando no pobre Richard.

– Pobrezinho! – continuou a sra. Musgrove. – Ele estava se tornando tão disciplinado, e um correspondente tão bom, quando esteve sob os seus cuidados! Ah! Teria sido uma felicidade se ele nunca o tivesse deixado. Garanto ao senhor, capitão Wentworth, lamentamos muito que ele o tivesse deixado.

Houve uma expressão momentânea no rosto do capitão Wentworth diante desse discurso, um certo lampejo em seus olhos brilhantes, uma contração em seus belos lábios, que convenceram Anne de que, em vez de partilhar das amáveis intenções da sra. Musgrove em relação ao filho, ele talvez tivesse tido alguma dificuldade para se livrar do rapaz, mas aquela divertida condescendência foi rápida demais para ser detectada por quem o conhecesse menos do que ela; no momento seguinte, ele estava perfeitamente controlado e sério, dirigindo-se, quase que de imediato, ao sofá no qual estavam sentadas a sra. Musgrove e ela, sentou-se ao lado da primeira, e começou a conversar com ela, em voz baixa, sobre o filho, fazendo-o com tanta simpatia e graça natural que aquela foi uma demonstração de gentileza e consideração por tudo o que havia de real e verdadeiro nos sentimentos dos pais.

Ocupavam, então, o mesmo sofá, porque a sra. Musgrove, com a maior presteza, fizera lugar para ele. Eram separados apenas pela sra. Musgrove. Na verdade, não se tratava de uma barreira insignificante. A sra. Musgrove tinha um tamanho considerável, substancial, infinitas vezes mais dotado pela natureza para exprimir animação e bom humor do que ternura e sentimentos. E, enquanto a perturbação das formas delgadas e do rosto melancólico de Anne poderia ser considerada sob total controle, ao capitão Wentworth deveria ser concedido algum crédito pelo equilíbrio com que ouviu seus intensos e abundantes suspiros pelo destino de um filho do qual, enquanto vivo, ninguém se ocupara.

As medidas corporais e a dor psicológica não são, por certo, diretamente proporcionais. Uma silhueta grande e pesada tem tanto direito de sentir uma profunda tristeza quanto o mais gracioso par de membros do mundo. Mas, justo ou injusto, há contextos inconvenientes com os quais a razão será em vão condescendente... que o bom gosto não poderá tolerar... dos quais o ridículo se aproveitará.

O almirante, depois de dar duas ou três revigorantes voltas pela sala, com as mãos nas costas, ao ser chamado à ordem pela esposa, foi então até o capitão Wentworth e, sem se dar conta do que poderia estar interrompendo, levando em consideração apenas seus próprios pensamentos, comentou:

– Se você tivesse estado em Lisboa uma semana mais tarde, na última primavera, Frederick, eu lhe teria pedido para fornecer transporte para Lady Mary Grierson e suas filhas.

– Teria? Então estou contente por não ter estado lá uma semana depois.

O almirante censurou-o por sua falta de cavalheirismo. Ele se defendeu, embora afirmando que jamais admitiria de bom grado qualquer senhora a bordo de um dos seus navios, a não ser para um baile ou visita, que não passaria de algumas horas.

– Mas, se me conheço bem – disse ele –, tal atitude não se origina da falta de cavalheirismo para com elas e sim, muito mais, do sentimento do quanto é impossível, mesmo que todos se esforcem e se sacrifiquem, tornar as acomodações a bordo adequadas para mulheres. Não pode haver falta de cavalheirismo, almirante, na avaliação de que são elevadas as necessidades femininas quanto ao conforto pessoal, e daí meu modo de agir. Detesto ouvir mulheres a bordo, ou vê-las a bordo, e, se depender de mim, nenhum navio sob meu comando jamais levará a parte alguma uma família de senhoras.

Isso provocou a reação de sua irmã:

– Oh! Frederick! Mas não posso acreditar que isso parta de você... Que requinte mais fútil! Mulheres podem se sentir tão confortáveis a bordo quanto na melhor casa da Inglaterra. Acredito ter vivido a bordo tanto quanto muitas mulheres, e nada conheço que seja superior às acomodações de um navio de guerra. Declaro que não encontro a meu redor conforto ou cuidados, mesmo em Kellynch Hall – com uma gentil inclinação de cabeça para Anne –, maiores do que sempre recebi na maioria dos navios em que vivi. E, no total, foram cinco.

– Nada surpreendente – retrucou o irmão. – Você vivia com seu marido e era a única mulher a bordo.

– Mas você, você mesmo, levou a sra. Harville, a irmã, o primo e três crianças, de Portsmouth a Plymouth. O que aconteceu, então, com aquele seu superior e extraordinário cavalheirismo?

– Estava incorporado à minha amizade, Sophia. Eu daria à esposa de qualquer camarada de armas toda a atenção que pudesse, e traria do fim do mundo qualquer coisa de Harville, se ele quisesse. Mas não imagine que eu não considerava péssimo tudo aquilo.

– Acredite, todos se sentiram plenamente confortáveis.

– Talvez seja por isso que eu não goste muito deles. Tantas mulheres e crianças não têm o direito de se sentir confortáveis a bordo.

– Meu caro Frederick, você está dizendo bobagens. Responda, o que seria de nós, pobres mulheres de marinheiros, que tantas vezes desejamos ser levadas de um porto a outro, para junto dos maridos, se todos compartilhassem dos seus sentimentos?

– Meus sentimentos, como viu, não me impediram de levar a sra. Harville e toda a família até Plymouth.

– Mas detesto ouvi-lo falar como um cavalheiro refinado e como se as mulheres fossem todas damas refinadas, em vez de criaturas racionais. Nenhuma de nós espera estar em águas calmas durante toda a vida.

– Ah! Minha querida! – disse o almirante. – Quando ele conseguir uma esposa, cantará outra canção. Quando estiver casado, se tivermos a sorte de viver até a próxima guerra, nós o veremos fazer o que você e eu, entre tantos outros, fizemos. Nós o teremos muito grato a quem quer que transporte sua esposa até ele.

– É verdade, assim será.

– Agora estou liquidado – exclamou o capitão Wentworth. – Quando os casados começam a me atacar com "Ah! Você vai pensar diferente, quando se casar", tudo o que posso dizer é "Não, não vou não", e eles dizem outra vez "Ah! Claro que vai!" e ponto final.

Ele se levantou e mudou de lugar.

– A senhora deve ter viajado muito! – disse a sra. Musgrove à sra. Croft.

– Bastante, sim senhora, durante os quinze anos do meu casamento, embora muitas mulheres tenham viajado mais. Atravessei o Atlântico quatro vezes, fui uma vez às Índias Ocidentais, ida e volta, uma vez só, apesar de ter estado em diversos lugares perto de casa: Cork, Lisboa, Gibraltar. Mas nunca fui além dos Estreitos e nunca estive nas Índias Orientais. Não consideramos as Bermudas ou as Bahamas, a senhora sabe, parte das Índias Orientais.

A sra. Musgrove não encontrou palavras para discordar; não a poderiam acusar de tê-las considerado alguma coisa em toda a sua vida.

– E lhe asseguro, senhora – prosseguiu a sra. Croft –, de que nada pode superar as acomodações de um navio de guerra. Falo, como sabe, das classes superiores. Quando se vai a uma fragata, é claro, fica-se mais confinado, embora qualquer mulher sensata consiga ser perfeitamente feliz lá dentro; e posso sem hesitação dizer-lhe que a parte mais feliz da minha vida foi passada a bordo de um navio. Quando estamos juntos, como sabe, não há o que temer. Graças a Deus! Sempre fui abençoada com excelente saúde, e nenhum clima me traz transtornos. Sempre ficava um pouco indisposta nas primeiras 24 horas no mar, mas, nos dias subsequentes, nunca soube o que fosse enjoo. A única vez em que realmente sofri no corpo e na alma, a única vez em que me acreditei doente, ou tive qualquer pensamento de perigo, foi no inverno que passei em Deal, quando o almirante (na época capitão Croft) estava nos Mares do Norte. Eu vivia em constante terror naquela época e sofri todos os tipos de males imaginários por não saber o que fazer comigo mesma, ou quando teria notícias dele. Mas, enquanto pudemos estar juntos, nada jamais me abalou, e nunca me deparei com a menor inconveniência.

– Ah! Com certeza! Ah, é verdade, é sim! Sou da mesma opinião, sra. Croft – foi a resposta sincera da sra. Musgrove. – Nada é tão ruim quanto uma separação. Sou da mesma opinião. Sei o que é isso, pois o sr. Musgrove sempre comparece às sessões do Tribunal Itinerante, e fico muito contente quando chegam ao fim e ele está de volta são e salvo.

A noite terminou com danças. Quando foram propostas, Anne, como sempre, ofereceu seus serviços. E, embora seus olhos às vezes se enchessem de lágrimas enquanto dedilhava o instrumento, ficou extremamente feliz por estar ocupada, e nada desejava em troca além de não ser observada.

Foi uma reunião divertida e alegre, e ninguém parecia de mais bom humor do que o capitão Wentworth. Ela acreditava que ele tinha todos os motivos para estar animado com a atenção e deferência por parte de todos e, sobretudo, com a atenção de todas as moças. As moças Hayter, da família de primos já mencionada, tinham sido aparentemente agraciadas com a honra de estarem apaixonadas por ele e, quanto a Henrietta e Louisa, ambas pareciam tão inteiramente dedicadas a ele que somente a constante manifestação da mais perfeita harmonia entre ambas poderia fazer acreditar que não eram rivais declaradas. Quem se surpreenderia se ele estivesse um tanto cheio de si diante de tão unânime, tão intensa admiração?

Tais eram alguns dos pensamentos a que Anne se dedicava, enquanto seus dedos trabalhavam automaticamente, ocupados durante meia hora, sem errar e sem se dar conta do que faziam. Uma vez, sentiu que ele a olhava, talvez observando seus traços tão mudados, tentando encontrar neles vestígios do rosto que um dia o encantara. E uma vez intuiu que deveria ter falado nela, mal havia percebido até ouvir a resposta, mas teve então certeza de que ele perguntara à sua parceira de dança se a srta. Elliot nunca dançava. A resposta foi:

– Ah! Não, nunca! Ela desistiu mesmo de dançar. Prefere tocar. Nunca se cansa de tocar.

Uma vez, também, ele falou com ela. Ela saíra do piano ao final da dança, e ele se sentara para tentar dedilhar uma melodia da qual queria dar uma ideia às moças Musgrove. Sem querer, ela voltou para aquele lado da sala, ele a viu e, levantando-se de imediato, disse, com estudada cortesia:

– Minhas desculpas, senhora, este lugar é seu.

E, mesmo tendo ela recuado com enfática negativa, ele não se deixaria convencer a voltar a se sentar.

Anne não queria mais aquele tipo de olhares e frases. Aquela fria polidez, aquela cerimoniosa cortesia, eram piores do que qualquer outra coisa.

Capítulo 9

O capitão Wentworth fora para Kellynch como para sua própria casa, para ficar tanto tempo quanto desejasse, dedicando-lhe o almirante a mesma fraterna amizade que a esposa. Sua intenção, logo ao chegar, era seguir sem demora para Shropshire e visitar o irmão instalado naquele condado, mas os atrativos de Uppercross fizeram-no mudar de ideia. Havia tanta amabilidade, tanta adulação e tanta sedução na acolhida que lhe foi dada; os mais velhos eram tão hospitaleiros, os jovens tão agradáveis, que ele foi levado a decidir ficar onde estava e adiar um pouco mais o convívio com os encantos e perfeições da mulher de Edward.

Logo estava em Uppercross quase todos os dias. Os Musgrove estavam tão dispostos a convidá-lo quanto ele a aceitar, sobretudo pela manhã, quando não tinha companhia em casa, pois em geral o almirante e a sra. Croft saíam juntos, entusiasmando-se com a nova propriedade, o gramado e as ovelhas, e perambulando de uma forma que não seria suportável para uma terceira pessoa, ou conduzindo uma charrete, recentemente adicionada a seus bens.

Até então, só havia uma opinião a respeito do capitão Wentworth entre os Musgrove e seus familiares. Havia por parte de todos uma constante e calorosa admiração, mas aquela intimidade mal se tinha estabelecido quando um certo Charles Hayter voltou ao seu convívio, sentindo-se bastante incomodado com a situação e considerando o capitão Wentworth um tanto intrometido.

Charles Hayter era o mais velho dos primos e um rapaz muito simpático e agradável, parecendo haver um afetuoso interesse entre ele e Henrietta antes do aparecimento do capitão Wentworth. Ordenara-se sacerdote e, sendo responsável por uma paróquia nos arredores, sem obrigatoriedade de residência, morava com os pais a apenas duas milhas de Uppercross. Uma curta ausência de casa privara sua escolhida de suas atenções naquele período crítico e, ao voltar, tivera o desprazer de encontrar uma grande mudança de atitude e a presença do capitão Wentworth.

A sra. Musgrove e a sra. Hayter eram irmãs. Ambas haviam sido ricas, mas o casamento fizera uma considerável diferença em termos de posição social. O sr. Hayter tinha algumas posses, mas insignificantes se comparadas às do sr. Musgrove, e, enquanto os Musgrove pertenciam à primeira classe da sociedade do condado, os jovens Hayter, devido ao estilo de vida inferior, isolado e rude de seus pais e de sua própria instrução deficiente, mal se enquadrariam em qualquer classe, exceto por seu parentesco com Uppercross, com a exceção desse filho mais velho, que escolhera ser um erudito e um cavalheiro e era muito superior a todos em termos de cultura e maneiras.

As duas famílias sempre tiveram ótimo relacionamento, não havendo orgulho de um lado nem inveja do outro, e apenas uma certa consciência de superioridade por parte das moças Musgrove que as fazia se sentirem bem por ajudar as primas. As atenções de Charles para com Henrietta foram observadas pelos pais sem sinal de desaprovação.

– Não será um grande casamento para ela, mas se Henrietta gostar dele...

E Henrietta parecia gostar dele.

Henrietta também acreditava nisso, antes da chegada do capitão Wentworth. Mas, a partir de então, o primo Charles fora bastante esquecido.

Qual das duas irmãs era a preferida do capitão Wentworth ainda era um tanto duvidoso, até onde alcançava a observação de Anne. Henrietta talvez fosse a mais bonita, Louisa era mais alegre; e ela não mais sabia qual temperamento teria maiores probabilidades de atraí-lo, se o mais dócil ou o mais jovial.

O casal Musgrove, fosse por pouca observação ou por total confiança no bom-senso de ambas as filhas e de todos os jovens que delas se aproximassem, pareciam deixar tudo por conta do acaso. Não havia qualquer aparência de ansiedade nem comentários a respeito na casa principal, mas no Cottage as coisas eram diferentes: o jovem casal tinha mais tendência a especular e questionar. E o capitão Wentworth não estivera mais do que quatro ou cinco vezes com as moças Musgrove, e Charles Hayter há pouco reaparecera, quando Anne se viu obrigada a ouvir as opiniões do cunhado e da irmã sobre qual das duas seria a preferida. Charles apostava em Louisa, Mary em Henrietta, mas ambos concordavam que vê-lo casado com qualquer uma delas seria maravilhoso.

Charles nunca vira um homem mais agradável em toda a sua vida e, pelo que ouvira o próprio capitão Wentworth dizer, era certo que ele não conseguira menos do que vinte mil libras durante a guerra. Aquilo já era uma fortuna, além da possibilidade de que mais fosse conseguido em qualquer guerra futura, e sabia que o capitão Wentworth era sem dúvida um homem que se distinguiria como oficial de Marinha. Oh! Havia ali um excelente partido para ambas as irmãs.

– Mas sem sombra de dúvida – retrucou Mary. – Santo Deus! E se ele viesse a receber uma grande honraria! Se fosse feito baronete! "Lady Wentworth" soa muito bem. Seria algo esplêndido para Henrietta, com certeza! Ela ocuparia meu posto, então, e Henrietta não se aborreceria com isso. Sir Frederick e Lady Wentworth! Mas não passaria de um título novo, e nunca levo muito em consideração esses títulos novos.

Agradava mais a Mary pensar que Henrietta seria a preferida, por causa de Charles Hayter, cujas pretensões gostaria de ver anuladas. Tratava os Hayter com inquestionável superioridade e considerava uma infelicidade ver renovados os laços já existentes entre as duas famílias... muito desagradável para ela e seus filhos.

– Sabem – disse ela –, não consigo de modo algum pensar nele como um bom partido para Henrietta. E, considerando as alianças feitas pelos Musgrove, ela não tem o direito de se jogar fora. Não acho que moça alguma tenha o direito de fazer uma escolha que possa ser desagradável e inconveniente para a maior parte da família e criar parentescos desfavoráveis para aqueles que a eles não estão habituados. E, por favor, quem é Charles Hayter? Nada além de um pároco de aldeia. Um partido muito impróprio para a srta. Musgrove de Uppercross.

O marido, porém, não concordava com ela nesse ponto. Pois, além de gostar do primo, Charles Hayter era um primogênito, e ele via as coisas como o primogênito que também era.

– Agora você está dizendo bobagens, Mary – foi, portanto, sua resposta. – Não seria um grande partido para Henrietta, mas Charles tem uma chance bastante grande de, por meio dos Spicer, receber algo do Bispo dentro de um ou dois anos. E, por favor, lembre-se também de que ele é o primogênito: quando morrer meu tio, ele entra na posse de uma bela herança. A propriedade de Winthrop chega a 250 acres, além da fazenda perto de Taunton, que é uma das melhores terras do condado. Asseguro-lhe que nenhum deles, muito menos Charles, seria um partido ultrajante para Henrietta e, na verdade, isso não poderia ser. Ele é o único que seria possível, mas é um camarada muito bom, de bom caráter, e, quando receber Winthrop, fará de lá um lugar muito diferente, e viverá de maneira diferente, e, com aquela propriedade, nunca será um homem desprezível... uma boa e vitalícia propriedade. Não, não! Henrietta poderia fazer pior do que se casar com Charles Hayter. E, se ela o tiver, e Louisa conseguir o capitão Wentworth, ficarei muitíssimo satisfeito.

– Charles pode dizer o que quiser – exclamou Mary para Anne, assim que ele saiu da sala –, mas seria péssimo ter Henrietta casada com Charles Hayter. Uma coisa péssima para ela e ainda pior para mim, portanto é bastante desejável que o capitão Wentworth em breve o tire da cabeça dela, e tenho muito poucas dúvidas de que já o fez. Ela mal fez caso da presença de Charles Hayter ontem. Eu gostaria que você estivesse lá para ver como ela se comportou. E quanto ao capitão Wentworth gostar de Louisa tanto quanto de Henrietta, é uma grande bobagem, pois ele com certeza gosta muito mais de Henrietta. Mas Charles é tão positivo! Eu gostaria que você tivesse estado conosco ontem, pois então você poderia ter se decidido entre nós dois, e tenho certeza de que teria pensado como eu, a não ser que estivesse determinada a ficar contra mim.

Um jantar na casa dos Musgrove fora a ocasião em que todas essas coisas deveriam ter sido vistas por Anne, mas ela ficara em casa, sob o duplo pretexto de uma enxaqueca e de uma leve recaída do pequeno Charles. Só pensara em evitar o capitão Wentworth, mas ter escapado de ser convocada como árbitro somou-se agora às vantagens de uma noite tranquila.

Quanto às preferências do capitão Wentworth, considerava mais importante que ele se decidisse cedo o bastante para não colocar em risco a felicidade de nenhuma das irmãs, ou comprometer sua própria honra, do que o fato de preferir Henrietta a Louisa ou Louisa a Henrietta. Qualquer uma das duas seria, com toda probabilidade, uma esposa afetuosa e bem-humorada. Em relação a Charles Hayter, Anne era dotada da delicadeza de sentimentos que se magoa com a conduta leviana de uma jovem bem-intencionada e um coração que simpatiza com qualquer sofrimento por ela ocasionado. Caso Henrietta se descobrisse equivocada quanto à natureza de seus sentimentos, suas dúvidas não se revelariam tão depressa.

Charles Hayter percebera haver muito com que se inquietar e angustiar na conduta da prima. Sua estima por ele era antiga demais para que ela se distanciasse de forma tão absoluta e para que, em dois encontros, se extinguissem todas as esperanças passadas, deixando-o sem outra solução além de se afastar de Uppercross: mas a mudança era tanta que se tornava alarmante quando um homem como o capitão Wentworth podia ser considerado a causa provável. Ele se ausentara por apenas dois domingos e, ao se separarem, ela continuava interessada, até tanto quanto ele, na perspectiva de ele deixar em breve a atual paróquia e assumir a de Uppercross. Parecera-lhe, então, que o maior desejo de seu coração era que o dr. Shirley, o reitor, que por mais de quarenta anos desempenhara zelosamente seus deveres de ofício, mas que estava agora adoentado demais para grande parte deles, se decidisse a contratar um pároco, tornasse a paróquia tão boa quanto lhe fosse possível e fizesse a Charles Hayter a promessa de que seria dele. A vantagem de precisar ir apenas até Uppercross, em vez de percorrer seis milhas em sentido contrário, de ter, sob todos os aspectos, uma paróquia melhor, de estar a serviço do caro dr. Shirley, e de ser o bom e caro dr. Shirley poupado dos deveres que não mais podia exercer sem penoso esforço, significaram muito, mesmo para Louisa, mas representaram quase tudo para Henrietta.

Quando ele voltou, infelizmente o interesse pelo assunto se desfizera. Louisa não foi capaz de ouvir todo o seu relato de uma conversa que ele acabara de ter com o dr. Shirley: estava à janela, à espera do capitão Wentworth. E mesmo Henrietta só podia lhe dar, no máximo, uma atenção dividida e parecia ter esquecido todas as antigas dúvidas e preocupações com as negociações.

– Bem, fico muito contente, mas sempre achei que a paróquia seria sua, sempre tive certeza. Não me parece que... resumindo, você sabe, o dr. Shirley precisa de um pároco e já lhe tinha prometido. Ele está vindo, Louisa?

Certa manhã, pouco tempo depois do jantar nos Musgrove ao qual Anne não comparecera, o capitão Wentworth entrou na sala de estar do Cottage, onde só estavam ela e o pequeno e doente Charles, deitado no sofá.

A surpresa de se ver quase a sós com Anne Elliot privou sua atitude da habitual reserva; ele teve um sobressalto e, antes de andar até a janela para se recompor e descobrir como deveria se comportar, só conseguiu dizer:

– Pensei que as moças Musgrove estivessem aqui... a sra. Musgrove disse-me que eu as encontraria aqui.

– Estão lá em cima com minha irmã. Ouso afirmar que descerão em alguns instantes – fora a resposta de Anne, confusa como seria de esperar. E, se a criança não a tivesse chamado para pedir algo, teria saído da sala no momento seguinte, para alívio tanto seu quanto do capitão Wentworth.

Ele continuou à janela e silenciou depois de dizer, com calma e cortesia:

– Espero que o menino esteja melhor.

Ela foi obrigada a se ajoelhar perto do sofá e a permanecer ali para contentar seu doente. E assim continuaram ambos por alguns minutos até que ela, para sua enorme alegria, ouviu alguém atravessar o pequeno vestíbulo. Esperava, ao virar a cabeça, ver o dono da casa, mas a visita provou ser alguém muito menos adequado para facilitar as coisas: Charles Hayter, talvez de modo algum mais satisfeito com a presença do capitão Wentworth do que o capitão Wentworth ficara com a presença de Anne.

Ela tentou dizer:

– Como está? Não quer sentar-se? Os outros logo estarão aqui.

O capitão Wentworth, entretanto, veio da janela, aparentemente sem problemas quanto a conversar, mas Charles Hayter logo pôs fim a qualquer tentativa ao se acomodar perto da mesa e apanhar o jornal, e o capitão Wentworth voltou à janela.

Outro minuto trouxe outro acréscimo. O menino mais novo, uma criança de dois anos, robusta e extrovertida, tendo conseguido que alguém lhe abrisse a porta pelo lado de fora, fez sua decidida aparição diante deles e foi direto para o sofá a fim de ver o que estava acontecendo e reivindicar qualquer coisa gostosa que pudesse estar sendo oferecida.

Nada havendo para comer, ele só poderia conseguir algo para brincar. E, como a tia não o deixava perturbar o irmão doente, começou a se agarrar a ela de tal modo que, ajoelhada e ocupada como estava com Charles, Anne não conseguia se livrar dele. Ela falou com ele, ordenou, pediu e insistiu em vão. Por uma vez, conseguiu afastá-lo, mas o menino se divertiu ainda mais voltando a subir em suas costas.

– Walter – ela disse –, desça daí agora mesmo. Você está impertinente demais. Estou muito zangada com você.

– Walter – exclamou Charles Hayter –, por que não faz o que lhe pedem? Não ouviu o que disse a sua tia? Venha cá, Walter, venha com o primo Charles.

Mas Walter não se mexeu.

No instante seguinte, porém, ela se sentiu sendo libertada; alguém o tirava de cima dela, embora ele se tivesse curvado tanto sobre sua cabeça que suas mãozinhas fortes foram afastadas de seu pescoço e ele foi resolutamente levantado, antes que ela soubesse ter sido o capitão Wentworth quem o fizera.

A emoção da descoberta deixou-a absolutamente sem fala. Não conseguiu sequer agradecer-lhe. Só conseguiu debruçar-se sobre o pequeno Charles, cheia de sentimentos perturbadores. A gentileza dele ao se adiantar para ajudá-la, o modo como o fez, o silêncio em que tudo se passou, os pequenos detalhes das circunstâncias, somados à convicção, logo nela incutida pelo barulho proposital feito por ele com a criança, de que ele pretendia evitar ouvir seu agradecimento e, mais ainda, destinado a atestar que conversar com ela era o último de seus desejos, produziram tal confusão de múltiplas e dolorosas angústias que ela não teve como se recobrar, até que a entrada de Mary e das moças Musgrove para tomarem a seus cuidados o pequeno doente lhe permitisse deixar a sala. Não poderia ficar. Teria sido uma oportunidade para observar os amores e ciúmes dos quatro... estavam todos juntos agora. Mas ela não poderia ficar. Era evidente que Charles Hayter não simpatizava com o capitão Wentworth. Ela tivera a forte impressão de ouvi-lo dizer, num tom de voz irritado, depois da interferência do capitão Wentworth: "Você deveria ter me ouvido, Walter, eu disse para não aborrecer sua tia". E podia compreender que lamentasse que o capitão Wentworth tivesse feito o que ele mesmo deveria ter feito. Mas nem os sentimentos de Charles Hayter, nem os sentimentos de quem quer que fosse poderiam interessá-la, até que ela conseguisse pôr um pouco de ordem nos seus. Envergonhava-se de si mesma, envergonhava-se muito de estar tão nervosa, tão perturbada por uma ninharia. Mas assim era, e foi preciso um longo período de solidão e reflexão para que se recobrasse.

Capítulo 10

Outras oportunidades de fazer suas observações não poderiam deixar de acontecer. Anne logo estaria diante dos quatro juntos vezes suficientes para formar uma opinião, embora sensata demais para ser manifestada em casa, onde sabia que não satisfaria nem o marido nem a esposa. Pois, mesmo considerando ser Louisa a favorita, não podia deixar de pensar, até onde ousava julgar, por memória e experiência, que o capitão Wentworth não estava apaixonado por qualquer uma delas. Elas estavam apaixonadas por ele, embora aquilo não fosse amor. Era uma pequena febre de admiração, mas poderia, e com certeza iria, se transformar em amor por parte de alguém. Charles Hayter parecia perceber estar sendo menosprezado e mesmo assim Henrietta dava às vezes a impressão de estar dividida entre os dois. Anne ansiava pelo poder de fazê-los ver tudo o que se passava e salientar alguns dos perigos a que se expunham. Não atribuía culpa a quem quer que fosse. Sua maior satisfação foi acreditar que o capitão Wentworth nem de longe tinha consciência da dor que provocava. Não havia triunfo, nem sombra de triunfo em suas maneiras. Com muita probabilidade, nunca ouvira falar nem imaginara existirem quaisquer pretensões por parte de Charles Hayter. Ele só errava ao aceitar as atenções (pois aceitar é a palavra adequada) das duas moças ao mesmo tempo.

Depois de breve luta, entretanto, Charles Hayter pareceu abandonar a batalha. Três dias se passaram sem que ele fosse uma só vez a Uppercross, uma mudança notável. Chegara mesmo a recusar um convite formal para jantar e, tendo sido, na mesma ocasião, encontrado pelo sr. Musgrove diante de grandes livros, o casal Musgrove teve a certeza de que nem tudo corria bem e comentou, com expressão séria, que ele estava se matando de tanto estudar. Mary esperava e acreditava que ele tivesse recebido uma recusa decisiva por parte de Henrietta, e o marido vivia sob a constante pendência de vê-lo no dia seguinte. Anne considerava apenas que Charles Hayter era sensato.

Uma manhã, enquanto Charles Musgrove e o capitão Wentworth caçavam juntos e as irmãs no Cottage entretinham-se caladas em seus trabalhos, foram visitadas à janela pelas irmãs da casa principal.

Era um lindo dia de novembro e as moças Musgrove atravessavam os campos e pararam sem qualquer outro propósito além de dizer que estavam indo dar uma longa caminhada e supunham, por isso, que Mary não gostaria de ir com elas. Quando Mary de imediato respondeu, um tanto ressentida por não ser considerada boa andarilha, "Ah! Mas sim, eu gostaria muito de me juntar a vocês, quero muito dar uma longa caminhada", Anne concluiu, pelos olhares das duas moças, que aquilo era exatamente o que elas não desejavam, e mais uma vez se admirou da necessidade, que os hábitos familiares parecem criar, de que tudo seja comunicado e tudo seja feito junto, ainda se indesejado e inconveniente. Tentou dissuadir Mary de sair, mas em vão. E, assim sendo, pensou ser melhor aceitar o convite muito mais cordial das moças Musgrove para que ela também fosse, pois poderia ser útil vindo embora com a irmã e minimizando a interferência em qualquer plano de ambas.

– Não consigo imaginar por que elas suporiam que eu não gostaria de uma longa caminhada – disse Mary, enquanto subiam as escadas. – Todos estão sempre supondo que não sou boa andarilha e, mesmo assim, não ficariam satisfeitas se eu me recusasse a me juntar a elas. Quando alguém vem assim propositalmente convidar, como se pode dizer não?

Quando estavam de partida, os cavalheiros voltaram. Haviam levado um cão novo, que lhes estragara o esporte e os fizera voltar cedo. Seu tempo e vigor, além da disposição, eram, portanto, os mais adequados para aquela caminhada e os dois se juntaram às moças com prazer. Pudesse Anne ter previsto tal companhia, teria ficado em casa, mas, por algum tipo de interesse e curiosidade, fantasiou então ser tarde demais para voltar atrás e o grupo de seis seguiu junto na direção escolhida pelas moças Musgrove, que sem dúvida consideravam-se as guias do passeio.

O objetivo de Anne era não se colocar à frente de ninguém e, quando os estreitos atalhos pelos bosques tornavam obrigatórias as separações, manter-se junto ao cunhado e à irmã. O prazer da caminhada deveria brotar do exercício e do dia, da visão dos últimos sorrisos do ano sobre as folhas quase marrons e as sebes murchas, da repetição silenciosa de algumas das milhares de descrições poéticas do outono, essa estação de inesgotável e peculiar influência sobre as mentes refinadas e delicadas, essa estação que provocara em todo poeta digno de ser lido alguma tentativa de descrição ou algumas linhas de emoção. Ela ocupava a mente ao máximo possível em tais reflexões e citações, mas era impossível que, quando ao alcance da voz do capitão Wentworth em conversa com uma das moças Musgrove, não tentasse ouvi-la, ainda que muito pouco importante fosse o que escutava. Era uma simples troca de ideias animada, como poderiam ter quaisquer jovens que passeassem juntos. Ele falava mais com Louisa do que com Henrietta. Louisa sem dúvida se esforçava mais por interessá-lo do que a irmã. Tal distinção parecia aumentar e então houve uma frase de Louisa que a surpreendeu. Depois de outro dos muitos elogios ao dia, que sem cessar se sucediam, o capitão Wentworth acrescentou:

– Que tempo glorioso para o almirante e minha irmã! Eles pretendiam fazer um longo passeio de cabriolé pela manhã, talvez os saudemos numa dessas colinas. Falaram em vir para este lado. Pergunto-me onde capotarão hoje. Oh! Isso acontece com frequência, asseguro-lhe, mas minha irmã não se preocupa, para ela pouco importa ser ou não atirada longe.

– Ah! Está exagerando, bem sei – exclamou Louisa –, mas se realmente assim fosse, eu, no lugar dela, faria o mesmo. Se eu amasse um homem como ela ama o almirante, estaria sempre com ele, nada jamais nos separaria, e eu preferiria capotar com ele a ser conduzida em segurança por qualquer outra pessoa.

Isso foi dito com entusiasmo.

– É mesmo? – exclamou ele, empregando o mesmo tom. – Minhas homenagens!

E por um breve momento houve silêncio entre os dois.

Anne não conseguiu reproduzir outra citação. As delicadas cenas outonais foram por instantes postas de lado, exceto por algum terno soneto, pleno da adequada analogia do ano em declínio, da felicidade em declínio, e das imagens de juventude, esperança e primavera, todas ao mesmo tempo findas, que lhe veio à memória. Ela se obrigou a dizer, quando em fila entraram por outro atalho:

– Este não é um dos caminhos para Winthrop?

Mas ninguém ouviu ou, pelo menos, ninguém lhe deu resposta.

Winthrop, entretanto, ou seus arredores – pois os rapazes, para serem vistos, perambulavam às vezes por perto de casa – era o seu destino. E depois de mais meia milha de subida gradual por entre amplos cercados, nos quais os arados em atividade e o sulco recém-aberto revelavam o lavrador se opondo às amenidades da melancolia poética e tencionando ter nova primavera, atingiram o topo da colina mais alta, que separava Uppercross e Winthrop, e logo dominaram toda a visão da última, aos pés da colina, do outro lado.

Winthrop, sem beleza e sem dignidade, estendia-se diante deles: uma casa insignificante, baixa, e cercada de celeiros e construções agrícolas.

Mary exclamou:

– Santo Deus! Aqui está Winthrop. Declaro que não fazia ideia! Bem, agora acho que deveríamos dar meia-volta, estou excessivamente cansada.

Henrietta, constrangida e envergonhada, e não vendo o primo Charles andando por alguma alameda ou encostado a algum portão, estava pronta a fazer como queria Mary. Mas Charles Musgrove disse "Não!" e "Não, não!" exclamou Louisa mais enfática, e chamando a irmã de lado, pareceu discutir o assunto com energia.

Charles, nesse meio-tempo, manifestava com firmeza sua decisão de visitar a tia, agora que estava tão perto. E, com clareza, embora receoso, tentava induzir a esposa a também ir. Mas este foi um dos pontos em que a mulher mostrou sua força e, quando ele ressaltou as vantagens de descansar por quinze minutos em Winthrop, já que parecia tão cansada, ela respondeu determinada:

– Ah! Não, essa não!

Subir outra vez aquela colina lhe faria mais mal do que qualquer descanso poderia lhe fazer bem. E, em resumo, seu olhar e maneiras afirmavam que lá não iria.

Depois de uma breve sucessão desse tipo de debate e consulta, ficou acertado entre Charles e as duas irmãs que ele e Henrietta dariam uma rápida corrida até lá embaixo por alguns minutos, a fim de ver a tia e os primos, enquanto o resto do grupo esperaria por eles no alto da colina. Louisa parecia ser a principal organizadora do plano. E, quando ela desceu um pouco a colina com os irmãos, ainda falando com Henrietta, Mary aproveitou a oportunidade para olhar com desprezo ao seu redor e dizer ao capitão Wentworth:

– É muito desagradável ter esse tipo de parente! Mas, garanto-lhe, não estive na casa mais de duas vezes na minha vida.

Não recebeu outra resposta além de um artificial sorriso de concordância, seguido, quando ele virou o rosto, de uma expressão de desdém cujo significado Anne conhecia perfeitamente.

O topo da colina, onde ficaram, era um belo recanto: Louisa voltou, e Mary, encontrando um lugar confortável para se sentar no degrau de uma cerca, sentia-se muito satisfeita enquanto todos os outros estavam de pé à sua volta, mas, quando Louisa levou consigo o capitão Wentworth para tentar encontrar avelãs numa sebe próxima e os dois aos poucos ficaram fora do alcance dos olhos e ouvidos, Mary deixou de estar feliz. Queixava-se do próprio assento, tinha certeza de que Louisa conseguira coisa muito melhor em algum lugar, e nada poderia impedi-la de ir também em busca de algo melhor. Atravessou a mesma porteira, mas não conseguiu vê-los. Anne encontrou um bom lugar para descansar, num banco de terra seca e ensolarado, sob a sebe, em algum ponto da qual não tinha dúvidas de que o casal ainda estaria. Mary sentou-se por um instante, mas não lhe serviu. Tinha certeza de que Louisa encontrara coisa melhor em outro lugar e não desistiria até superá-la.

Anne, realmente cansada, estava contente por se sentar. E pouco depois ouviu o capitão Wentworth e Louisa na sebe, atrás dela, como se voltassem por aquela espécie de canal central, rudimentar e agreste. Conversavam ao se aproximar. A voz de Louisa foi a primeira a se fazer ouvir. Ela parecia estar no meio de algum discurso acalorado. O que Anne ouviu primeiro foi:

– E então a convenci a ir. Não podia admitir que ela pudesse desistir da visita por tamanha bobagem. Qual! Iria eu desistir de fazer algo que estivesse decidida a fazer, e que eu sabia ser correto, por causa das atitudes e da interferência de alguém assim, ou de quem quer que fosse? Não, a mim não iriam convencer com tanta facilidade. Quando me resolvo, eu faço. Henrietta parecia estar determinada a ir a Winthrop hoje e, mesmo assim, esteve a ponto de desistir, por uma amabilidade sem sentido.

– Ela teria então voltado atrás, não fosse sua interferência?

– Teria, de fato. Quase me envergonho de dizê-lo.

– Sorte a dela ter uma personalidade como a sua à mão! Depois do que acaba de me dar a entender, o que só confirma minha própria observação quando da última vez que estive com ele, não preciso aparentar não ter compreendido os acontecimentos. Percebo que havia em questão mais do que uma simples e respeitosa visita matinal à sua tia. E ai dele, e dela também, no que disser respeito a assuntos importantes, quando se virem diante de situações que requeiram decisão e firmeza, se ela não tiver energia suficiente para resistir a tolas interferências em ninharias como essa. A srta. Henrietta é uma pessoa agradável, mas vejo que são suas as qualidades de determinação e consistência. Se preza a conduta ou a felicidade de sua irmã, empreste-lhe ao máximo sua própria personalidade. Mas não há dúvidas de que já o vem fazendo. O pior de uma personalidade demasiado indecisa e complacente é não se poder confiar na influência exercida sobre ela. Nunca temos a certeza de que uma boa impressão permanecerá constante, qualquer um poderá abalá-la. Deixemos ser firmes os que poderiam ser felizes. Eis aqui uma avelã – disse ele, colhendo-a de um ramo mais alto – para exemplificar: uma bela e brilhante avelã que, abençoada com a força original, sobreviveu a todas as tempestades do outono. Nenhum furo, nenhum ponto fraco em toda ela.

"Esta avelã", continuou, com divertida solenidade, "quando tantas outras de sua espécie caíram e foram pisoteadas, ainda encerra toda a felicidade de que possa ser capaz uma avelã."

E voltando ao tom inicial de seriedade:

– Meu primeiro desejo para aqueles pelos quais me interesso é que sejam firmes. Se Louisa Musgrove quiser ser bela e feliz no outono da vida, valorizará toda a sua atual força de caráter.

Ele terminara, e ficou sem resposta. Anne se teria surpreendido se Louisa pudesse ter uma réplica pronta para um discurso daqueles: palavras tão interessantes, ditas com tão intensa seriedade! Ela podia imaginar os sentimentos de Louisa. Quanto a si mesma, tinha medo de se mover, para não ser vista. Ali ficando, um ramo baixo de azevinho protegeu-a e eles foram adiante. Antes que estivessem fora do alcance de seus ouvidos, entretanto, Louisa voltou a falar.

– Mary tem diversas qualidades – disse ela –, mas às vezes me irrita em excesso, com sua tolice e orgulho... o orgulho dos Elliot. Ela tem uma cota grande demais do orgulho dos Elliot. Preferiríamos todos que Charles se tivesse casado com Anne. Imagino que o senhor saiba que ele queria se casar com Anne.

Depois de uma pausa, o capitão Wentworth disse:

– Está me dizendo que ela o recusou?

– Ah, sim! Sem dúvida.

– Quando isso aconteceu?

– Não sei ao certo, pois Henrietta e eu estávamos na escola na ocasião, mas acredito que um ano antes que ele se cassasse com Mary. Eu gostaria que ela o tivesse aceito. Todos nós gostaríamos muito mais dela, e papai e mamãe sempre acharam que ela não aceitou por interferência de Lady Russell, grande amiga dela. Acham que Charles poderia não ser culto e instruído o bastante para satisfazer Lady Russell e, por isso, ela convenceu Anne a recusá-lo.

Os sons se distanciavam, e Anne não mais os ouvia. Sua própria emoção ainda a manteve imóvel. Tinha muito do que se recobrar antes de ter condições de se mexer. O destino proverbial de quem escuta não a atingiu em absoluto: não ouvira falar mal de si mesma. Mas ouvira muita coisa cujo impacto fora muito doloroso. Pôde perceber como o seu próprio caráter era julgado pelo capitão Wentworth e, nas reações dele, houve aquele grau de emoção e curiosidade que lhe provocou extrema inquietação.

Assim que lhe foi possível, saiu em busca de Mary e, tendo-a encontrado e voltado com ela para o local inicial, perto da sebe, sentiu certo alívio com a quase imediata reunião de todo o grupo e ainda mais por voltarem a andar juntos. Seu estado de espírito precisava da solidão e do silêncio que só um grande número de pessoas pode conferir.

Charles e Henrietta voltaram acompanhados, como se podia imaginar, de Charles Hayter. Anne não seria capaz de compreender os detalhes do acontecido; nem mesmo o capitão Wentworth parecia ter recebido informações completas. Mas tinha havido um recuo por parte do cavalheiro e uma concessão por parte da dama, e não admitia dúvidas o fato de que ambos estavam agora muito contentes por se verem outra vez juntos. Henrietta parecia um pouco envergonhada, mas muitíssimo satisfeita... Charles Hayter extremamente feliz: e se dedicaram um ao outro quase desde o primeiro instante em que todos se puseram em marcha para Uppercross.

Tudo agora indicava estar Louisa destinada ao capitão Wentworth; nada poderia ser mais evidente. E, onde muitas separações eram necessárias, ou mesmo quando não o eram, ambos andavam lado a lado, quase tanto como o outro par. Numa longa extensão gramada em que havia amplo espaço para todos, assim ficaram divididos, formando três grupos distintos, e ao grupo de três que menos animação demonstrava, e menos amabilidade, Anne necessariamente pertencia. Ela acompanhava Charles e Mary, e estava cansada o bastante para ficar feliz com o outro braço de Charles; mas Charles, embora muito bem-humorado em relação a ela, estava furioso com a esposa. Mary fora descortês com ele e agora deveria sofrer as consequências, consequências estas que eram deixar cair seu braço quase a todo instante, para cortar com o chicote as pontas de algumas urtigas na sebe. E, quando Mary começou a se queixar e a lamentar por estar sendo desconsiderada, como de costume, por estar do lado da sebe enquanto Anne nunca era incomodada do outro, ele deixou cair os braços de ambas para correr atrás de uma doninha que tinha visto de relance e quase não o tiveram de volta.

Aquela extensa pradaria bordejava uma alameda, com sua trilha, em cujo final deveriam atravessar, e quando todos os grupos chegaram ao portão de saída, a charrete que avançava na mesma direção, e era há algum tempo ouvida, chegava no mesmo instante e revelou-se como o cabriolé do almirante. Ele e a esposa tinham feito o passeio planejado e voltavam para casa. Ao saber da longuíssima caminhada feita pelos jovens, ofereceram com gentileza um lugar para uma das moças que estivesse especialmente cansada: isso lhe pouparia uma milha inteira, e eles passariam por Uppercross. O convite foi feito a todas e por todas declinado. As moças Musgrove por não estarem em absoluto cansadas, e Mary, ou por estar ofendida ou por não ter sido convidada antes de qualquer outra, ou porque, pelo que Louisa chamava de orgulho dos Elliot, não suportaria ser a terceira no banco de um cabriolé tirado por um só cavalo.

O grupo de andarilhos cruzara a alameda e subia os degraus de uma porteira no lado oposto enquanto o almirante punha seu cavalo em movimento, quando o capitão Wentworth pulou a sebe por um instante para dizer algo à irmã. O que foi dito pôde ser adivinhado pelo resultado.

– Srta. Elliot, tenho certeza de que está cansada – exclamou a sra. Croft. – Conceda-nos o prazer de levá-la em casa. Há bastante lugar para três, eu lhe garanto. Se fôssemos todos como a senhorita, poderíamos nos sentar em quatro. Aceite, por favor, aceite.

Anne ainda estava na alameda. E, embora começando instintivamente a declinar, não lhe permitiram prosseguir. A insistência gentil do almirante veio se juntar à da esposa, não aceitariam uma recusa; apertaram-se ambos ao máximo para lhe dar espaço e o capitão Wentworth, sem dizer uma palavra, voltou-se para ela e, em silêncio, ajudou-a a subir na carruagem.

Sim, ele fizera aquilo. Ela estava na carruagem e sentia que ele a colocara ali, que a vontade e as mãos dele assim fizeram, que tudo se devia à percepção que ele tivera do seu cansaço e da decisão por ele tomada de lhe dar descanso. Estava muito emocionada com a noção das boas intenções dele para com ela, evidenciadas por toda aquela atitude. Aquela pequena circunstância parecia complementar tudo o que acontecera antes. Ela o compreendia. Ele não era capaz de perdoá-la, mas não conseguia permanecer insensível. Mesmo condenando-a pelo passado e recordando-o com grande e injusto ressentimento, mesmo absolutamente indiferente a ela e mesmo se interessando por outra, ainda assim não conseguia vê-la sofrer sem desejar minorar-lhe o sofrimento. Eram resquícios do antigo sentimento, era um impulso de pura, ainda que não admitida, amizade; era uma prova de seu próprio coração afetuoso e bom, que ela não podia contemplar sem emoções a tal ponto mescladas de prazer e dor que ela não sabia qual prevalecia.

Suas respostas à gentileza e às observações dos companheiros foram, a princípio, dadas de modo inconsciente. Haviam já percorrido metade do caminho ao longo da áspera alameda antes que ela se desse conta do que estava sendo dito e descobrisse então que falavam de "Frederick".

– Ele sem dúvida se interessa por uma destas duas moças, Sophy – disse o almirante –, mas não se pode dizer por qual. E, na verdade, já está andando atrás delas há tempo suficiente para se decidir. É, isso acontece em tempos de paz. Se houvesse guerra agora, ele de muito teria feito uma escolha. Nós, marinheiros, srta. Elliot, não podemos nos dar ao luxo de cortejar moças por longos períodos, em tempos de guerra. Quantos dias se passaram, querida, entre a primeira vez que a vi e o momento em que nos sentamos juntos em nossos aposentos de North Yarmouth?

– É melhor não tocarmos neste assunto, querido – respondeu a sra. Croft, com ar brincalhão –, porque se a srta. Elliot soubesse da rapidez com que nos entendemos ela nunca se convenceria de que pudéssemos ser felizes juntos. Mas há muito tempo eu já ouvia falar a seu respeito.

– Bem, e eu já sabia tratar-se de uma moça muito bonita. Além disso, que razões tínhamos para esperar? Não gosto de manter esse tipo de coisa em suspenso. Gostaria que Frederick enfunasse um pouco mais as velas e levasse uma dessas jovens para Kellynch. Poderiam então ser bem recebidos por todos. E são ambas ótimas moças, mal distingo uma da outra.

– Moças muito bem-humoradas e nada afetadas, de fato – disse a sra. Croft num elogio em tom mais calmo, que fez Anne suspeitar que sua percepção mais apurada talvez não considerasse realmente nenhuma das duas dignas do irmão –, e de família muito respeitável. Não poderíamos nos unir a gente melhor. Meu caro almirante, o poste! Vamos com certeza bater naquele poste!

Mas, tomando ela mesma as rédeas e dando-lhes melhor direção, felizmente escaparam do perigo. Depois, outra vez usando com critério as mãos, evitou que caíssem numa valeta e se chocassem com uma carroça de estrume. E Anne, um tanto divertida com o estilo com que o casal conduzia o coche, que ela imaginava ser uma boa representação de como em geral conduziam os negócios, viu-se por ambos depositada sã e salva no Cottage.

Capítulo 11

Aproximava-se agora a época da volta de Lady Russell: o dia foi até marcado, e Anne, comprometida a ir ao encontro da amiga tão logo ela se instalasse, ansiava por uma imediata mudança para Kellynch e começava a pensar como poderia seu próprio conforto ser afetado pelos acontecimentos.

Eles a colocariam na mesma aldeia que o capitão Wentworth, a meia milha de distância dele. Precisariam frequentar a mesma igreja e se estabeleceriam relações entre as duas famílias. Isso não lhe era favorável, mas, por outro lado, ele passava tanto tempo em Uppercross que, ao sair de lá, ela se poderia considerar deixando-o para trás, mais do que indo ao encontro dele. E, de modo geral, ela acreditava sair vencedora daquela interessante questão, quase tanto quanto no que dizia respeito à troca da convivência doméstica, ao deixar a pobre Mary por Lady Russell.

Gostaria que fosse possível para ela evitar qualquer encontro com o capitão Wentworth em Kellynch Hall: aquele lugar confortável testemunhara encontros anteriores, cuja recordação lhe seria por demais dolorosa. Mas com ainda maior ansiedade desejava ser possível que Lady Russell e o capitão Wentworth jamais se vissem. Não gostavam um do outro e nada de bom poderia resultar de um reencontro. E, caso Lady Russell os visse juntos, poderia acreditar haver nele um excesso de autoconfiança, e nela muito pouca.

Tais pontos eram seu principal cuidado em antecipar sua saída de Uppercross, onde achava já ter se demorado por tempo suficiente. Sua dedicação ao pequeno Charles sempre traria alguma doçura à lembrança dos dois meses em que ali estivera de visita, mas ele recuperava depressa as forças e nada mais a prendia ali.

A conclusão de sua visita, entretanto, foi alterada de uma forma da qual ela jamais suspeitaria. O capitão Wentworth, depois de não ter sido visto ou ouvido em Uppercross por dois dias inteiros, surgiu outra vez diante deles para se justificar com um relato do que o mantivera distante.

A carta de um amigo, o capitão Harville, tendo afinal lhe chegado às mãos, trouxera a notícia de que o capitão Harville se instalara com a família em Lyme, para o inverno, o que então os colocava, sem que soubessem, a vinte milhas um do outro. O capitão Harville nunca estivera bem de saúde a partir de um ferimento grave sofrido dois anos antes, e o desejo de vê-lo levara o capitão Wentworth a decidir ir a Lyme no mesmo instante. Lá estivera por 24 horas. Sua absolvição foi completa, sua amizade calorosamente louvada, um vivo interesse por seu amigo foi despertado e sua descrição do belo condado de Lyme ouvida com tanto interesse pelo grupo que resultou num sincero desejo de conhecer Lyme e num projeto de ida até lá.

Os jovens estavam enlouquecidos para ver Lyme. O capitão Wentworth falou em ir mais uma vez. Eram apenas dezessete milhas desde Uppercross; mesmo sendo novembro, o tempo não estava ruim e, em resumo, Louisa, que era a mais frenética dos frenéticos, estando decidida a ir e, além do prazer de fazer o que queria, agora convencida do mérito de se fazer valer, derrubou todas as intenções dos pais para adiar a ida até o verão. E para Lyme foram Charles, Mary, Anne, Henrietta, Louisa e o capitão Wentworth.

O primeiro esquema incauto teria sido ir pela manhã e voltar à noite, mas com isso o sr. Musgrove, pelo bem de seus cavalos, não consentiria. E quando foi o plano considerado de um ponto de vista racional, um dia em pleno mês de novembro não deixaria muito tempo para conhecer um lugar novo, depois de deduzidas sete horas para ir e vir, como requeria o campo. Deveriam, portanto, passar lá a noite e não ser esperados de volta antes do jantar do dia seguinte. Isso foi considerado uma formidável mudança, e, embora todos se encontrassem em Great House bastante cedo para o café da manhã e partissem com absoluta pontualidade, passava tanto do meio-dia quando as duas carruagens, o coche do sr. Musgrove transportando as quatro moças e o cabriolé de

Charles no qual ele levava o capitão Wentworth desceram a longa colina até Lyme e entraram na ainda mais íngreme rua da cidade, que ficou bastante evidente que não teriam mais do que o tempo suficiente para olhar em volta antes que se fossem a luz e o calor do dia.

Depois de conseguirem acomodações e encomendarem um jantar em uma das hospedarias, a atividade seguinte era sem dúvida caminhar diretamente até o mar. A época do ano era por demais tardia para qualquer diversão ou entretenimento que Lyme, como lugar público, pudesse oferecer. As casas para alugar estavam fechadas, quase todos os locatários haviam partido, restavam pouquíssimas famílias além das residentes. E, nada havendo para se admirar nos prédios em si, a excepcional situação da cidade, com a rua principal quase se precipitando dentro d'água, o passeio até o porto de Cobb, contornando a pequena e linda baía que, na alta temporada, é animada por plataformas de mergulho e seus frequentadores, e o próprio Cobb, com sua bela linha de montanhas estendendo-se para o leste da cidade, são o espetáculo buscado pelos olhos dos estrangeiros. E é preciso ser um estrangeiro muito estranho aquele que não vê os encantos dos arredores de Lyme, que o fazem desejar conhecê-los melhor. As paisagens da vizinha Charmouth, com suas terras altas e amplas extensões campestres e, ainda mais, sua encantadora e retirada baía, circundada por rochedos sombrios, onde fragmentos de rochas baixas em meio à areia fazem dali o melhor lugar para se observar o fluxo da maré, para se sentar em despreocupada contemplação; a diversidade de madeiras da alegre aldeia de Up Lyme; e, sobretudo, Pinny, com seus abismos verdejantes entre românticas rochas, onde árvores esparsas pelos bosques e pomares de vegetação luxuriante declaram que muitas gerações se sucederam desde que o primeiro deslizamento do rochedo preparou o solo para o estado atual, em que tão maravilhoso e encantador cenário é exibido, que supera qualquer das paisagens semelhantes da mais que famosa Ilha de Wight: esses lugares precisam ser visitados e revisitados para que se compreenda o valor de Lyme.

O grupo de Uppercross, descendo a rua ao longo das casas agora desertas e de aparência melancólica e seguindo ainda mais para baixo, logo se viu à beira-mar e, apenas se detendo, como deve se deter e apreciar a visão ao estar mais uma vez diante do mar todo aquele que merece vê-lo, continuou em direção ao Cobb, objetivo comum a todos e ao capitão Wentworth: pois numa pequena casa, junto ao pé de um velho quebra-mar de data desconhecida, viviam os Harville. O capitão Wentworth entrou para chamar o amigo; os outros continuaram e ele ficou de se juntar a eles no Cobb.

De modo algum estavam cansados de se maravilhar e admirar, e nem mesmo Louisa parecia achar que se haviam separado por tempo demais do capitão Wentworth quando o viram se aproximar, acompanhado de três pessoas, todas logo identificadas como sendo o capitão e a sra. Harville e um certo capitão Benwick, por eles hospedado.

O capitão Benwick fora há algum tempo primeiro-tenente do *Laconia*, e à descrição que dele fizera o capitão Wentworth em seu recente retorno de Lyme, aos calorosos elogios como excelente rapaz e oficial que sempre apreciara, que o tornaram benquisto por todos os ouvintes, seguira-se uma pequena história de sua vida privada, que o fizeram bastante interessante aos olhos de todas as moças. Ele fora noivo da irmã do capitão Harville e agora chorava sua perda. Ambos haviam passado um ou dois anos à espera de fortuna e promoção. Veio a fortuna, sendo muito bom o seu soldo como tenente. Veio também, afinal, a promoção, mas Fanny Harville não viveu para vê-la. Morrera no verão anterior, quando ele estava no mar. O capitão Wentworth achava impossível que um homem fosse mais apaixonado por uma mulher do que fora o pobre Benwick por Fanny Harville, ou ficasse mais profundamente abalado pela terrível passagem. Considerava o temperamento do rapaz do tipo que sofre com maior intensidade, somando sentimentos muito profundos a um comportamento sério, quieto e introvertido, a um sincero gosto pela leitura e a hábitos sedentários. Para completar o interesse pela história, a amizade entre ele e os Harville pareceu, se possível, aumentada pelo acontecimento que encerrou qualquer possibilidade de parentesco, e o capitão Benwick morava agora com o casal. O capitão Harville alugara a casa atual por um semestre, suas preferências, sua saúde e suas posses levando-o a escolher uma residência pouco dispendiosa e perto do mar. O esplendor do condado e a tranquilidade de Lyme no inverno pareceram perfeitamente adequadas ao estado de espírito do capitão Benwick. A simpatia e boa vontade em relação ao capitão Benwick eram bastante grandes.

– E no entanto – disse Anne consigo mesma enquanto se adiantavam ao encontro do grupo – ele talvez não tenha um coração mais infeliz do que o meu. Não posso crer que suas perspectivas sejam todas tão negras. Ele é mais jovem do que eu, mais jovem em termos de sentimento, senão de fato mais jovem como pessoa. Ele vai se recuperar e será feliz com outra.

Encontraram-se todos, e foram apresentados. O capitão Harville era um homem alto e moreno, com uma postura benevolente e sensível, um pouco manco e, devido aos traços fortes e à falta de saúde, parecia muito mais velho do que o capitão Wentworth. O capitão Benwick parecia, e era, o mais moço dos três e, comparado com os outros, um homem baixo. Tinha um rosto agradável e ar melancólico, exatamente como esperado, e retirou-se da conversa.

O capitão Harville, ainda que não se igualando ao capitão Wentworth em maneiras, era um perfeito cavalheiro, nada afetado, caloroso e prestativo. A sra. Harville, um pouco menos polida do que o marido, parecia, entretanto, ter os mesmos bons sentimentos, e nada poderia ser mais agradável do que o desejo de ambos de considerar todo o grupo como seus amigos pessoais, por serem amigos do capitão Wentworth, nem mais hospitaleiro e gentil do que a insistência para que todos prometessem jantar com eles. O jantar já encomendado na hospedaria foi, afinal, ainda que a contragosto, aceito como desculpa; mas ambos pareceram quase magoados com o capitão Wentworth por ter trazido um grupo como aquele até Lyme sem considerar como certo o fato de jantarem com eles.

Havia em tudo aquilo tanta consideração pelo capitão Wentworth e tão fascinante encanto num grau de hospitalidade tão incomum, tão diferente do habitual estilo de convites toma lá dá cá e jantares de cerimônia e ostentação, que Anne sentiu que seu estado de ânimo não se beneficiaria de uma convivência maior com os oficiais-irmãos de Wentworth. "Seriam todos eles meus amigos", foi o que pensou, "E precisou lutar contra uma enorme tendência à depressão."

Ao deixar o Cobb, foram todos à casa dos novos amigos e encontraram cômodos tão pequenos que somente os que convidam com o coração poderiam considerar capazes de acomodar tanta gente. A própria Anne teve um momento de perplexidade, logo perdido diante dos agradáveis sentimentos gerados pela visão de todos os engenhosos artifícios e belas soluções do capitão Harville para obter o máximo do espaço existente, suprir as deficiências da mobília alugada e proteger janelas e portas contra possíveis tempestades de inverno. A diversidade na arrumação dos cômodos, em que os objetos comuns indispensáveis fornecidos pelo proprietário, com a costumeira indiferença, contrastavam com uns poucos artigos de espécies raras de madeira, finamente trabalhados, e com alguns objetos curiosos e valiosos de todos os distantes países visitados pelo capitão Harville, eram para Anne mais do que entretenimento. O modo como tudo se relacionava com a profissão dele, com o fruto de seu trabalho, o resultado da influência desse trabalho em seus hábitos, o quadro de tranquilidade e felicidade doméstica ali representado provocaram nela algo semelhante à alegria.

O capitão Harville não lia muito. Mas idealizara excelentes acomodações e instalara belas prateleiras para uma razoável coleção de volumes bem-encadernados, de propriedade do capitão Benwick. Sua claudicância o impedia de fazer muitos exercícios, mas um espírito prestativo e ingênuo parecia torná-lo permanentemente útil em casa. Desenhava, envernizava, construía, colava; fazia brinquedos para as crianças; criava agulhas e alfinetes aperfeiçoados e, se não havia mais o que fazer, dedicava-se à sua grande rede de pesca num dos cantos da sala.

Ao saírem da casa, Anne achou que deixava para trás uma grande felicidade. E Louisa, ao lado de quem andava, explodiu em arroubos de admiração e júbilo em relação à Marinha – a camaradagem, a fraternidade, a franqueza, a retidão – afirmando estar convencida de que os marinheiros eram mais valorosos e calorosos do que qualquer outro grupo de homens na Inglaterra, que apenas eles sabiam como viver e apenas eles mereciam ser respeitados e amados.

Recolheram-se para se vestir e jantar, e tão bem planejados haviam sido os preparativos que nada lhes faltou, ainda que o fato de estarem "tão fora de temporada" e de estar Lyme "tão deserta" e de não estarem "à espera hóspedes" provocasse muitas desculpas por parte dos donos da hospedaria.

Anne, a essa altura, percebeu-se cada vez tão menos incomodada por estar na presença do capitão Wentworth do que poderia ter imaginado que sentarem-se agora à mesma mesa e trocarem as costumeiras amabilidades (nunca iam além) tornara-se indiferente.

As noites estavam escuras demais para que as moças saíssem até o dia seguinte, mas o capitão Harville lhes prometera uma visita à tardinha. E ele veio, trazendo também o amigo, o que era mais do que o esperado, sendo opinião geral que o capitão Benwick dava toda a impressão de estar oprimido pela presença de tantos estranhos. Ainda assim, aventurou-se a estar entre eles, mesmo que seu estado de espírito de modo algum parecesse se adequar à alegria do grupo.

Enquanto os capitães Wentworth e Harville dominavam a conversa num dos lados da sala e, recordando velhos tempos, contavam casos suficientes para ocupar e entreter os outros, coube a Anne ficar um tanto afastada, ao lado do capitão Benwick. E um generoso impulso de sua índole fez com que começasse a conversar com ele. O rapaz era tímido e inclinado à abstração, mas a convidativa suavidade do rosto de Anne e a gentileza de suas maneiras logo surtiram efeito, e ela foi bem recompensada pelos primeiros esforços de aproximação. Ele era sem dúvida um jovem de excelente gosto para leituras, embora sobretudo em poesia, e, além da convicção de lhe ter proporcionado ao menos o prazer de uma noite de conversa voltada para assuntos pelos quais era provável que não se interessassem seus habituais companheiros, ela teve a esperança de lhe ter sido realmente útil com algumas sugestões sobre o dever e os benefícios da luta contra a dor, que naturalmente brotou na conversa de ambos. Pois, mesmo tímido, ele não parecia reservado; parecia, ao contrário, estar contente por quebrar sua natural resistência. E tendo falado de poesia, a riqueza da época atual, e se aventurado por uma rápida comparação de opiniões quanto aos mais importantes poetas, tentando determinar quem se deveria preferir, se *Marmion* ou *A dama do lago**, e como classificar *Giaour* e *A noiva de Ábidos***, mais ainda, como se deveria pronunciar *Giaour*, mostrou-se tão profundo conhecedor de todas as mais ternas canções do primeiro poeta e de todas as apaixonadas descrições de desesperançada agonia do segundo. Reproduziu com tanto e tão trêmulo sentimento os vários versos que falavam de um coração partido, ou de uma mente destruída pela infelicidade, e pareceu a tal ponto ansioso por ser compreendido, que ela ousou desejar que ele nem sempre lesse apenas poesia e afirmar residir a desgraça da poesia no fato de ser poucas vezes apreciada sem riscos por aqueles que dela desfrutavam por completo e que os sentimentos intensos, os únicos a de fato poder avaliá-la, eram os mesmos sentimentos que dela só deveriam provar com moderação.

A expressão dele não o mostrando angustiado, e sim satisfeito, por tal alusão ao seu estado, ela foi estimulada a prosseguir e, sentindo em si mesma o direito da precedência de espírito, aventurou-se a recomendar uma maior quantidade de prosa em suas leituras diárias e, ao lhe serem pedidos exemplos, mencionar trabalhos dos nossos melhores moralistas, coleções das mais belas cartas, memórias de personagens de valor e sofrimento, que no momento lhe ocorreram como destinadas a valorizar e fortificar a alma por meio de elevados

* Poemas de Walter Scott. (N.E.)

** Poemas românticos de Lord Byron (N.E.)

princípios e dos melhores exemplos de resistência moral e religiosa.

O capitão Benwick ouvia com atenção e parecia grato pelo implícito interesse e, mesmo com um aceno de cabeça e gestos que revelavam sua pouca fé na eficácia de quaisquer livros sobre uma dor como a sua, anotou os nomes por ela recomendados, e prometeu procurá-los e lê-los.

Quando findou a noite, Anne não pôde deixar de se divertir com a ideia de que fora a Lyme para pregar paciência e resignação a um jovem que nunca vira antes; nem deixar de temer, numa reflexão mais séria, que, como tantos outros grandes moralistas e pregadores, fora eloquente numa questão em que sua própria conduta não suportaria questionamentos.

Capítulo 12

Anne e Henrietta, descobrindo serem as primeiras do grupo a acordar na manhã seguinte, concordaram em ir até o mar antes do café da manhã. Caminharam pela areia, para observar a subida da maré, que uma bela brisa sudeste trazia com toda a grandeza permitida por uma costa tão plana. Elogiaram a manhã, enalteceram o mar, compartilharam as delícias da brisa refrescante... e ficaram em silêncio. Até que Henrietta de repente recomeçou:

– Ah! É verdade... estou mesmo convencida de que, com poucas exceções, o ar do mar sempre faz bem. Não se pode duvidar de que prestou o maior serviço ao dr. Shirley, depois de sua doença, na primavera do ano passado. Ele mesmo declara que ter passado um mês em Lyme lhe foi mais útil do que todos os remédios que tomou e que estar à beira-mar sempre o faz sentir-se jovem outra vez. Agora, não posso deixar de pensar que é uma pena que ele não viva o tempo todo à beira-mar. Acredito que ele faria melhor saindo de vez de Uppercross e instalando-se em Lyme. Não acha, Anne? Não concorda comigo que seria a melhor coisa a fazer, tanto para ele quanto para a sra. Shirley? Ela tem primos aqui, como sabe, e muitos conhecidos, o que lhe tornaria a vida agradável, e tenho certeza de que ficaria contente em ir para um lugar onde poderia ter assistência médica ao alcance da mão, no caso de ele ter outro ataque. Na verdade, acho um tanto melancólico ver pessoas tão excelentes quanto o doutor e a sra. Shirley, que passaram a vida fazendo o bem, desperdiçando seus últimos dias num lugar como Uppercross, onde, a não ser pela nossa família, parecem isolados do mundo. Gostaria que seus amigos lhe propusessem isso. Realmente acho que deveriam. E conseguir uma dispensa não deveria ser difícil, a esta altura da vida e com a personalidade dele. Minha única dúvida é se alguém conseguiria convencê-lo a deixar sua paróquia. Ele é tão severo e escrupuloso em sua maneira de ser, escrupuloso em excesso, eu deveria dizer. Não acha, Anne, serem escrúpulos em excesso? Não acha que é um ponto de vista um tanto equivocado quando um clérigo sacrifica a saúde pelo bem de seus deveres, que poderiam muito bem ser executados por outra pessoa? E também, em Lyme, a apenas dezessete milhas de distância, ele estaria suficientemente perto para ficar sabendo se alguém considerasse haver motivos de queixa.

Anne sorriu consigo mesma mais de uma vez durante aquele discurso e interessou-se pelo assunto, tão disposta a se interessar pelos sentimentos de uma moça quanto pelos de um rapaz, ainda que agora sua utilidade fosse menor, pois o que poderia oferecer além de uma total concordância? Disse tudo o que seria sensato e adequado ao caso, concordou com que o dr. Shirley precisava de descanso, compreendeu o quanto seria desejável que se contratasse algum jovem respeitável e ativo como pároco residente e chegou a ser gentil o bastante para comentar as vantagens de ser tal pároco um rapaz casado.

– Eu gostaria – disse Henrietta, muito satisfeita com a companheira –, gostaria que Lady Russell vivesse em Uppercross e fosse amiga do dr. Shirley. Sempre ouvi falar de Lady Russell como uma mulher que exerce grande influência sobre todas as pessoas! Sempre a considerei capaz de convencer alguém a fazer qualquer coisa! Tenho medo dela, como já lhe disse, tenho muito medo dela, por ser tão hábil, mas a respeito demais e gostaria que tivéssemos uma vizinha como ela em Uppercross.

Anne achou divertido o modo como Henrietta demonstrava gratidão, divertindo-se também por terem o curso dos acontecimentos e os novos interesses de Henrietta feito sua amiga cair nas graças de todos os membros da família Musgrove. Só teve tempo, porém, para uma resposta vaga e para expressar o desejo de que houvesse em Uppercross uma mulher como aquela, antes que todos os assuntos de repente cessassem, ao virem Louisa e o capitão Wentworth dirigindo-se para onde elas estavam. Vinham também de uma caminhada antes do café da manhã, que já devia estar pronto, mas lembrando-se Louisa, de imediato, que tinha algo a comprar numa loja, convidou-os a voltar com ela à cidade. Todos se puseram à sua disposição.

Quando chegaram aos degraus pelos quais se saía da praia, um cavalheiro, no mesmo instante se preparando para descê-los, recuou polidamente e parou para lhes ceder a vez. Subiram, passaram por ele e, ao passarem, o rosto de Anne atraiu-lhe o olhar e ele a fitou com sincera admiração, à qual ela não podia ficar insensível. Sua aparência era excelente, tendo o brilho e o frescor da juventude de seus traços muito regulares e muito belos sido restituídos pelo vento fresco que soprara sobre sua pele e pela animação do olhar também por ele provocado. Era evidente que o cavalheiro (um verdadeiro cavalheiro, a julgar pela atitude) a admirara muito. O capitão Wentworth olhou-a no mesmo instante, de um modo que demonstrava haver percebido. Foi um olhar rápido, um olhar intenso, que parecia dizer "Aquele homem se interessou por você, e até mesmo eu, neste momento, vejo outra vez Anne Elliot".

Depois de acompanhar Louisa em suas compras e passear um pouco mais, voltaram para a hospedaria. E Anne, ao sair apressada de seu próprio quarto em direção à sala de refeições, quase deu de encontro com o mesmo cavalheiro, que saía do cômodo contíguo. Imaginara antes ser ele um visitante como eles e deduzira ser seu criado um cavalariço de boa aparência que perambulava por perto das duas hospedarias ao voltarem. Os trajes de luto comuns ao senhor e ao empregado reforçaram tal pensamento. Estava agora provado que ele estava alojado na mesma hospedaria que ela e seu grupo. E aquele segundo encontro, por breve que tenha sido, também provou uma vez mais, pelos olhares do cavalheiro, que ele a considerava muito atraente e, pela presteza e correção de suas desculpas, tratar-se de um homem de excelentes maneiras. Parecia ter em torno de trinta anos e, embora não bonito, tinha uma presença agradável. Anne pensou que gostaria de saber quem era ele.

Mal haviam terminado o café da manhã quando o som de uma carruagem (praticamente a primeira que ouviam desde que estavam em Lyme) levou metade do grupo à janela. Era a carruagem de um cavalheiro, um cabriolé, mas vinha apenas do estábulo até a porta dianteira; alguém devia estar de partida. Era conduzida por um criado em trajes de luto.

A palavra cabriolé fez Charles Musgrove precipitar-se para compará-lo com o seu; o criado enlutado excitou a curiosidade de Anne, e todos os seis se puseram a olhar quando o proprietário do veículo foi visto saindo pela porta em meio a mesuras e cortesias do hospedeiro e, ocupando seu assento, afastar-se.

– Ah! – exclamou o capitão Wentworth de imediato e lançando a Anne um olhar de relance. – É o mesmo homem com quem cruzamos.

As moças Musgrove concordaram e, observando-o com simpatia subir a colina até desaparecer, todos voltaram à mesa do café da manhã. O garçom entrou na sala pouco depois.

– Por favor – disse o capitão Wentworth no mesmo instante –, pode nos dizer o nome do cavalheiro que acabou de partir?

– Sim, senhor. Trata-se de um certo sr. Elliot, cavalheiro de grande fortuna que chegou de Sidmout a noite passada. Ouso dizer que ouviram a carruagem, senhor, enquanto jantavam. E agora seguiu para Crewkherne, a caminho de Bath e Londres.

– Elliot!

Vários se entreolharam e vários repetiram o nome, antes que tudo aquilo fosse assimilado, mesmo tendo sido dito com a considerável rapidez de um garçom.

– Santo Deus! – exclamou Mary. – Deve ser o nosso primo. Deve mesmo ser o nosso sr. Elliot! Charles, Anne, não deve? De luto, vejam, exatamente como deve estar o nosso sr. Elliot. Que coisa mais extraordinária! Na mesma hospedaria que nós! Deve ser o nosso sr. Elliot, não deve, Anne? O herdeiro de meu pai? Por favor, senhor – voltando-se para o garçom –, não ouviu dizer, o criado dele não disse que ele pertencia à família de Kellynch?

– Não, senhora, ele não mencionou família alguma. Mas disse que seu patrão era um homem muito rico e que um dia seria baronete.

– Aí está! Estão vendo? – exclamou Mary em êxtase. – Exatamente como eu disse! Herdeiro de Sir Walter Elliot! Eu tinha certeza de que saberíamos, se fosse isso mesmo. Podem confiar, esta é uma condição que os criados se apressam em divulgar, onde quer que ele vá. Mas, Anne, imagine que coisa mais extraordinária! Eu gostaria de ter olhado mais para ele. Gostaria que tivéssemos sabido a tempo de quem se tratava, que ele nos tivesse sido apresentado. Que pena não termos sido apresentados! Você acha que ele parece um Elliot? Mal olhei para ele, estava olhando para os cavalos, mas acho que ele tem alguma coisa dos Elliot. Pergunto-me como não reconheci o brasão! Ah! O sobretudo estava pendurado sobre o escudo e ocultava o brasão, foi por isso; senão, tenho certeza, eu o teria observado, e a libré também; se o criado não usasse trajes de luto, poderia ter sido reconhecido pela libré.

– Reunindo todas essas extraordinárias circunstâncias – disse o capitão Wentworth –, devemos considerar ser obra da Providência o fato de não ter a senhora sido apresentada ao seu primo.

Quando conseguiu a atenção de Mary, Anne tentou com tranquilidade convencê-la de que seu pai e o sr. Elliot há muitos anos não estavam em termos tão amigáveis que tornasse desejável uma tentativa de apresentação.

Ao mesmo tempo, entretanto, era para ela uma secreta satisfação ter visto o primo e saber que o futuro proprietário de Kellynch era sem sombra de dúvida um cavalheiro e tinha uma aparência sensata. Não iria, de modo algum, mencionar que o encontrara uma segunda vez. Por sorte, Mary não prestara muita atenção ao passar perto dele no passeio matinal, mas se sentiria um tanto ofendida por ter Anne esbarrado nele no corredor e recebido suas atenciosas desculpas, enquanto ela nunca se aproximara dele. Não, aquele pequeno encontro entre primos deveria permanecer um absoluto segredo.

– É claro – disse Mary –, você vai mencionar termos visto o sr. Elliot da próxima vez que escrever a Bath. Acho que meu pai realmente deve saber disso. Diga tudo a respeito dele.

Anne evitou dar uma resposta direta, mas aquela era exatamente uma situação que considerava não apenas ser desnecessário comunicar, mas que deveria ser omitida. Da ofensa que fora feita ao pai, muitos anos antes, ela tinha conhecimento; da parte nela representada por Elizabeth, suspeitava; e de que a menção ao sr. Elliot sempre provocava em ambos alguma irritação, não tinha dúvidas. Mary nunca escrevia a Bath; todo o ônus de manter uma lenta e insatisfatória correspondência com Elizabeth recaía sobre Anne.

Ainda não se passara muito tempo do café da manhã quando a eles se reuniram o capitão Harville, sua esposa e o capitão Benwick, com quem haviam combinado fazer um último passeio em Lyme. Deveriam partir para Uppercross à uma da tarde e nesse meio-tempo ficariam juntos, o máximo possível ao ar livre.

Anne percebeu o capitão Benwick colocar-se a seu lado tão logo estavam todos na rua. A conversa da noite anterior não o desanimara de procurar por ela outra vez e caminharam juntos por algum tempo, falando, como antes, de Walter Scott e de Lord Byron, e ainda tão incapazes quanto antes, e tão incapazes como quaisquer outros dois leitores, de chegar a um acordo quanto aos méritos de ambos, até que algo ocasionasse uma mudança total na posição do grupo e, em vez do capitão Benwick, ela tivesse ao seu lado o capitão Harville.

– Srta. Elliot – disse ele, falando um tanto baixo –, a senhorita fez uma boa ação ao conseguir que esse coitado falasse tanto. Gostaria que ele tivesse companhias assim com mais frequência. É muito ruim para ele, eu sei, ser tão fechado, mas o que podemos fazer? Não podemos nos separar.

– Não – disse Anne –, posso compreender facilmente que seria impossível, mas com o tempo, talvez... sabemos o que faz o tempo em todos os casos de angústia, e precisa se lembrar, capitão Harville, que seu amigo ainda pode ser considerado um recém-enlutado... foi no último verão, imagino.

– Ai, é verdade – deu um suspiro profundo –, foi em junho.

– E talvez ele não tenha sabido logo.

– Só na primeira semana de agosto, quando chegou do Cabo, recém-investido do comando do *Grappler*. Eu estava em Plymouth, rezando para não encontrá-lo; ele escreveu cartas, mas o *Grappler* tinha ordens para seguir para Portsmouth. As notícias deveriam alcançá-lo lá, mas quem iria lhe contar? Não eu. Eu teria preferido ser pendurado no mastro. Ninguém poderia fazê-lo, a não ser aquele bom camarada – indicou o capitão Wentworth. – O *Laconia* chegara a Plymouth na semana anterior; nenhum risco de que fosse mandado outra vez ao mar. Para ele, seria um momento de descanso; ele escreveu pedindo uma licença mas, sem esperar a resposta, viajou noite e dia até chegar a Portsmouth, remou até o *Grappler* no mesmo instante e por uma semana não saiu de perto do companheiro. Foi isso o que ele fez, e ninguém mais poderia ter salvo o pobre James. Pode imaginar, srta. Elliot, o quanto ele nos é caro?

Anne refletiu o mais que pôde e respondeu da melhor maneira que seus próprios sentimentos permitiam, ou que o capitão parecia poder suportar, pois ele estava emocionado demais para continuar o assunto e, quando voltou a falar, foi sobre algo completamente diferente.

A opinião manifestada pela sra. Harville de que o marido já teria caminhado um pouco demais quando chegassem em casa determinou a direção de todo o grupo no que seria seu último passeio: acompanhariam ambos até a porta e voltariam para, por sua vez, irem para casa. Por todos os cálculos, tinham tempo suficiente para fazê-lo, mas, quando se aproximaram do Cobb*, havia tamanho desejo, por parte de todos, de percorrerem uma vez mais a beira-mar, todos gostavam da ideia, e Louisa logo se mostrou tão determinada que ficou acordado que uma diferença de quinze minutos não faria qualquer diferença. E assim, com todas as amáveis despedidas e todas as amáveis trocas de convites e promessas que se possam imaginar, separaram-se do casal Harville à porta de sua casa e, ainda acompanhados pelo capitão Benwick, que parecia querer estar com eles até o fim, dirigiram-se ao Cobb para os devidos adeuses.

---

* Nome do atracadouro de Lyme. (N.E.)

Anne viu o capitão Benwick mais uma vez a seu lado. Os "escuros mares azuis" de Lord Byron não poderiam deixar de vir à tona diante daquele cenário, e ela, de boa vontade, deu ao jovem toda a sua atenção, enquanto lhe dar atenção foi possível. Logo foi desviada para outro rumo.

Ventava demais para que a parte de cima do novo Cobb fosse agradável para as senhoras, e elas concordaram em passar para a parte inferior. Todos ficaram satisfeitos em descer, com calma e cuidado, o lance de degraus íngremes, com exceção de Louisa, que, com a ajuda do capitão Wentworth, pulou para baixo. Em todos os passeios, ele tivera que ajudá-la a pular dos degraus: ela achava a sensação deliciosa. A dureza do chão sob seus pés o deixou menos disposto a fazê-lo naquela ocasião, mas ele o fez. Ela estava a salvo na parte de baixo e, no mesmo instante, para demonstrar sua alegria, subiu correndo os degraus para pular outra vez. Ele a aconselhou a não pular, por ser muito grande o choque, mas argumentou e falou em vão. Ela sorriu e disse:

– Estou decidida. Vou pular.

Ele estendeu as mãos, ela se atirou meio segundo antes, caiu no chão do Baixo Cobb e foi erguida inanimada! Não havia ferimentos, não havia sangue, nem contusão visível, mas os olhos estavam fechados, ela não respirava, o rosto não tinha vida. Um momento de horror para todos ao seu redor!

O capitão Wentworth, que a erguera do chão, ajoelhou-se com ela nos braços, olhando-a com um rosto tão pálido quanto o dela, em silenciosa agonia.

– Ela está morta! Está morta! – gritou Mary, agarrando-se ao marido e, com seu próprio horror, contribuindo para mantê-lo imóvel e, no instante seguinte, Henrietta, tomada por aquela ideia, perdeu também os sentidos e teria caído sobre os degraus, não fossem o capitão Benwick e Anne, que a seguraram e a apoiaram entre os dois.

– Não há quem me ajude? – foram as primeiras palavras que escaparam do capitão Wentworth, em tom desesperado, como se toda a sua própria força se tivesse esvaído.

– Ajude-o, ajude-o – exclamou Anne –, pelo amor de Deus ajude-o. Posso segurá-la sozinha. Deixe-me e ajude-o. Esfregue as mãos dela, esfregue as têmporas; aqui estão os sais, pegue-os, pegue-os.

O capitão Benwick obedeceu e também, ao mesmo tempo, Charles, soltando-se da esposa. Estavam ambos ao lado dele, e Louisa foi erguida e apoiada com mais firmeza entre ambos, e tudo o que Anne dissera foi feito, mas em vão; enquanto o capitão Wentworth, cambaleando até a parede para se apoiar, exclamava, na mais terrível agonia:

– Ai, meu Deus! O pai e a mãe dela!

– Um médico! – disse Anne.

Ele ouviu a palavra, pareceu refazer-se no mesmo instante e disse:

– Sim, sim, um médico, já!

E fez um movimento para sair correndo, quando Anne sugeriu depressa:

– O capitão Benwick, não seria melhor ir o capitão Benwick? Ele sabe onde encontrar um médico.

Todos os que eram capazes de pensar perceberam a vantagem daquela ideia, e num instante (tudo acontecia em rápidos instantes) o capitão Benwick entregou o pobre corpo desfalecido aos cuidados do irmão e seguiu sem demora para a cidade.

Quanto ao desolado grupo deixado para trás, era difícil dizer, entre os três que conseguiam raciocinar, quem sofria mais, se o capitão Wentworth, Anne ou Charles, que, sendo um irmão realmente dedicado, inclinava-se para Louisa com soluços de dor e só desviava os olhos de uma das irmãs para ver a outra sem sentidos, ou testemunhar a agitação histérica da esposa, exigindo dele uma ajuda que não podia dar.

Anne, dedicando a Henrietta todos os cuidados, energia e consideração que eram ditados pelo instinto, ainda tentava, a intervalos, confortar os outros, acalmar Mary, animar Charles, apaziguar os sentimentos do capitão Wentworth. Ambos pareciam esperar suas instruções.

– Anne, Anne! – exclamou Charles. – O que devemos fazer agora? O que, pelo amor de Deus, devemos fazer agora?

Os olhos do capitão Wentworth voltaram-se para ela.

– Não seria melhor se a levássemos para a hospedaria? É, tenho certeza: levem-na com cuidado para a hospedaria.

– Sim, sim, para a hospedaria – repetiu o capitão Wentworth, relativamente refeito e ansioso para fazer algo. – Eu mesmo a levarei. Musgrove, cuide das outras.

A essa altura, a notícia do acidente espalhara-se pelos operários e barqueiros do Cobb e muitos estavam reunidos perto deles, para serem úteis se necessário e, de qualquer maneira, para apreciar o espetáculo de uma jovem morta, não, duas jovens mortas, porque aquilo seria duas vezes melhor do que o esperado. Aos que tinham melhor aparência, entre aquela boa gente, foi confiada Henrietta, pois, mesmo parcialmente recuperada, ainda estava muito enfraquecida. E assim, com Anne andando ao lado e Charles ocupando-se da esposa, seguiram adiante, refazendo, com sentimentos indizíveis, o caminho que há pouco tempo, há tão pouco tempo e com o coração tão leve, haviam percorrido.

Não haviam ainda deixado o Cobb quando os Harville os alcançaram. O capitão Benwick tinha sido visto correndo diante da casa, com uma atitude que demonstrava haver algo errado, e eles saíram no mesmo instante, sendo no caminho informados e orientados a ir até onde estava o grupo. Mesmo assustado como estava, o capitão Harville trouxe bom-senso e energia que logo puderam ser úteis, e um olhar trocado entre ele e a esposa decidiu o que deveria ser feito. Ela deveria ser levada para a casa de ambos, todos deveriam ir para a casa deles e lá esperar a chegada do médico. Não dariam ouvidos a escrúpulos: foi obedecido, todos estavam sob seu teto e, enquanto Louisa, conforme indicado pela sra. Harville, foi levada ao andar de cima e colocada na própria cama da dona da casa, assistência, licores e tônicos foram fornecidos pelo marido a todos os que deles precisassem.

Louisa abrira os olhos uma vez, mas logo os fechara, sem parecer ter recobrado consciência. Fora, entretanto, uma prova de vida útil para a irmã. E Henrietta, mesmo absolutamente incapaz de ficar no mesmo quarto que Louisa, foi poupada, pela agitação da esperança e do medo, de voltar a perder os sentidos. Mary também se acalmava.

O médico chegou antes do que parecera possível. Estavam todos tomados pelo horror, enquanto ele a examinava, mas ele não perdeu as esperanças. A cabeça recebera uma contusão grave, mas já vira pessoas se recuperarem de traumas maiores: de modo algum perdia as esperanças, dizia ele em tom encorajador.

Que ele não considerasse o caso desesperador, que não afirmasse que em poucas horas tudo estaria terminado superou, a princípio, as esperanças da maioria. E o êxtase de tal alívio, a alegria, profunda e silenciosa, depois de algumas ardentes expressões de gratidão a Deus, podem ser imaginados.

O tom e a expressão com que "Graças a Deus!" foi pronunciado pelo capitão Wentworth jamais seriam esquecidos por ela, Anne tinha certeza. Nem a visão dele, mais tarde, sentado junto à mesa, inclinado sobre ela com os braços cruzados e o rosto escondido, como se subjugado pelos diversos sentimentos de sua alma e tentando, pela prece e reflexão, acalmá-los.

Os membros de Louisa estavam salvos. Nenhum dano além da cabeça.

Tornava-se agora necessário que o grupo considerasse o que seria melhor fazer em relação à situação geral. Agora eram capazes de falar e consultar uns aos outros. Que Louisa deveria permanecer onde estava, mesmo ficando seus amigos perturbados por envolver os Harville em tamanho problema, não admitia dúvidas. Removê-la era impossível. Os Harville silenciaram todos os escrúpulos e, tanto quanto puderam, toda gratidão. Haviam procurado soluções e resolvido tudo antes que os outros começassem a refletir. O capitão Benwick cederia a eles o quarto e arrumaria uma cama em outro lugar, e tudo estaria arranjado. Só lamentavam que a casa não pudesse acomodar todos e mesmo, talvez, "colocando as crianças no quarto da criada, ou instalando uma cama de armar em algum lugar", não podiam ousar pensar em acomodar dois ou três deles, supondo que desejassem ficar, embora, em relação a quaisquer cuidados com a srta. Musgrove, não precisassem de modo algum se preocupar em deixá-la inteiramente nas mãos da sra. Harville. A sra. Harville era uma enfermeira muito experiente, e também a ama, que estava com ela há muito tempo e a acompanhara em todos os lugares onde fora. Entre as duas, a doente não poderia ser melhor atendida dia e noite. E tudo isso foi dito com irresistível honestidade e sinceridade de sentimentos.

Charles, Henrietta e o capitão Wentworth conversavam entre si e, por algum tempo, houve apenas uma troca de perplexidade e terror. Uppercross – a necessidade de alguém ir a Uppercross – as notícias a serem dadas – como serão afetados o sr. e sra. Musgrove – a adiantada manhã, quase uma hora desde o momento em que deveriam ter partido – a impossibilidade de chegar lá em hora adequada. No início, não foram capazes senão de tais exclamações, mas depois o capitão Wentworth, num esforço, disse:

– Precisamos nos definir e sem perder um minuto. Cada minuto é valioso. Alguém precisa se decidir a partir para Uppercross agora mesmo. Musgrove, um de nós dois deve ir.

Charles concordou, mas declarou sua determinação de não ir. Incomodaria os Harville o mínimo possível, mas deixar a irmã naquele estado, não devia, nem o faria. Estava então decidido. E Henrietta a princípio declarou o mesmo. Ela, no entanto, logo foi convencida a mudar de opinião. Que utilidade teria sua presença? Ela não fora capaz de ficar no quarto de Louisa, nem de cuidar dela, sem reações que a tornavam mais do que impotente! Foi obrigada a reconhecer que não seria útil, mas ainda não desejava partir, até que, comovida com a lembrança dos pais, desistiu e concordou; estava ansiosa para chegar em casa.

Os planos haviam chegado a esse ponto quando Anne, descendo em silêncio do quarto de Louisa, não pôde deixar de ouvir o que foi dito a seguir, pois a porta da sala estava aberta.

– Então está resolvido, Musgrove – exclamava o capitão Wentworth –, que você ficará e eu levarei sua irmã para casa. Mas quanto ao resto, quanto aos outros, se alguém ficar para ajudar a sra. Harville, acho que só uma pessoa será necessária.

A sra. Charles Musgrove, com certeza, há de querer voltar para seus filhos. Mas, se Anne ficar, ninguém é tão adequado, tão capaz quanto Anne.

Ela parou por um instante para se recobrar da emoção de ouvir falar daquela maneira a seu respeito. Os outros dois concordaram entusiasmados com o que ele dissera, e então ela apareceu.

– Você vai ficar, tenho certeza; vai ficar e cuidar dela – exclamou ele, dirigindo-se a ela e falando com um ardor, e ainda assim com uma gentileza, que quase fizeram reviver o passado.

Ela enrubesceu profundamente; ele se conteve e mudou de direção. Ela se manifestou desejosa, pronta, feliz por ficar. Era no que tinha pensado e desejado que lhe permitissem fazer. Uma cama no chão do quarto de Louisa seria o bastante para ela, se a sra. Harville concordasse.

Apenas mais uma coisa, e tudo parecia arranjado. Embora fosse um tanto desejável que o casal Musgrove se preocupasse de antemão com algum atraso, o tempo necessário para que os cavalos de Uppercross os levassem de volta seria uma terrível prorrogação do suspense. E o capitão Wentworth propôs, e Charles Musgrove concordou, que seria bem melhor para ele levar um cabriolé da hospedaria e deixar a carruagem do sr. Musgrove para ser mandada à casa no dia seguinte, quando haveria a vantagem adicional de levar notícias da noite de Louisa.

O capitão Wentworth apressava-se agora para ter tudo pronto para a partida e ser logo acompanhado pelas duas moças. Quando deram conhecimento dos planos a Mary, entretanto, toda paz chegou ao fim. Ela ficou tão desolada e tão veemente, queixou-se tanto da injustiça de esperarem que ela se fosse, e não Anne, Anne que nada era para Louisa, enquanto ela era a cunhada e tinha todo o direito de ficar com Henrietta! Por que não seria ela tão útil quanto Anne? E, além disso, ir para casa sem Charles, sem o marido! Não, era indelicadeza demais. Em resumo, disse mais do que o marido pôde suportar e, como nenhum dos outros se opôs quando ele concordou, não houve jeito: a troca de Mary por Anne foi inevitável.

Anne jamais se submetera com maior relutância às queixas ciumentas e injustas de Mary, mas foi preciso, e se dirigiram à cidade, Charles cuidando da irmã e o capitão Benwick a seu lado. Ela recordou, por um instante, enquanto andavam apressados, pequenos detalhes que os mesmos locais testemunharam mais cedo. Ali ouvira os planos de Henrietta para que o dr. Shirley deixasse Uppercross; mais adiante, vira pela primeira vez o sr. Elliot; por um momento pareceu que tudo agora girava apenas em torno de Louisa ou dos que estavam envolvidos com seu bem-estar.

O capitão Benwick era extremamente atencioso para com ela e, unidos como pareciam todos pela angústia do dia, Anne sentia por ele uma crescente simpatia e mesmo algum prazer em pensar que aquela talvez fosse uma oportunidade de se conhecerem melhor.

O capitão Wentworth as aguardava e também um coche de quatro cavalos, estacionado, para lhes ser mais conveniente, na parte baixa da rua. Mas sua evidente surpresa e aborrecimento diante da substituição de uma das irmãs pela outra, a mudança de sua postura, a perplexidade, as expressões reveladas e suprimidas enquanto ouvia Charles foram para Anne uma recepção humilhante, ou, no mínimo, convenceram-na de que só era valorizada na medida em que pudesse ser útil a Louisa.

Esforçou-se para se controlar, e ser justa. Sem copiar os sentimentos de uma Emma para com seu Henry*, teria, por ele, cuidado de Louisa com um zelo superior às reivindicações comuns do simples afeto. E esperava que ele não continuasse a ser injusto a ponto de imaginar que ela, sem necessidade, se esquivaria das obrigações de amizade.

Enquanto isso, instalava-se na carruagem. Ele as ajudara a subir e se colocara entre as duas. E assim, sob tais circunstâncias, cheias de surpresa e emoção para Anne, ela deixou Lyme. Como transcorreria a longa jornada, como afetaria suas atitudes, que tipo de conversa teriam, não podia prever. Mas foi tudo bem natural. Ele se dedicava a Henrietta, sempre se

* Referência a "Henry and Emma", poema de Matthew Prior, em que Emma serve sua rival pelo amor de Henry. (N.E.)

virando para ela e, quando falava, era sempre com a intenção de lhe dar esperança e infundir-lhe ânimo. De modo geral, sua voz e gestos eram estudadamente calmos. Poupar Henrietta de qualquer agitação parecia obrigatório. Apenas uma vez, quando ela se lastimava pela inconveniente e desafortunada ida ao Cobb, lamentando amargamente que se tivesse pensado em ir, ele desabafou, como se não suportasse:

– Não fale nisso, não fale nisso! – exclamou. – Ai, Deus! Se eu não tivesse feito a vontade dela naquele instante fatal! Se eu tivesse agido como deveria! Mas ela é tão impaciente e tão determinada! Querida, doce Louisa!

Anne se perguntou se em algum momento lhe ocorrera, agora, questionar o acerto de sua própria opinião prévia quanto à felicidade universal e as vantagens da firmeza de caráter; e se ele não se daria conta de que, como todas as outras qualidades morais, aquela deveria ter proporções e limites. Pensou que ele dificilmente deixaria de considerar que um temperamento dócil poderia, algumas vezes, promover tanta felicidade quanto uma índole por demais determinada.

Avançavam rápido. Anne surpreendeu-se ao reconhecer tão depressa as mesmas colinas e os mesmos objetos. Sua velocidade real, aumentada por um certo receio da chegada, fez com que a estrada parecesse ter a metade da extensão da véspera. O dia findava, entretanto, antes que chegassem aos arredores de Uppercross, e houve absoluto silêncio entre eles por algum tempo, Henrietta recostada no canto, com um xale sobre o rosto, criando a esperança de ter adormecido de tanto chorar, quando, ao subirem a última colina, Anne se viu de repente interpelada pelo capitão Wentworth. Em voz baixa e cautelosa, ele disse:

– Tenho refletido sobre a melhor maneira de agirmos. Ela não deve ser a primeira a aparecer. Não teria forças para tanto. Tenho pensado se não seria melhor que a senhorita permanecesse com ela na carruagem, enquanto eu entro e dou a notícia ao casal Musgrove. Considera isso um bom plano?

Ela considerava. Ele ficou satisfeito e nada mais disse. Mas a lembrança da pergunta permaneceu com ela como um prazer, uma prova de amizade e deferência por seu julgamento, um grande prazer. E, ao se tornar uma espécie de elo entre os dois, seu valor não diminuiu.

Ao findar o angustiante comunicado em Uppercross, tendo visto pai e mãe tão refeitos quanto se poderia esperar, e a filha bem melhor por estar com eles, o capitão anunciou sua intenção de voltar a Lyme com a mesma carruagem e, alimentados os cavalos, partiu.

Capítulo 13

O FINAL DA ESTADA DE Anne em Uppercross, compreendendo apenas dois dias, foi inteiramente gasto em Great House, e ela teve a satisfação de se sentir ali bastante útil, tanto como companhia naquele momento quanto na ajuda em todos os preparativos para o futuro que, para o angustiado estado de espírito dos Musgrove, teriam sido tão só dificuldades.

Tiveram notícias de Lyme na manhã seguinte. Louisa estava praticamente na mesma situação. Nenhum sintoma pior do que os anteriores havia surgido. Charles chegou poucas horas depois, trazendo informações mais recentes e detalhadas. Estava razoavelmente animado. Não se poderia esperar uma cura rápida, mas tudo corria tão bem quanto permitia a natureza do caso. Ao falar dos Harville, pareceu incapaz de expressar seu próprio julgamento quanto à bondade de ambos, sobretudo das habilidades da sra. Harville como enfermeira.

– Ela realmente nada deixou para que Mary fizesse.

Ele e Mary haviam sido convencidos, na noite anterior, a se recolherem cedo à hospedaria. Mary tivera outra crise histérica naquela manhã. Quando ele partiu, ela saía para dar uma volta com o capitão Benwick, o que, ele esperava, lhe faria bem. Quase desejava que a tivessem convencido a vir para casa na véspera, mas a verdade era que a sra. Harville nada deixara para alguém mais fazer.

Charles deveria voltar a Lyme na mesma tarde, e o pai, a princípio, chegou a pensar em ir também, mas as senhoras não consentiriam. Só serviria para dar mais trabalho aos outros e aumentar sua própria angústia. E planos muito melhores foram feitos e postos em prática. Um cabriolé foi mandado buscar em Crewkherne, e Charles levou consigo alguém muito mais útil, a velha ama da família, que criara todas as crianças e vira o caçula, o tardio e muito mimado senhor Harry, ser mandado para a escola depois dos irmãos, vivia agora no deserto quarto de brincar, remendando meias e cuidando de todos os arranhões e machucados que descobrisse e que, em consequência, ficou felicíssima por ter permissão para ir ajudar a tratar da querida srta. Louisa. Vagos pensamentos de mandar Sarah haviam antes ocorrido à sra. Musgrove e à Henrietta, mas, sem Anne, teria sido difícil tomar decisões e tornar as coisas possíveis.

Ficaram gratos, no dia seguinte, a Charles Hayter pelas recentes notícias de Louisa, que consideravam essencial ter a cada 24 horas. Ele se encarregou de ir a Lyme, e seu relato foi alentador. Os momentos de lucidez e consciência pareciam mais intensos. Todas as notícias concordavam quanto ao capitão Wentworth parecer ter-se instalado em Lyme.

Anne deveria deixá-los na manhã seguinte, fato que todos temiam. "O que fariam sem ela? Eram péssimo consolo uns para os outros." E tanto foi dito nesse sentido que Anne pensou que o melhor a fazer seria transmitir-lhes o desejo geral do qual tinha conhecimento e convencê-los a ir para Lyme o quanto antes. Encontrou pouca resistência; logo ficou decidido que iriam. Partiriam no dia seguinte, se instalariam na hospedaria ou alugariam uma casa, como fosse melhor, e lá ficariam até que a querida Louisa pudesse ser removida. Reduziriam o volume de trabalho das boas pessoas com quem ela estava, poderiam ao menos aliviar a sra. Harville do cuidado com seus próprios filhos e, em resumo, ficaram tão felizes com a decisão que Anne encantou-se com o que fizera e sentiu que não poderia ter gasto melhor sua última manhã em Uppercross senão ajudando-os nos preparativos e fazendo com que partissem cedo, ainda que a consequência fosse ser deixada sozinha na casa deserta.

Ela era a última, à exceção dos meninos no Cottage, era mesmo a última, a única remanescente de todos os que haviam enchido e animado ambas as casas, de todos os que haviam dado a Uppercross seu clima de alegria. Poucos dias transformaram muita coisa!

Se Louisa se recuperasse, tudo voltaria a ficar bem. Haveria ainda mais felicidade do que antes. Não poderia haver dúvidas, em sua mente não havia, do que se seguiria à recuperação. Mais alguns meses e a sala agora tão deserta, ocupada apenas pelo seu eu silencioso e pensativo, poderia estar outra vez repleta de tudo o que era feliz e alegre, tudo o que era ardente e luminoso no amor vibrante, tudo o que menos se parecia com Anne Elliot!

Uma hora de total abandono a reflexões como essas, num dia escuro de novembro, uma chuvinha fina e densa quase embaçando os poucos objetos que se podiam ver pela janela, foram o bastante para tornar o som da carruagem de Lady Russell mais do que bem-vindo. E ainda assim, mesmo desejando partir, ela não conseguia deixar Great House, ou lançar um olhar de adeus ao Cottage e seu terraço escuro, encharcado e desconfortável, ou mesmo perceber pelos vidros enevoados as últimas casinhas da aldeia, sem ter o coração entristecido. Cenas foram vividas em Uppercross que o tornavam precioso. Ficou o registro de muitas sensações de dor, antes intensa, mas agora abrandada, e de alguns momentos de emoções suaves, alguns suspiros de amizade e reconciliação, cuja volta não deveria ser esperada e que nunca deixariam de ser caros. Deixava tudo aquilo para trás; tudo menos a lembrança do que haviam representado tais coisas.

Anne jamais estivera em Kellynch desde que deixara a casa de Lady Russell em setembro. Não fora necessário e, nas poucas ocasiões em que lhe teria sido possível ir ao Hall, conseguira encontrar uma desculpa e escapar. Voltava agora a ocupar seu lugar nos modernos e elegantes aposentos do Lodge e a alegrar os olhos de sua proprietária.

Havia alguma ansiedade mesclada à alegria de Lady Russell ao encontrá-la. Ela sabia quem estivera frequentando Uppercross. Mas felizmente, ou Anne estava com melhor aparência e mais cheia de corpo, ou Lady Russell assim acreditou. E Anne, ao receber seus elogios na ocasião, divertiu-se ao relacioná-los com a silenciosa admiração do primo e ao esperar que tivesse sido abençoada com um segundo desabrochar de juventude e beleza.

Quando começaram a conversar, logo se deu conta de alguma mudança intelectual. Os assuntos que lhe enchiam o coração ao deixar Kellynch, e que ela considerara menosprezados e que fora obrigada a deixar de lado entre os Musgrove, não passavam agora de um interesse secundário. Nos últimos tempos, deixara de se ocupar até com o pai, a irmã e Bath. Tais preocupações foram suplantadas pelas de Uppercross e, enquanto Lady Russell retomava antigas esperanças e temores e falava da satisfação com a casa de Camden Place, que havia sido alugada, e do pesar por estar a sra. Clay ainda com eles, Anne se envergonharia caso se tornasse público que pensava muito mais em Lyme e Louisa Musgrove e em todas as pessoas que lá conhecera, o quanto mais interessantes eram para ela a casa e a amizade dos Harville e do capitão Benwick do que a casa paterna em Camden Place ou a intimidade da irmã com a sra. Clay. Via-se, na verdade, obrigada a aparentar, diante de Lady Russell, um arremedo de preocupação de igual intensidade em relação a assuntos que, por natureza, deveriam estar em primeiro lugar.

Houve algum embaraço inicial ao abordarem outro assunto. Precisavam falar do acidente de Lyme. Menos de cinco minutos se passaram após a chegada de Lady Russell na véspera até que um relatório completo a respeito do acontecido lhe fora feito, mas ainda era preciso voltar ao caso, ela deveria fazer perguntas, deveria lamentar a imprudência, lamentar as consequências, e o nome do capitão Wentworth deveria ser mencionado por ambas. Anne tinha consciência de não fazê-lo tão bem quanto Lady Russell. Não conseguia pronunciar o nome e olhar nos olhos de Lady Russell, até adotar o expediente de lhe fazer um resumo do que achava da ligação entre ele e Louisa. Quando isso foi feito, o nome não mais a angustiou.

Lady Russell nada podia fazer senão ouvir, imperturbável, e desejar-lhes felicidades, mas, por dentro, seu coração festejou com rancoroso prazer, com grato desdém, o fato de que o homem que aos 23 anos parecera de certa forma compreender o valor de uma Anne Elliot se deixasse, oito anos depois, encantar por uma Louisa Musgrove.

Os primeiros três ou quatro dias se passaram em relativa calma, sem nada de extraordinário além do recebimento de um ou dois bilhetes de Lyme, que chegaram a Anne sem que ela soubesse dizer como e relatavam uma acentuada melhora de Louisa. Ao final desse prazo, a cortesia de Lady Russell não poderia mais se fazer esperar e as indistintas ameaças do passado voltaram em tom decidido:

– Preciso ir ver a sra. Croft; realmente preciso ir vê-la o quanto antes. Anne, você tem coragem de ir comigo e fazer uma visita àquela casa? Será uma provação para nós duas.

Anne não se esquivou; pelo contrário, sentia realmente o que dizia, ao observar:

– Acho muito provável que seja a senhora quem mais sofrerá de nós duas; suas emoções estão menos resignadas com a mudança do que os meus. Ao permanecer nos arredores, acostumei-me a ela.

Não poderia ter dito mais, pois de fato tinha os Croft em tão bom conceito e considerava o pai tão afortunado com aqueles locatários, acreditava que a paróquia seria agraciada com um bom exemplo e os pobres com a melhor atenção e ajuda, que, por mais que lamentasse a necessidade da mudança e dela se envergonhasse, não poderia em sã consciência pensar que haviam saído os que não mereciam ficar e que Kellynch Hall passara para mãos melhores do que as de seus proprietários. Tais convicções, sem dúvida, provocavam dor e eram de natureza muito grave, mas excluíam aquela dor que Lady Russell sentiria ao voltar a entrar na casa e rever tão familiares aposentos.

Em momentos como aquele, Anne não era capaz de pensar consigo mesma "Esses quartos deveriam pertencer somente a nós. Oh!, que destino degradante! Que indigna ocupação! Uma família antiga ser afastada desta maneira!, estranhos ocupando o que era deles!" Não, a não ser quando pensava na mãe e se lembrava do lugar em que ela costumava se sentar e de onde dirigia a casa, aquele tipo de reflexão não a fazia suspirar.

A sra. Croft sempre a tratava com uma amabilidade que lhe dava o prazer de se imaginar como favorita, e, naquela ocasião, ao recebê-la naquela casa, a atenção foi especial.

O triste acidente em Lyme logo se tornou o assunto predominante e, ao compararem as últimas notícias da inválida, ficou evidente que ambas haviam recebido informações equivalentes à mesma hora da manhã da véspera; que o capitão Wentworth estivera em Kellynch no dia anterior (pela primeira vez desde o acidente), levara para Anne o último bilhete, cuja origem ela não fora capaz de rastrear com precisão, se demorara poucas horas e retornara então a Lyme, sem qualquer intenção de voltar a sair de lá. Ouviu que ele quis saber, especialmente, como ela estava; expressara a esperança de que a srta. Elliot não tivesse sofrido consequências dos esforços feitos e se referira a tais esforços como notáveis. Aquilo foi agradável e lhe deu mais prazer do que poderia ter dado qualquer outra coisa.

Quanto à triste catástrofe em si, só poderia ser discutida de um modo por duas mulheres equilibradas e sensíveis, cujas opiniões se baseavam apenas em fatos conhecidos; e ficou perfeitamente claro que aquilo resultara de muita insensatez e muita imprudência; que as consequências eram bastante alarmantes e que era aterrador pensar por quanto tempo seria ainda duvidosa a recuperação da srta. Musgrove e o quanto estaria ela ainda fadada a sofrer com as sequelas da concussão. O almirante encerrou sumariamente o assunto ao exclamar:

– É, foi mesmo um péssimo negócio. Um jeito novo de fazer a corte, esse de um camaradinha derrubar a amada, não acha, srta. Elliot? É derrubar a moça e botá-la na cama, caramba!

Os modos do almirante Croft não eram exatamente do tipo a agradar Lady Russell, mas deliciavam Anne. Seu coração bondoso e temperamento espontâneo eram irresistíveis.

– Mas deve ser muito ruim para a senhorita – disse ele, despertando de repente de um rápido devaneio – chegar aqui e nos encontrar. Não tinha pensado nisso, confesso, mas deve ser muito ruim. Agora, não faça cerimônia. Levante-se e percorra todos os cômodos da casa, se desejar.

– Numa próxima ocasião, senhor, obrigada, não agora.

– Bem, sempre que quiser. Pode entrar pelo arvoredo a qualquer momento e verá que deixamos nossos guarda-chuvas pendurados naquela porta. Um bom lugar para eles, não é mesmo? Mas... – pensando duas vezes – não acharão um bom lugar, pois os seus eram sempre guardados no quarto do mordomo. É, era sempre assim, eu acho. Os hábitos de um homem podem ser tão bons quanto os de outro, mas cada um de nós gosta mais dos seus. E por isso deve decidir por si mesma se prefere ou não percorrer a casa.

Anne, achando que poderia recusar, assim o fez de muito bom grado.

– Também fizemos muito poucas mudanças – continuou o almirante depois de pensar por um instante. – Pouquíssimas. Já lhe falamos, em Uppercross, da porta da lavanderia. Foi uma grande melhoria. A pergunta era como uma família podia conviver com a inconveniência de uma porta que abria daquela maneira por tanto tempo! A senhorita dirá a Sir Walter o que fizemos e que o sr. Shepherd considera ter sido a mais importante melhoria já realizada nesta casa. Na verdade, devo nos fazer justiça ao dizer que as poucas alterações que fizemos foram todas para melhor. Mas é da minha mulher o crédito. Fiz muito pouco além de retirar alguns dos grandes espelhos de meu quarto de vestir, que era o de seu pai. Um homem muito bom e sem dúvida um cavalheiro, mas, fico pensando, srta. Elliot – parecendo refletir com seriedade –, fico pensando que ele deve ser um homem muito vaidoso para sua idade. Tantos espelhos! Oh, Senhor! Não havia como escapar de si mesmo. Então pedi a Sophy que me ajudasse, e logo os passamos para outro quarto. E agora estou bem confortável, com meu pequeno espelho de barbear num canto e uma outra coisa enorme perto da qual nunca chego.

Anne, divertida mesmo sem pretendê-lo, buscava, um tanto aflita, uma resposta, e o almirante, receando não ter sido suficientemente polido, voltou ao assunto para dizer:

– Da próxima vez que escrever a seu pai, srta. Elliot, por favor apresente-lhe os meus cumprimentos e os da sra. Croft, e diga que estamos muito satisfeitos por estarmos aqui instalados e não encontramos defeito algum no local. A lareira da sala do café da manhã faz um pouco de fumaça, confesso, mas só quando temos o vento norte soprado forte, o que não chega a acontecer três vezes em todo o inverno. E, considerando o conjunto, agora que já estivemos na maioria das casas vizinhas e podemos julgar, não há outra que nos agrade mais do que esta. Por favor diga a ele, com meus cumprimentos. Ele gostará de saber.

Lady Russell e a sra. Croft deram-se muito bem, mas a relação ali iniciada estava fadada a não se aprofundar, no momento. Pois, ao retribuir a visita, os Croft anunciaram estar partindo por algumas semanas, para visitar parentes ao norte do condado, e talvez não estivessem de volta antes que Lady Russell se mudasse para Bath.

Desaparecia assim para Anne qualquer risco de cruzar com o capitão Wentworth em Kellynch Hall, ou de se encontrar com ele quando acompanhada da amiga. Tudo corria bastante bem, e ela sorria ao recordar tantos sentimentos de ansiedade desperdiçados com aquele assunto.

Capítulo 14

Mesmo tendo Charles e Mary permanecido em Lyme por muito mais tempo do que Anne considerava desejável, depois da partida do casal Musgrove, foram eles os primeiros da família a voltar para casa e, tão logo lhes foi possível após o retorno para Uppercross, dirigiram-se os dois ao Lodge. Haviam deixado Louisa começando a ficar sentada, mas a cabeça, embora lúcida, estava demasiado fraca, e os nervos, suscetíveis ao extremo. E, embora se pudesse afirmar que de modo geral reagia muito bem, era ainda impossível dizer quando poderia suportar a viagem para casa; e os pais, que deveriam voltar a tempo de receber os netos para os feriados natalinos, poucas esperanças tinham de que lhes fosse permitido trazê-la.

Todos se haviam hospedado juntos. A sra. Musgrove passeara tanto quanto pudera com as crianças da sra. Harville, toda a ajuda possível de Uppercross fora dada para minimizar a inconveniência causada aos Harville, enquanto os Harville faziam questão de que jantassem com eles todos os dias e, em resumo, parecia ter havido, de ambas as partes, apenas um enorme esforço para demonstrar quem era mais desinteressado e hospitaleiro.

Mary tivera seus maus momentos, mas, de modo geral, como ficara evidente por ter ela permanecido tanto tempo, encontrara mais motivos para se alegrar do que para sofrer. Charles Hayter fora a Lyme mais vezes do que ela gostaria e, quando jantavam com os Harville, havia apenas uma criada para servir e, no começo, a sra. Harville sempre dava a precedência à sra. Musgrove, mas então, ao ficar claro de quem ela era filha, recebera pedidos de desculpas muito amáveis, e havia tanto para fazer todos os dias, havia tantas idas e vindas entre a casa que alugaram e a dos Harville, e ela pegara tantos livros da biblioteca, e os trocara com tanta frequência que a balança sem dúvida pendera bastante a favor de Lyme. Também havia sido levada a Charmouth, tomara banhos de mar e fora à igreja, e havia muito mais gente para se ver na igreja em Lyme do que em Uppercross, e tudo isso, somado ao fato de se sentir tão útil, tornara aquela uma quinzena realmente agradável.

Anne perguntou sobre o capitão Benwick, e o rosto de Mary imediatamente se fechou. Charles riu.

– Oh! O capitão Benwick vai muito bem, acho eu, mas ele é um rapaz muito estranho. Não sei o que há com ele. Nós o convidamos para vir passar um ou dois dias conosco: Charles se ofereceu para levá-lo à caça e ele pareceu encantado e achei que tudo estava acertado, quando eis que, na terça à noite, ele veio com umas desculpas um tanto esfarrapadas de que "nunca caçava" e que "tinha sido mal-interpretado", que prometera isso, que prometera aquilo, e, no fim, descobri que ele não pretendia vir. Acredito que tivesse medo de considerar a ideia entediante, mas, palavra de honra, eu deveria ter imaginado que éramos animados demais no Cottage para um homem com o coração partido como o capitão Benwick.

Charles riu outra vez e disse:

– Vamos, Mary, você sabe muito bem o que realmente aconteceu. Foi tudo por sua causa – virando-se para Anne. – Ele acreditou que, se viesse conosco, estaria perto de você: imaginou que todos nós vivêssemos em Uppercross. E, quando descobriu que Lady Russell vivia a três milhas de distância, perdeu a coragem e não se animou a vir. É essa a verdade, palavra de honra, Mary sabe que é.

Mas Mary não deu o braço a torcer de muito boa vontade. Se por não considerar o capitão Benwick digno, por berço e posição, de se apaixonar por uma Elliot, ou por não querer acreditar que Anne fosse, em Uppercross, uma atração maior do que ela, é algo que se deve deduzir. A boa vontade de Anne, contudo, não seria afetada pelo que ouviu. Teve a coragem de se admitir envaidecida e continuou a interrogá-los.

– Ah! Ele fala de você – exclamou Charles – de um jeito que...

Mary interrompeu-o.

– Tenho a dizer, Charles, que nunca o ouvi mencionar Anne mais de uma vez durante todo o tempo em que lá estive. Tenho a dizer, Anne, que ele nunca fala a seu respeito.

– Não – admitiu Charles. – Não sei se fala todo o tempo, em geral. Mas, mesmo assim, é bastante evidente que a admira ao extremo. Tem a cabeça cheia de alguns livros que está lendo por recomendação sua e quer conversar com você a respeito; descobriu algumas coisas em um deles que acha que... ah, não vou fazer de conta que me lembro, mas era algo muito bom... ouvi-o falar com Henrietta a respeito disso. E então "a srta. Elliot" foi mencionada nos melhores termos! Agora, Mary, tenho a dizer que foi assim, eu mesmo ouvi, e você estava no outro quarto. "Elegância, amabilidade, beleza." Ah! Não tinham fim os encantos da srta. Elliot.

– E tenho certeza – exclamou Mary, veemente – de que isso não conta muito a favor dele, se o fez. A srta. Harville morreu em junho. Não vale muito a pena conquistar um coração como esse, não é, Lady Russell? Estou certa de que a senhora concorda comigo.

– Preciso ver o capitão Benwick antes de me decidir – disse Lady Russell sorrindo.

– E é bem provável que o faça muito em breve, posso afirmar, minha senhora – disse Charles. – Embora não tenha tido coragem para vir conosco e sair logo depois para lhes fazer uma visita formal, ele virá por si mesmo a Kellynch qualquer dia desses, podem ter certeza. Expliquei-lhe a distância e o caminho, e comentei como valeria a pena conhecer a igreja, pois, como ele gosta desse tipo de coisa, pensei que seria um bom pretexto, e ele ouviu com a maior simpatia e atenção, e pelo jeito dele tenho certeza de que em breve o verão por aqui. Sendo assim, já lhe faço saber, Lady Russell.

– Qualquer conhecido de Anne será sempre bem-vindo para mim – foi a resposta gentil de Lady Russell.

– Oh! Como se ele fosse um conhecido de Anne! – disse Mary. – Acho que é mais um conhecido meu, já que estive com ele todos os dias durante a última quinzena.

– Bem, como conhecido de ambas, então, terei muito prazer em conhecer o capitão Benwick.

– Garanto que não verá nele nada de muito agradável, senhora. É um dos rapazes mais aborrecidos que já existiram.

Caminhava a meu lado, algumas vezes, de uma extremidade a outra da praia, sem dizer uma palavra. Não é, de modo algum, um rapaz bem-educado. Tenho certeza de que a senhora não gostará dele.

– Temos opiniões diferentes, Mary – disse Anne. – Acho que Lady Russell gostará dele. Acho que ela ficará tão satisfeita com seu espírito que em muito pouco tempo não verá qualquer deficiência em suas atitudes.

– Também acho, Anne – disse Charles. – Tenho certeza de que Lady Russell gostará dele. É bem o tipo de Lady Russell. Dê-lhe um livro e ele lerá o dia inteiro.

– É, lerá mesmo! – exclamou Mary, tensa. – Ficará sentado com o nariz enfiado no livro e não perceberá quando alguém falar com ele, ou se alguém deixar cair uma tesoura, ou seja o que for que acontecer. Você acha que Lady Russell gostará disso?

Lady Russell não pôde deixar de rir.

– Palavra de honra – disse ela –, eu não teria imaginado que minha opinião a respeito de alguém pudesse provocar tamanha divergência de hipóteses, logo eu, que me considero tão equilibrada e prosaica. Estou mesmo curiosa para conhecer a pessoa que pode gerar ideias tão absolutamente opostas. Gostaria que o pudessem convencer a aparecer. E, quando ele o fizer, Mary, pode ter certeza de que ouvirá minha opinião, mas estou decidida a não julgá-lo de antemão.

– A senhora não gostará dele, tenho certeza.

Lady Russell começou a falar de outra coisa. Mary referiu-se com animação ao extraordinário encontro, ou melhor, ao não encontro, com o sr. Elliot.

– Trata-se de um homem – disse Lady Russell – que não desejo conhecer. O fato de ter ele se recusado a se manter em bons termos com o chefe da família deixou em mim uma impressão por demais desfavorável.

Tal determinação refreou o entusiasmo de Mary e calou-a em meio ao comentário sobre os traços faciais dos Elliot.

Em relação ao capitão Wentworth, embora Anne não se aventurasse a fazer perguntas, foram suficientes as informações espontâneas. Seu estado de ânimo se recuperara bastante nos últimos dias, como seria de se esperar. À medida que Louisa melhorava, ele melhorava, e era agora alguém muito diferente do que fora na primeira semana. Não visitara Louisa e estivera a tal ponto receoso de que um encontro pudesse trazer a ela qualquer consequência nefasta que não insistira em vê-la e, pelo contrário, parecera ter planos de viajar por uma semana ou dez dias, até que a cabeça da moça estivesse mais forte. Falara em ir a Plymouth por uma semana e tentou convencer o capitão Benwick a ir com ele, mas, como Charles fez questão de dizer, o capitão Benwick parecia muito mais disposto a cavalgar até Kellynch.

Não pode haver dúvidas de que tanto Lady Russell quanto Anne pensaram ocasionalmente no capitão Benwick nos dias seguintes. Lady Russell não podia ouvir a campainha da porta sem imaginar que poderiam ser notícias de sua chegada, nem Anne podia voltar de qualquer caminhada de solitário prazer pelas terras do pai ou de qualquer visita de caridade pela aldeia sem se perguntar se o veria ou ouviria falar dele. Entretanto, o capitão Benwick não foi. Ou estava menos disposto a fazê-lo do que imaginara Charles, ou era tímido demais. E, depois de lhe conceder uma semana de tolerância, Lady Russell decidiu considerá-lo não merecedor do interesse que começara a despertar.

Os Musgrove voltaram para receber seus meninos e meninas de volta da escola, trazendo com eles os filhos da sra. Harville para aumentar o barulho de Uppercross e diminuir o de Lyme. Henrietta ficou com Louisa, mas o resto da família estava outra vez em seu lugar habitual.

Lady Russell e Anne apresentaram-lhes seus cumprimentos, ocasião em que Anne não pôde deixar de sentir que Uppercross já estava de novo bastante animada. Embora nem Henrietta, nem Louisa, nem Charles Hayter, nem o capitão Wentworth lá estivessem, a sala apresentava um contraste tão forte quanto seria de se desejar em relação ao último estado em que a vira.

Bem perto da sra. Musgrove estavam os pequenos Harville, que ela, atenta, protegia da tirania das duas crianças do

Cottage, expressamente convidadas para distraí-los. De um lado, havia uma mesa ocupada por algumas meninas tagarelas, recortando seda e papel dourado; do outro, cavaletes e bandejas, vergados sob o peso de gelatinas de carne e tortas frias, onde meninos barulhentos faziam a maior algazarra; tudo acompanhado por uma crepitante lareira natalina, que parecia decidida a se fazer ouvir, apesar de toda a barulheira dos outros. Charles e Mary também apareceram, é claro, durante a visita, e o sr. Musgrove fez questão de apresentar seus respeitos a Lady Russell e se sentar a seu lado por dez minutos, falando num tom de voz muito alto, mas na maior parte do tempo, com a algazarra das crianças em seu colo, em vão. Era uma bela cena de família.

Anne, a julgar por seu próprio temperamento, teria considerado aquele vendaval doméstico um péssimo restaurador dos nervos, que por certo haviam sido muitíssimo abalados pela doença de Louisa. Mas a sra. Musgrove, que chamou Anne para perto com a intenção de agradecer com a maior cordialidade, repetidas vezes, por todo o cuidado que tivera para com eles, concluiu uma rápida recapitulação do que sofrera observando, uma vez lançando à sala um olhar feliz, que, depois de tudo o que passara, nada lhe poderia ser mais benéfico do que um pouco da tranquila alegria caseira.

Louisa, agora, convalescia depressa. Sua mãe podia até pensar que seria possível vê-la juntar-se ao grupo em casa, antes que os irmãos e irmãs voltassem à escola. Os Harville haviam prometido vir com ela e ficar em Uppercross, quando ela regressasse. O capitão Wentworth fora visitar o irmão em Shropshire.

– Espero me lembrar, no futuro – disse Lady Russell tão logo se viram sentadas na carruagem –, de não visitar Uppercross nos feriados natalinos.

Todos têm preferências em relação a barulhos, tanto quanto a outros assuntos. E sons são bastante inócuos, ou muito angustiantes, mais pela qualidade do que pela quantidade. Lady Russell não se queixou quando, não muito tempo depois, entrava em Bath numa tarde chuvosa e percorria a longa sequência de ruas desde a Velha Ponte até Camden Place, entre o estrépito das outras carruagens, o surdo estrondo de charretes e carroças, os gritos dos vendedores de jornal, doceiros e leiteiros, e o incessante martelar dos tamancos. Não, aqueles eram ruídos que faziam parte dos prazeres do inverno; ela se animava sob sua influência e, como a sra. Musgrove, sentia, mesmo não dizendo, que, depois de muito tempo no campo, nada poderia lhe ser mais benéfico do que um pouco de tranquila alegria.

Anne não compartilhava desses sentimentos. Ela continuava a ter uma decidida, embora muito silenciosa, aversão por Bath. Vislumbrou a primeira imagem indistinta dos grandes imóveis, enfumaçados de chuva, sem qualquer desejo de vê-los melhor. Sentiu sua passagem pelas ruas, apesar de desagradável, rápida demais. Pois quem se alegraria ao vê-la chegar? E recordava, com profunda tristeza, o burburinho de Uppercross e a reclusão de Kellynch.

A última carta de Elizabeth fizera um comunicado de algum interesse. O sr. Elliot estava em Bath. Fora visitá-los em Camden Place, voltara uma segunda vez, uma terceira; fizera questão de ser atencioso. Se Elizabeth e o pai não estavam enganados, empenhava-se tanto em reatar as relações e proclamar o valor do parentesco quanto antes se empenhara em demonstrar pouco caso. Seria maravilhoso se fosse verdade, e Lady Russell estava num agradável estado de curiosidade e perplexidade em relação ao sr. Elliot, já desdizendo o sentimento que há tão pouco tempo expressara para Mary de ser ele "um homem que não desejava conhecer". Desejava muito conhecê-lo. Se ele realmente quisesse a reconciliação, como um ramo submisso, deveria ser perdoado por se ter desmembrado da árvore paterna.

Anne não estava tão animada com a situação, mas sentia que preferiria rever o sr. Elliot a não vê-lo, o que era mais do que poderia dizer de muitas outras pessoas em Bath.

Foi deixada em Camden Place, e Lady Russell dirigiu-se então para suas próprias acomodações em Rivers Street.

Capítulo 15

Sir Walter ocupara uma excelente casa em Camden Place, um endereço nobre e digno, como convém a um homem importante, e tanto ele quanto Elizabeth, muito satisfeitos, lá se instalaram.

Anne entrou com o coração apertado, antecipando uma prisão de vários meses e ansiosamente dizendo a si mesma: "Ah! Quando poderei partir?". Um tom de inesperada cordialidade, entretanto, nas boas-vindas que recebeu, lhe fez bem. O pai e a irmã ficaram contentes ao vê-la, por lhe poderem mostrar a casa e a mobília, e receberam-na com gentileza. Ser ela uma quarta pessoa à mesa, ao se sentarem para jantar, foi observado como uma vantagem.

A sra. Clay estava muito agradável, e muito sorridente, mas nela cortesias e sorrisos não passavam de rotina. Anne sempre soube que ela se comportaria de forma adequada à sua chegada, mas a benevolência dos outros era inesperada. Era evidente que estavam de excelente humor, e ela logo se inteirou dos motivos. Não se interessavam em ouvi-la. Depois de esperarem por elogios que revelassem ser sua ausência profundamente lamentada pelos antigos vizinhos, os quais Anne não pôde tecer, fizeram umas poucas perguntas vagas antes que a conversa passasse a ser sobre eles mesmos. Uppercross não despertava qualquer interesse, Kellynch muito pouco: tudo o que havia era Bath.

Tiveram o prazer de lhe assegurar que Bath superara suas expectativas sob todos os pontos de vista. A casa era sem dúvida a melhor de Camden Place, as salas de estar tinham muitas e claras vantagens sobre todas as outras que viram ou de que ouviram falar, e a superioridade não estava apenas no estilo da arrumação ou no bom gosto do mobiliário. Era impressionante o número de pessoas que desejavam conhecê-los. Todos desejavam visitá-los. Esquivaram-se de várias apresentações e, mesmo assim, recebiam todo o tempo cartões deixados por gente de quem nada sabiam.

Havia ali motivos de júbilo. Deveria Anne se surpreender por estarem felizes o pai e a irmã? Talvez não, mas lastimaria que o pai não percebesse qualquer degradação na mudança, que sob nenhum aspecto lamentasse a perda dos deveres e da dignidade de proprietário rural residente em suas próprias terras, que se envaidecesse tanto com as insignificâncias de uma cidade. E lastimaria, sorriria e também se surpreenderia ao ver Elizabeth abrir de par em par as portas duplas e passar exultante de uma sala de estar a outra, vangloriando-se do tamanho; diante da possibilidade de que aquela mulher, que fora a senhora de Kellynch Hall, encontrasse motivos de orgulho entre duas paredes que talvez distassem menos de dez metros uma da outra.

Mas aquilo não era tudo o que tinham para fazê-los felizes. Também tinham o sr. Elliot. Anne teve muito a ouvir a respeito do sr. Elliot. Não fora apenas perdoado; estavam encantados com ele. Ele estava em Bath há mais ou menos quinze dias (passara por Bath em novembro, a caminho de Londres, quando a notícia de ter Sir Walter se instalado na cidade sem dúvida lhe chegara aos ouvidos, mesmo tendo a mudança se dado apenas 24 horas antes, mas ele não conseguira fazer contato na ocasião), mas agora estava há uma semana em Bath e seu primeiro gesto ao chegar fora deixar seu cartão em Camden Place, seguido de tão assíduas tentativas de encontro e, ao se encontrarem, de um comportamento tão sincero, tanta vontade de se desculpar pelo passado, tanto desejo de ser aceito outra vez como parente, que as antigas boas relações foram de todo restabelecidas.

Não lhe encontravam defeitos. Ele apresentara boas justificativas para qualquer aparência de descaso de sua parte. Tudo resultara de mal-entendidos. Ele jamais pretendera se afastar, receara ter sido rejeitado, mas não sabia os motivos, e a delicadeza o mantivera em silêncio. Diante da insinuação de que fizera comentários desrespeitosos ou imprudentes a respeito da família e da honra familiar, ficou um tanto indignado. Ele, que sempre se vangloriara de ser um Elliot, e cuja opinião em relação a parentescos era por demais rígida para agradar ao tom antifeudal dos dias correntes. Estava perplexo, na verdade, mas seu caráter e conduta geral eram prova em contrário. Sir Walter poderia se informar junto a todos os que o conheciam, e, sem dúvida, o esforço que fizera, na primeira oportunidade de reconciliação, para ser aceito na condição de parente e herdeiro-presuntivo era uma boa prova de suas ideias a respeito.

As circunstâncias de seu casamento foram também consideradas dignas de muitas atenuantes. Tratava-se de assunto a não ser abordado por ele, mas seu amigo íntimo, o coronel Wallis, homem altamente respeitável, perfeito cavalheiro (e de aparência nada desagradável, acrescentou Sir Walter), que vivia com extremo bom gosto em Marlborough Buildings e que, mediante sua própria solicitação nesse sentido e por intermédio do sr. Elliot, fora admitido em seu círculo de amizades, mencionara uma ou duas coisas relacionadas com o casamento que amenizaram bastante seu descrédito.

O coronel Wallis conhecia o sr. Elliot há muito tempo, mantivera boas relações também com a esposa e compreendera bem toda a história. Ela não pertencia, com certeza, a uma boa família, mas era bem-educada, prendada, rica e apaixonada demais pelo amigo dele. Ali residira o encanto. Ela o procurara. Sem tal atrativo, nem com todo o dinheiro ela teria tentado Elliot, e Sir Walter podia também ter certeza de que ela havia sido uma mulher lindíssima. Havia muita coisa para amenizar a situação. Uma mulher lindíssima, dona de grande fortuna, apaixonada por ele! Sir Walter pareceu concordar serem aquelas desculpas suficientes e, embora Elizabeth não pudesse considerar o caso sob luz tão favorável, admitiu serem boas atenuantes.

O sr. Elliot os visitara com frequência, jantara com eles uma vez, evidentemente lisonjeado pela distinção de ser convidado, pois em geral não davam jantares; lisonjeado, em resumo, por cada prova de atenção familiar e associando toda a sua felicidade ao fato de manter relações de intimidade com Camden Place.

Anne ouvia, mas sem compreender muito. Condescendência, muita condescendência, ela sabia, deveria haver em relação às opiniões dos que falavam. Ela ouvia tudo sob o véu do exagero. Tudo o que soava extravagante ou irracional no desenrolar da reconciliação só deveria existir na linguagem dos narradores. Ainda assim, porém, tinha a sensação de que havia algo mais do que surgia à primeira vista no desejo do sr. Elliot, depois de um intervalo de tantos anos, de ser bem recebido por eles. Numa visão mundana, ele nada tinha a ganhar estando em bons termos com Sir Walter, nada a arriscar com uma mudança de atitude. Com toda probabilidade, era ele o mais rico dos dois, e a propriedade de Kellynch sem dúvida lhe pertenceria no futuro, assim como o título. Um homem sensato, e ele parecera ser um homem muito sensato... quais as razões daquele objetivo? Ela só conseguia pensar numa solução: talvez fosse por causa de Elizabeth. Deveria ter havido um interesse real no passado, embora as circunstâncias e o acaso o tivessem levado em outra direção. E agora que ele podia se permitir se dar prazer, poderia querer voltar as atenções para ela. Elizabeth era sem dúvida muito bela, tinha maneiras elegantes e bem-educadas, e seu temperamento talvez nunca tivesse sido percebido pelo sr. Elliot, que só a conheceu em público e sendo ele muito jovem. Como seu modo de ser e pensar passaria pelo crivo do rapaz, agora numa fase da vida mais perspicaz, era outra questão, e um tanto inquietante. Com toda sinceridade, ela desejava que ele não fosse muito exigente, ou muito observador, caso seu objetivo fosse Elizabeth. E, pelos olhares trocados entre as duas quando eram comentadas as frequentes visitas do sr. Elliot, parecia evidente que Elizabeth estava disposta a acreditar nisso e que sua amiga, a sra. Clay, encorajava a ideia.

Anne mencionou tê-lo visto de relance em Lyme, mas sem despertar muita atenção. "Ora, talvez fosse o sr. Elliot. Não sabiam. Talvez pudesse ser ele." Não ouviram a descrição que ela fez. Estavam eles mesmos descrevendo o rapaz, sobretudo Sir Walter. Ele fez justiça à sua aparência cavalheiresca, sua figura elegante e moderna, seu rosto bem-talhado, seu olhar atento, mas, ao mesmo tempo, é de se lamentar que ele tenha o queixo tão proeminente, uma imperfeição que o tempo parecia ter acentuado; nem poderia ele querer dizer que dez anos não lhe tivessem alterado para pior quase todos os traços. O sr. Elliot pareceu pensar que ele (Sir Walter) tinha exatamente a mesma aparência de quando se tinham visto pela última vez, mas Sir Walter "não pudera devolver o cumprimento à risca, o que o constrangera. Mas não se queixava. O sr. Elliot tinha melhor aspecto do que a maioria dos homens, e ele não fazia objeções quanto a ser visto com ele em qualquer lugar.

O sr. Elliot e seus amigos em Marlborough Buildings foram o assunto de toda a noite. O coronel Wallis demonstrara estar tão impaciente para lhes ser apresentado! E o sr. Elliot tão ansioso para que fosse! E havia uma sra. Wallis, que até agora só conheciam de nome, pois aguardava para qualquer momento o nascimento de um filho; mas o sr. Elliot falou dela como "uma mulher encantadora, digna de ser recebida em Camden Place" e tão logo se recuperasse lhes seria apresentada. Sir Walter esperava muito da sra. Wallis, sua fama era de ser uma mulher muitíssimo bonita, lindíssima. Ansiava por conhecê-la. Esperava que ela pudesse compensá-lo pelo excesso de rostos muito feios com que continuamente cruzava pelas ruas. O pior de Bath era a quantidade de mulheres feias. Ele não queria dizer que não havia mulheres bonitas, mas o número de feias era por demais desproporcional. Observara inúmeras vezes, ao caminhar, que a cada rosto bonito se seguiam 30 ou 35 pavores. E uma vez, parado numa loja em Bond Street, contara 87 mulheres que passaram, uma após a outra, sem que houvesse entre elas um único rosto tolerável. Era uma manhã fria, para dizer a verdade, uma manhã gelada, na qual dificilmente uma mulher em mil passaria no teste. Mas, mesmo assim, com certeza havia uma aterradora multidão de mulheres feias em Bath. Quanto aos homens, eram infinitamente piores. Tantos espantalhos enchiam as ruas! Era evidente o quão pouco acostumadas estavam as mulheres com a visão de algo tolerável pelo efeito produzido por um homem de aparência decente. Ele nunca andara de braços dados com o coronel Wallis (que era uma bela figura militar, apesar de ruivo) sem observar que todos os olhos femininos o seguiam, todos os olhos femininos com certeza seguiam o coronel Wallis. Tão modesto, Sir Walter! Mas não lhe deram saída. A filha e a sra. Clay uniram-se para insinuar que o companheiro do coronel Wallis deveria fazer tão bela figura quanto ele próprio e, com certeza, não era ruivo.

– Como está Mary? – perguntou Sir Walter em seu melhor humor. – Na última vez que a vi, estava com o nariz vermelho, mas espero que isso não aconteça todos os dias.

– Ah! Não. Deve ter sido passageiro. Em geral, tem estado muito bem de saúde e com muito boa aparência, desde o Dia de São Miguel.

– Se eu achasse que isso não lhe daria a tentação de se expor a ventos cortantes e estragar a pele, eu lhe mandaria um chapéu e peliças novas.

Anne considerava se deveria sugerir que um vestido ou uma capa estariam menos predispostos a serem desperdiçados, quando uma batida na porta interrompeu tudo. Uma batida na porta! E tão tarde! Eram dez horas. Poderia ser o sr. Elliot? Sabiam que ele iria jantar em Lansdown Crescent. Era possível que parasse, ao voltar para casa, para lhes perguntar como estavam. Não podiam pensar em qualquer outra pessoa. A sra. Clay decididamente reconheceu a batida do sr. Elliot. A sra. Clay estava certa. Com toda a pompa que poderiam criar um mensageiro e um mordomo, o sr. Elliot foi introduzido na sala.

Era o mesmo, exatamente o mesmo homem, sem qualquer diferença além da roupa. Anne recuou um pouco, enquanto os outros recebiam seus cumprimentos e sua irmã, as desculpas por chegar em hora tão insólita, mas ele não poderia passar tão perto sem procurar saber se ela ou a amiga se haviam resfriado na véspera etc. etc. o que foi tudo dito e aceito com toda a cortesia possível, mas sua vez deveria chegar. Sir Walter falou de sua filha mais moça; o sr. Elliot lhe daria o prazer de apresentar-lhe sua filha mais moça (não era o caso de se lembrar de Mary); e Anne, sorrindo e enrubescendo, convenientemente apresentou ao sr. Elliot os belos traços que ele de modo algum esquecera e no mesmo instante percebeu, divertida com o leve sobressalto de surpresa, que ele nunca desconfiara de quem ela era. Ele parecia perplexo, mas não mais perplexo do que satisfeito. Seus olhos brilharam! E, com o maior entusiasmo, saudou o parentesco, aludiu ao passado e pediu para ser considerado um velho conhecido. Ele era tão atraente quanto parecera em Lyme, os traços embelezados pela fala, e as maneiras eram tão adequadas ao que deveriam ser, tão polidas, tão naturais, tão especialmente agradáveis, que ela só podia compará-las, em termos de distinção, às de uma única pessoa. Não eram as mesmas, mas talvez fossem igualmente boas.

Ele se sentou, e a conversa melhorou muito. Não poderia haver dúvidas de que se tratava de um homem sensato. Dez minutos foram suficientes para comprová-lo. O tom de voz, as expressões, a escolha dos assuntos, o fato de saber quando parar, tudo atestava o funcionamento de uma mente sensata e perspicaz. Tão logo foi possível, começou a falar com ela sobre Lyme, desejando comparar opiniões a respeito do lugar, mas querendo sobretudo discorrer sobre a coincidência de estarem instalados na mesma hospedaria ao mesmo tempo; falar de seu itinerário, saber algo do dela e lamentar que tivesse perdido tal oportunidade de apresentar-lhe seus respeitos. Ela fez um breve relato de seu grupo e dos acontecimentos em Lyme. Ele lamentava cada vez mais à medida que ouvia. Passara toda uma noite solitária no quarto ao lado, ouvira vozes, sempre alegres; pensou que deveriam ser um grupo de pessoas encantadoras, teve vontade de estar com eles, mas com certeza sem qualquer suspeita de que tivesse o mínimo direito de se apresentar. Se ao menos tivesse perguntado quem eram! O nome de Musgrove teria sido o bastante. "Bem, aquilo o curaria do absurdo hábito de nunca fazer perguntas numa hospedaria, que ele adotara, quando ainda bem jovem, acreditando ser muita descortesia demonstrar curiosidade."

– As ideias de um rapaz de 21 ou 22 anos – disse ele – sobre que atitudes adotar para se comportar com perfeição são mais absurdas, acredito, do que as de qualquer outro tipo de pessoa no mundo. A insensatez dos recursos que muitas vezes empregam só se iguala à insensatez do que pretendem.

Mas ele não poderia continuar a dar atenção apenas a Anne: ele sabia disso e logo a distribuía entre os outros; só às vezes podia voltar a Lyme.

Suas perguntas, porém, acabaram por produzir um relato dos fatos nos quais ela estivera envolvida pouco depois de ele ter deixado o local. Tendo sido mencionado "um acidente", ele quis ouvir os detalhes. Quando ele perguntou, Sir Walter e Elizabeth começaram também a fazer perguntas, mas a diferença na forma como as fizeram não poderia passar despercebida. Ela só conseguia comparar o sr. Elliot a Lady Russell em termos do desejo de realmente compreender o que acontecera e do grau de preocupação quanto ao que ela deveria ter sofrido ao testemunhar tudo aquilo.

Ele ficou com eles por uma hora. O elegante reloginho sobre a lareira dava "as onze horas com seu som argênteo" e o guarda noturno começava a ser ouvido a distância anunciando o mesmo horário, antes que o sr. Elliot ou qualquer um dos outros parecessem sentir que ele lá estava há tanto tempo.

Anne não teria imaginado ser possível que sua primeira noite em Camden Place transcorresse tão bem!

Capítulo 16

Havia um ponto que Anne, ao voltar para a família, teria ficado mais satisfeita por esclarecer do que o fato de estar o sr. Elliot apaixonado por Elizabeth, que era o de seu pai não estar apaixonado pela sra. Clay. E estava longe de fazê-lo, depois de poucas horas em casa. Ao descer para o café da manhã no dia seguinte, soube que acabara de haver um adequado simulacro de intenção de deixá-los por parte da acompanhante. Imaginou que a sra. Clay tivesse dito que, "agora que a srta. Anne chegou, não poderia imaginar que desejassem sua presença", pois Elizabeth respondia numa espécie de sussurro:

– Não há motivo algum para isso, na verdade. Garanto que não. Ela não é nada para mim comparada a você.

E chegou a tempo de ouvir o pai dizer:

– Minha cara senhora, isso não deve acontecer. Pois até agora a senhora nada viu de Bath. Só esteve aqui para ser útil. Não deve fugir de nós. Deve ficar para conhecer a sra. Wallis, a bela sra. Wallis. Para sua mente refinada, bem sei que a visão da beleza é um verdadeiro deleite.

Ele falou e pareceu tão convicto que Anne não se surpreendeu ao ver a sra. Clay lançar um olhar a ela e a Elizabeth. Sua expressão talvez revelasse algum sinal de alerta, mas o elogio à mente refinada não pareceu despertar pensamentos na irmã. À dama só restou aceitar tais súplicas conjuntas e prometer ficar.

No decorrer da mesma manhã, tendo surgido a oportunidade de Anne e o pai estarem a sós, ele começou a cumprimentá-la pela aparência melhorada. Achava-a "menos magra de corpo, de rosto; a pele, as cores, muito melhores, mais claras, mais frescas. Estaria ela usando algo em especial?".

– Não, nada.

– Apenas Gowland* – deduziu ele.

* Loção facial clareadora, muito usada na Inglaterra no início do século XIX. (N.T.)

– Não, nada mesmo.

– Ora! – surpreendeu-se ele, e acrescentou: – Com certeza, você não pode mudar o que vem fazendo, não pode melhorar o que está ótimo; ou eu recomendaria Gowland, o uso constante de Gowland durante os meses de primavera. A sra. Clay tem usado, a meu conselho, e percebe-se o que tem feito por ela. Percebe-se que fez desaparecer as sardas.

Se Elizabeth ao menos pudesse ter ouvido aquilo! Um elogio tão pessoal a teria chocado, ainda mais porque não parecia a Anne que as sardas estivessem mais claras. Mas tudo merece uma chance. O perigo de um casamento seria bastante afastado se Elizabeth também se casasse. Quanto a ela, sempre teria um lar em casa de Lady Russell.

A compostura e a polidez de Lady Russell seriam postas à prova quanto a esse ponto em suas relações com Camden Place. A visão da sra. Clay gozando de tantos privilégios e de Anne tão ignorada era para ela uma eterna provocação naquela casa e a irritava, quando ela estava longe, tanto quanto tem tempo de se irritar alguém que está em Bath, que faz uma cura de águas, recebe todas as novas publicações e tem um grande número de conhecidos.

À medida que foi conhecendo o sr. Elliot, passou a ser mais caridosa, ou mais indiferente, em relação aos outros. As maneiras dele foram uma imediata recomendação e, ao conversar com ele, descobriu haver tanta solidez sustentando o superficial que, a princípio, como disse a Anne, quase exclamou "Pode este ser o sr. Elliot?", e não foi capaz de conceber um homem mais agradável ou digno de estima. Havia nele todas as qualidades: bom discernimento, opiniões corretas, conhecimento do mundo e um coração caloroso. Tinha ideias fortes sobre laços de família e honra familiar, sem orgulho ou fraqueza; vivia com a liberalidade de um homem de posses, sem ostentação; julgava por si mesmo tudo o que era essencial, sem desafiar a opinião pública em qualquer ponto de decoro social. Era firme, observador, moderado, franco; nunca se deixava iludir por arrebatamentos ou pelo egoísmo que se disfarça de emoções fortes; e mais, era sensível em relação ao que fosse agradável e amável, e valorizava todos os prazeres da vida doméstica, qualidades de que raramente gozam os temperamentos de falso entusiasmo e violenta agitação. Tinha certeza de que ele não fora feliz no casamento. O coronel Wallis assim disse, e Lady Russell percebeu. Mas não tinha havido infelicidade a ponto de deixá-lo amargo, nem (ela logo começou a suspeitar) de impedi-lo de pensar numa segunda oportunidade. Sua satisfação com o sr. Elliot sobrepujava todo o aborrecimento com a sra. Clay.

Alguns anos já se tinham passado desde que Anne começara a aprender que ela e sua excelente amiga podiam, às vezes, pensar de maneiras diferentes. Não a surpreendia, portanto, que Lady Russell não visse algo de suspeito ou inconsistente, algo que envolvesse mais motivos do que os aparentes no grande desejo de reconciliação do sr. Elliot. Para Lady Russell, era perfeitamente natural que o sr. Elliot, numa fase mais madura da vida, considerasse ser um objetivo bastante desejável e que o recomendaria junto a todas as pessoas sensatas o fato de estar em bons termos com o chefe de sua família; nada mais simples do que o processo da passagem do tempo numa mente naturalmente clara e que só cometera erros no auge da juventude. Anne, porém, tomou a liberdade de sorrir diante disso e de ao menos mencionar "Elizabeth". Lady Russell ouviu, olhou e fez apenas um comentário cauteloso:

– Elizabeth! Muito bem. O tempo dirá.

Era uma referência ao futuro, ao qual Anne, depois de alguma observação, sentiu que deveria se submeter. Nada poderia determinar no momento. Naquela casa, Elizabeth vinha em primeiro lugar, e ela estava tão habituada à obediência geral à "srta. Elliot" que qualquer desvio de atenção parecia quase impossível. O sr. Elliot, também era preciso lembrar, só estava viúvo há sete meses. Alguma demora por parte dele seria bastante desculpável. Na verdade, Anne nunca podia ver a fita de luto em seu chapéu sem temer ser ela a indesculpável, por atribuir a ele tais intenções, pois, mesmo que o casamento não tenha sido feliz, existiu por tantos anos que ela não compreenderia uma recuperação muito rápida da terrível sensação de vê-lo dissolvido.

Fosse qual fosse o final, ele era, sem sombra de dúvida, a pessoa mais agradável que conheceram em Bath: ela não conhecia ninguém que se lhe equivalesse, e era um grande prazer conversar de vez em quando com ele sobre Lyme, que ele parecia tão desejoso de voltar a visitar e conhecer melhor, como ela. Inúmeras vezes discutiram os detalhes de seu primeiro encontro. Ele lhe deu a entender que a observara com alguma intensidade. Ela sabia e lembrou-se também do olhar de outra pessoa.

Nem sempre pensavam da mesma maneira. A importância por ele dada à posição social e às relações era, ela observou, maior do que a dela. Não se tratava de simples cortesia; com certeza, foi o interesse pelo tema que o fez participar com tanto empenho da atenção de seu pai e de sua irmã por um assunto que ela considerava indigno do entusiasmo de ambos. O jornal de Bath anunciou, uma manhã, a chegada da viúva do Visconde Dalrymple e sua filha, a honorável srta. Carteret. E toda a calma da casa número ... de Camden Place desapareceu por muitos dias, pois os Dalrymple (infelizmente, na opinião de Anne) eram primos dos Elliot, e o desespero era saber como se apresentar de modo adequado.

Anne nunca vira o pai e a irmã em contato com a nobreza e foi obrigada a se reconhecer desapontada. Esperara algo melhor das ideias de ambos em relação à sua própria situação e viu-se reduzida a formular um desejo que jamais considerara possível, um desejo de que se orgulhassem mais de si mesmos, pois "nossas primas Lady Dalrymple e srta. Carteret" ou "nossas primas, as Dalrymple", ecoavam o dia inteiro em seus ouvidos.

Sir Walter estivera uma vez na companhia do finado visconde, mas nunca vira qualquer outro membro da família, e as dificuldades da situação derivavam de ter havido uma interrupção de qualquer contato por cartas formais, desde a morte do dito finado visconde, quando, devido a uma grave enfermidade de Sir Walter na mesma ocasião, houve uma infeliz omissão de Kellynch. Nenhuma carta de condolências fora enviada à Irlanda. A negligência voltou-se contra os culpados, pois, quando a pobre Lady Elliot veio a falecer, nenhuma carta de condolências foi recebida em Kellynch e, em consequência, houve razão suficiente para compreender que os Dalrymple consideravam cortadas as relações. Como resolver aquele angustiante problema, e serem outra vez admitidos como primos, era a questão: e era uma questão que, mesmo de modo mais racional, nem Lady Russell nem o sr. Elliot consideravam sem importância. Sempre vale a pena preservar as relações familiares, sempre vale a pena buscar boas companhias; Lady Dalrymple alugara uma casa por três meses em Laura Place e lá viveria em grande estilo. Ela estivera em Bath no ano anterior, e Lady Russell ouvira falar dela como uma mulher encantadora. Era muito desejável que o parentesco fosse restabelecido, se possível, sem qualquer falta de decoro por parte dos Elliot.

Sir Walter, porém, escolheria seus próprios meios e afinal escreveu uma belíssima carta de amplas explicações, desculpas e súplicas à tão honorável prima. Nem Lady Russell nem o sr. Elliot aprovariam a carta, mas ela cumpriu seu propósito, trazendo três linhas de rabiscos da viscondessa. Estava muito honrada e ficaria feliz em conhecê-los. As nuvens da situação estavam desfeitas, começou a bonança. Visitaram Laura Place, as cartas da Viscondessa Dalrymple e da honorável srta. Carteret foram dispostas no lugar mais visível e "Nossas primas de Laura Place" e "Nossas primas, Lady Dalrymple e srta. Carteret" eram mencionadas a todos.

Anne estava constrangida. Fossem Lady Dalrymple e a filha muito agradáveis, ainda assim ela se sentiria constrangida pela agitação por elas criada, mas eram insignificantes. Não havia superioridade de maneiras, dons ou inteligência. Lady Dalrymple adquirira a fama de "mulher encantadora" porque tinha um sorriso e uma resposta cortês para todos. A srta. Carteret, de quem havia menos a dizer, era tão sem graça e tão desajeitada que jamais teria sido tolerada em Camden Place não fosse pelo berço.

Lady Russell confessou que esperara algo melhor; mas de qualquer forma "era uma relação que valia a pena manter" e, quando Anne se aventurou a dar sua opinião a respeito delas ao sr. Elliot, ele concordou com o fato de serem insignificantes em si, mas mesmo assim continuou a afirmar que, como relações familiares, boa companhia, pessoas que reuniam em torno de si boa companhia, tinham o seu valor. Anne sorriu e disse:

– Minha ideia de boa companhia, sr. Elliot, é a companhia de gente inteligente e bem-informada, que tem muito sobre o que conversar; é o que chamo de boa companhia.

– Está enganada – disse ele, com gentileza. – Isso não é boa companhia; é a melhor. Boa companhia requer apenas berço, instrução e boas maneiras, e em relação à instrução não há tanta exigência. Berço e boas maneiras são essenciais, mas alguma cultura não é, de modo algum, algo perigoso numa boa companhia; pelo contrário, é muito bem-vinda. Minha prima Anne faz que não com a cabeça. Ela não está satisfeita. Ela é exigente. Minha cara prima – sentando-se ao lado dela – tem mais direito de ser exigente do que a maioria das mulheres que conheço, mas de que adiantará? Isso a fará feliz? Não será mais sábio aceitar a convivência com aquelas boas senhoras em Laura Place e gozar de todas as vantagens do parentesco até onde for possível? Pode ter certeza, elas circularão pelos melhores ambientes de Bath neste inverno e, como posição é posição, saberem-na parente delas servirá para dar à sua família (nossa família, se me permite) o grau de consideração que devemos todos almejar.

– É – suspirou Anne. – Devemos, realmente, ser conhecidos como parentes delas! – Então, controlando-se, e não desejando resposta, acrescentou: – Sem dúvida, acho que houve um excesso de preocupação em reatar relações. Suponho – sorriu ela – que meu orgulho seja maior do que o de qualquer um dos outros, mas confesso que me incomodou o fato de devermos ser tão solícitos para sermos aceitos em seu círculo social quando podemos estar certos de que esse parentesco é, para elas, absolutamente indiferente.

– Perdoe-me, cara prima. Está sendo injusta em suas próprias afirmações. Em Londres, talvez, com o atual estilo de vida tranquilo de vocês, talvez seja como diz. Mas em Bath,

Sir Walter Elliot e família sempre serão pessoas que vale a pena conhecer: sempre desejáveis como relações.

– Bem – disse Anne –, sem dúvida sou orgulhosa, orgulhosa demais para apreciar uma acolhida que depende a tal ponto do local.

– Adoro sua indignação – disse ele. – É muito natural. Mas está em Bath, e o objetivo é estarem aqui instalados com todas as honras e a dignidade que devem ser prestadas a Sir Walter Elliot. A senhorita fala de ser orgulhosa; eu sou chamado de orgulhoso, bem sei, e não gostaria de não ser assim considerado, pois nosso orgulho, se investigado, teria o mesmo objetivo, não tenho dúvidas, embora o tipo pareça ser um pouco distinto. Num ponto, estou certo, minha cara prima – continuou ele, falando mais baixo, embora ninguém mais estivesse na sala –, num ponto, estou certo, sentimos da mesma forma. Sentimos que cada acréscimo ao círculo social de seu pai, entre seus pares ou superiores, pode ser útil para desviar seus pensamentos daqueles que lhe são inferiores.

Olhou, enquanto falava, para a cadeira que fora antes ocupada pela sra. Clay: suficiente indicação do que pretendia dizer. E, embora Anne não pudesse crer que tivessem o mesmo tipo de orgulho, ficou satisfeita por ele não gostar da sra. Clay. E sua consciência admitiu que o desejo dele, de promover o aumento do círculo social de seu pai, era mais do que desculpável por objetivar derrotá-la.

Capítulo 17

Enquanto Sir Walter e Elizabeth usufruíam com assiduidade de sua boa sorte em Laura Place, Anne restabelecia um contato de natureza bastante diversa.

Fora visitar sua antiga professora e por ela soube estar em Bath uma antiga companheira de escola que por duas fortes razões merecia sua atenção: a bondade do passado e o sofrimento do presente. A srta. Hamilton, agora sra. Smith, demonstrara bondade num dos períodos de sua vida em que lhe foi mais importante recebê-la. Anne tinha ido para a escola infeliz, chorando a perda da mãe a quem amava demais, lamentando estar longe de casa e sofrendo como uma menina de quatorze anos, extremamente sensível e nada alegre, poderia sofrer num momento como aquele. E a srta. Hamilton, três anos mais velha, mas que, por falta de parentes próximos e um lar estável, permanecera por mais um ano na escola, havia sido útil e boa para ela de um modo que aliviara muito seu sofrimento e nunca poderia ser recordada com indiferença.

A srta. Hamilton deixara a escola, casara-se não muito tempo depois, parece que com um homem rico, e isso era tudo o que Anne sabia a respeito dela até agora, quando as notícias da professora apresentaram sua situação sob um aspecto mais definido, mas muito diferente.

Estava viúva e pobre. O marido fizera extravagâncias e, à sua morte, cerca de dois anos antes, deixara os negócios terrivelmente confusos. Ela encontrara dificuldades de todo tipo para lidar com tudo aquilo e, além desses problemas, fora acometida de grave febre reumática que, afinal, lhe atacara as pernas e a aleijara. Era o motivo pelo qual estava em Bath, vivendo com muita humildade, incapaz até de se permitir o conforto de uma criada e, é claro, quase excluída da sociedade.

Sua amiga comum encarregou-se da satisfação que uma visita da srta. Elliot daria à sra. Smith, e Anne não demorou a ir vê-la. Em casa, nada mencionou do que ouvira ou do que pretendia. Não despertaria ali um interesse adequado. Consultou apenas Lady Russell, que compreendeu de todo seus sentimentos e teve muito prazer em acompanhá-la até tão perto dos aposentos da sra. Smith nos Westgate Buildings quanto Anne julgou conveniente.

A visita foi feita, suas relações restabelecidas, o interesse mútuo mais do que restaurado. Os primeiros dez minutos foram de embaraço e emoção. Doze anos haviam decorrido desde que se separaram, e cada uma delas era agora alguém bastante diferente do que a outra imaginava. Doze anos transformaram Anne da promissora e calada menina sem formas de quinze anos na elegante moça de vinte e sete, em plena beleza, excetuando-se o viço, e maneiras tão deliberadamente corretas quanto invariavelmente gentis. E doze anos fizeram da atraente e bem desenvolvida srta. Hamilton, em todo o esplendor da saúde e da confiança em sua superioridade, uma pobre, doente e desamparada viúva, recebendo como um favor a visita da antiga protegida. Mas tudo o que houve de desconfortável no encontro logo desapareceu, deixando apenas o interessante encanto de relembrar antigas preferências e falar sobre os velhos tempos.

Anne encontrou na sra. Smith o bom-senso e as maneiras agradáveis com que quase se atrevera a contar, e uma disposição para conversar e se animar superior às suas expectativas. Nem as dissipações do passado – e ela vivera uma vida bastante mundana – nem as restrições do presente, nem a doença ou a dor pareciam lhe ter fechado o coração ou arruinado seu humor.

Numa segunda visita, ela falou com muita sinceridade, e a perplexidade de Anne aumentou. Mal podia imaginar uma situação mais sombria do que a da sra. Smith. Ela gostara muito do marido: ela o enterrara. Acostumara-se à abundância: ela se fora. Não tinha filhos que voltassem a aproximá-la da vida e da felicidade, nem parentes que a ajudassem a organizar os negócios confusos, nem saúde que tornasse todo o resto suportável. Seus aposentos limitavam-se a uma sala barulhenta e um quarto escuro nos fundos, sem possibilidade de se mover de um lado para o outro sem ajuda, que lhe era dada por uma única criada da casa, de onde jamais saía exceto para ser levada às termas. Ainda assim, apesar de tudo isso, Anne tinha razões para crer que ela sofria de apenas momentos de abatimento e depressão em horas de ocupação e prazer. Como era possível? Observou, analisou, refletiu e afinal concluiu que não se tratava apenas de um caso de força moral ou resignação. Um espírito submisso poderia ser paciente, uma inteligência firme poderia encontrar soluções, mas ali havia algo mais, havia aquela elasticidade da mente, aquela disposição em aceitar ajuda, aquele poder de prontamente passar do ruim para o bom e de encontrar ocupações que a fizessem sair de si mesma que só pertencia à própria natureza. Tratava-se do maior dos dons divinos, e Anne considerou a amiga como um daqueles exemplos em que, por algum plano misericordioso, tal dom parece destinado a contrabalançar quase todas as outras carências.

Houve um tempo, disse-lhe a sra. Smith, em que o ânimo quase lhe faltou. Ela não podia se chamar de inválida agora, comparando-se ao estado em que chegara a Bath. Naquela ocasião, sem dúvida, era digna de pena, porque se resfriara na viagem, e nem bem se instalara nos novos aposentos quando se viu outra vez confinada à cama e sofrendo com dores intensas e violentas, tudo isso entre estranhos, com absoluta necessidade de ter uma enfermeira permanente e finanças àquela altura insuficientes para enfrentar qualquer despesa extraordinária. Mas sobrevivera e podia com sinceridade dizer que aquilo lhe fizera bem. Servira-lhe de consolo o fato de saber que estava em boas mãos. Conhecera bem demais o mundo para esperar repentinas ou desinteressadas amizades em qualquer lugar, mas a doença lhe provara que sua senhoria tinha caráter e não se aproveitaria de sua enfermidade. E foi especialmente feliz com a enfermeira, irmã da proprietária, uma enfermeira por profissão que, quando desempregada, sempre encontrava um lar naquela casa e por sorte estava livre para tratar dela.

– E ela – disse a sra. Smith –, além de cuidar de mim de forma extraordinária, provou ser de fato uma pessoa inestimável. Tão logo consegui usar as mãos, ela me ensinou a tricotar, o que tem sido uma grande distração. E me mostrou como fazer esses pequenos estojos de costura, alfineteiras e porta-cartões, com os quais você sempre me verá tão ocupada e que me proporcionam os meios para fazer um pouco de caridade para uma ou duas famílias muito pobres da vizinhança. Ela tem muitas relações, profissionais, é claro, entre aqueles que podem comprar e oferece minha mercadoria. Sempre espera o momento certo para oferecer. Os corações estão sempre abertos, como sabe, quando alguém escapou há pouco de doença grave, ou está recuperando a bênção da saúde, e a enfermeira Rooke percebe sempre quando deve falar. É uma mulher perspicaz, inteligente e sensata. Tem o dom de compreender a natureza humana e uma capacidade de bom-senso e observação que, como companhia, a torna infinitamente superior a milhares daqueles que, tendo apenas recebido "a melhor educação do mundo", nada sabem que valha a pena ser levado em consideração. Chame de bisbilhotice, se quiser, mas quando a enfermeira Rooke tem meia hora livre para partilhar comigo, com certeza terá algo a contar que será interessante e proveitoso: algo que nos faz conhecer melhor a própria espécie. A gente gosta de saber do que acontece, de estar em dia com as novas maneiras de ser fútil e tola. Confesso que para mim, que vivo tão sozinha, a conversa dela é uma alegria.

Anne, longe de querer questionar o prazer, respondeu:

– Não é difícil acreditar. Mulheres dessa profissão têm muitas oportunidades e, se forem inteligentes, pode valer a pena ouvi-las. Tantos tipos de natureza humana elas costumam testemunhar! E não apenas nas loucuras são versadas, porque ocasionalmente os veem em circunstâncias que podem ser mais interessantes ou comoventes. Quantos exemplos de afeto ardente, desinteressado, abnegado, de heroísmo, coragem, paciência, resignação: de todos os conflitos e todos os sacrifícios que mais nos enobrecem. O quarto de um doente pode muitas vezes fornecer material para muitos livros.

– É – disse a sra. Smith duvidando um pouco –, às vezes pode, embora eu receie que tais lições nem sempre sejam no tom nobre que descreveu. Aqui e ali, a natureza humana pode ser grande em tempos de provação, mas, de modo geral, é sua fraqueza e não sua força que surge num quarto de doente: são o egoísmo e a impaciência, mais do que a generosidade e a coragem, que se fazem ouvir. Há tão pouca amizade verdadeira no mundo! E, infelizmente – falando baixo e com voz trêmula –, há tantos que se esquecem de se importar até que seja quase tarde demais.

Anne viu a amargura daqueles sentimentos. O marido não fora o que deveria ter sido e a esposa foi levada a conviver com aquela parte da humanidade que a fez pensar do mundo pior do que gostaria que ele merecesse. Mas aquilo não passou de uma emoção passageira da sra. Smith; ela a afastou e logo acrescentou num tom diferente:

– Não imagino que a atual ocupação da minha amiga, a sra. Rooke, forneça grande coisa que possa me interessar ou edificar. Ela cuida apenas da sra. Wallis de Marlborough Buildings; apenas uma bela, tola, dispendiosa e elegante mulher, acho eu. E, é claro, nada terá a contar além de rendas e enfeites. Mas pretendo lucrar com a sra. Wallis. Ela tem montanhas de dinheiro, e espero que ela compre todas as coisas caras que tenho prontas.

Anne visitou diversas vezes a amiga, antes que a existência de tal criatura fosse conhecida em Camden Place. Afinal, foi preciso falar a respeito dela. Sir Walter, Elizabeth e a sra. Clay voltaram uma manhã de Laura Place com um repentino convite de Lady Dalrymple para o final do mesmo dia, e Anne já se comprometera a passar aquela tarde em Westgate Buildings. Não lamentava ter de recusar. Tinha certeza de que o convite fora feito apenas porque, estando Lady Dalrymple presa em casa com uma forte gripe, ficara satisfeita por poder se valer de parentes que tanto a haviam pressionado. E declarou sua ausência com grande entusiasmo: comprometera-se a "passar a tarde com uma antiga colega de escola". Eles não se interessavam muito pelo que dizia respeito a Anne, mas mesmo assim perguntas foram feitas para deixar claro quem era aquela antiga colega de escola. E Elizabeth foi desdenhosa, e Sir Walter severo.

– Westgate Buildings! – disse ele. – E quem está a srta. Anne Elliot visitando em Westgate Buildings? Uma sra. Smith. Uma viúva chamada sra. Smith. E quem era o marido? Um dos cinco mil sr. Smith cujo nome pode ser encontrado em qualquer lugar. E qual é seu atrativo? Que está velha e doente. Palavra de honra, srta. Anne Elliot, a senhorita tem um gosto extraordinário! Tudo o que repugna os outros, companhia inferior, quartos miseráveis, ar viciado, associações repulsivas, lhe é convidativo. Mas sem dúvida a senhorita adiará a vista a essa velha senhora até amanhã: seu fim não está tão próximo, presumo, que não lhe dê esperanças de ver um novo dia. Que idade tem ela? Quarenta?

– Não, senhor, ainda não fez 31. Mas não penso poder adiar meu compromisso, porque esta é a única tarde que, por algum tempo, nos convém a ambas. Ela irá às termas amanhã, e pelo resto da semana, como sabe, estamos comprometidos.

– Mas o que pensa Lady Russell desse contato? – perguntou Elizabeth.

– Não vê coisa alguma a censurar – respondeu Anne. – Pelo contrário, aprova-o e tem, na maioria das vezes, me levado até lá, quando visito a sra. Smith.

– Westgate Buildings deve ter ficado um tanto surpresa com o aparecimento de uma carruagem junto à sua calçada – observou Sir Walter. – A viúva de Sir Henry Russell, realmente, não tem honras que lhe distingam o brasão, mas ainda assim é um belo veículo e, sem dúvida, reconhecido como digno de transportar uma srta. Elliot. Uma sra. Smith viúva vivendo em Westgate Buildings! Uma pobre viúva quase sem recursos, entre trinta e quarenta anos, uma mera sra. Smith, uma sra. Smith qualquer, entre todos as pessoas e todos os nomes do mundo, ser escolhida como amiga da srta. Anne Elliot e ser por ela preferida aos próprios membros de sua família pertencentes à nobreza da Inglaterra e da Irlanda! Sra. Smith! Que nome!

A sra. Clay, presente enquanto tudo isso acontecia, achou então aconselhável sair da sala, e Anne poderia ter dito muito e quis muito dizer ao menos algo em defesa do fato de ter sua amiga direitos não muito diferentes dos da amiga deles, mas suas noções de respeito pessoal ao pai impediram-na. Não deu resposta. Deixou que ele próprio se lembrasse de que a sra. Smith não era a única viúva em Bath entre trinta e quarenta anos, quase sem recursos e sem um sobrenome respeitável.

Anne manteve seu compromisso, os outros mantiveram os deles, e, claro, ela ouviu na manhã seguinte que haviam passado uma tarde deliciosa. Ela fora a única ausência do grupo, pois Sir Walter e Elizabeth não apenas estiveram à disposição de Sua Senhoria, como ficaram felizes por terem sido encarregados por ela de trazer outras visitas e se deram ao trabalho de convidar tanto Lady Russell quanto o sr. Elliot, tendo o sr. Elliot feito questão de sair cedo da casa do coronel Wallis e Lady Russell reorganizado todos os seus compromissos vespertinos para atender a viscondessa. Anne ouviu de Lady Russell o relato de todos os detalhes daquela tarde. Para ela, o mais interessante foi ter sido assunto de muita conversa entre a amiga e o sr. Elliot; ter sido sua presença desejada, a ausência lamentada e ao mesmo tempo respeitada, dadas as razões que a moveram. Suas gentis e piedosas visitas àquela velha colega de escola, doente e angustiada, pareciam ter encantado o sr. Elliot. Ele a considerava uma moça um tanto extraordinária; um modelo de dignidade feminina por seu temperamento, maneiras, inteligência. Chegou a ter com Lady Russell uma conversa a respeito de seus méritos. E Anne não podia ouvir tanto da amiga, não podia saber-se em tão alta conta na opinião de um homem sensato, sem experimentar boa parte das agradáveis sensações que a amiga pretendia provocar.

Lady Russell tinha agora absoluta certeza de sua opinião a respeito do sr. Elliot. Estava tão convencida de sua intenção de conquistar Anne no devido tempo quanto de que ele a merecia e começava a calcular o número de semanas que o libertariam das últimas restrições da viuvez e o deixariam à vontade para exercer mais evidentes poderes de sedução. Não deixou transparecer para Anne a metade da certeza que tinha a esse respeito; aventurou-se a pouco mais do que insinuações a propósito do que poderia acontecer no futuro, de um possível interesse por parte dele, das conveniências da união, supondo ser tal interesse real e correspondido. Anne ouviu e não fez grandes comentários; apenas sorriu, enrubesceu e, com suavidade, sacudiu a cabeça.

– Não sou casamenteira, como você bem sabe – disse Lady Russell –, por ser consciente demais da incerteza de todos os atos e cálculos humanos. Quero apenas dizer que, se daqui a algum tempo o sr. Elliot lhe fizesse a corte, e se você estivesse disposta a aceitá-lo, acredito que haveria toda a possibilidade de serem felizes juntos. Uma união muito adequada, considerarão todos, mas acredito que possa ser muito feliz.

– O sr. Elliot é um homem muitíssimo agradável, e sob muitos aspectos penso muito bem dele – disse Anne –, mas não combinaríamos.

Lady Russell deixou passar o comentário e acrescentou apenas:

– Admito que poder vê-la como a futura senhora de Kellynch, a futura Lady Elliot, que esperar e vê-la ocupando o lugar de sua querida mãe, sucedendo-a em todos os direitos e toda a popularidade, assim como em todas as virtudes, seria para mim a maior satisfação possível. Você é a encarnação de sua mãe em feições e temperamento; e, se me for permitido imaginar você como ela era, em situação e nome, e em lar, presidindo e abençoando o mesmo lugar e superior a ela apenas por ser mais valorizada! Minha querida Anne, isso me deixaria mais encantada do que em geral é possível a esta altura da vida!

Anne foi obrigada a olhar para o outro lado, levantar-se, andar até uma mesa distante e, inclinada como se ali visse algum interesse, tentar dominar a emoção despertada por aquele quadro. Por alguns instantes, sua imaginação e seu coração foram enfeitiçados. A ideia de se tornar o que fora a mãe, de ver o precioso nome de "Lady Elliot" revivido por ela, de ser reintegrada a Kellynch, chamando-a outra vez de lar, lar para sempre, era um encantamento ao qual era impossível resistir de imediato. Lady Russell não disse qualquer outra palavra, desejosa de deixar o assunto seguir seu próprio caminho. E, acreditando que, pudesse naquele momento o sr. Elliot falar adequadamente por si mesmo... ela acreditava, em resumo, no que Anne não acreditava. A mesma imagem do sr. Elliot falando por si mesmo levou Anne de volta à calma. O encanto de Kellynch e de "Lady Elliot" se desvaneceram. Ela jamais poderia aceitá-lo. E não apenas porque seus sentimentos ainda fossem desagradáveis em relação a qualquer homem menos um. Seu julgamento, numa honesta consideração das possibilidades de tal caso, era contra o sr. Elliot.

Embora já se conhecessem há um mês, ela não estava convencida de que realmente conhecia seu caráter. Que ele era um homem sensato, um homem agradável, que falava bem, emitia boas opiniões, parecia julgar com correção e como um homem de princípios, tudo isso era bastante claro. Ele sem dúvida sabia o que era correto, e ela não podia encontrar um só item de obrigação moral evidentemente transgredido, mas ainda assim recearia responder pela conduta dele. Desconfiava do passado, senão do presente. Os nomes às vezes mencionados, de antigos associados, as alusões a antigas práticas e atividades, levantavam suspeitas desfavoráveis quanto ao que ele fora. Ela percebia que existiram maus hábitos; que viagens aos domingos foram comuns, que houve um período na vida (e, era provável, um período não curto) em que ele tinha sido, no mínimo, descuidado em relação a todos os assuntos sérios; e, mesmo se ele hoje pensasse de modo muito diferente, quem responderia pelos verdadeiros sentimentos de um homem esperto, atento, maduro o bastante para apreciar um caráter justo? Como se poderia garantir que sua maneira de pensar fosse realmente límpida?

O sr. Elliot era racional, discreto, polido, mas não era franco. Nunca havia uma explosão de sentimentos, nenhum arrebatamento de indignação ou prazer perante o mal ou o bem existente nos outros. Isso, para Anne, era uma clara imperfeição. Suas primeiras impressões eram indeléveis. Ela valorizava a personalidade direta, sincera, arrebatada, acima de quaisquer outras. Ardor e entusiasmo já a haviam cativado. Acreditava poder confiar muito mais na sinceridade daqueles que às vezes agiam ou diziam algo inconsequente ou afoito do que naqueles cuja presença de espírito jamais se alterava, cuja língua nunca escorregava.

O sr. Elliot era, como regra geral, afável demais. Muitos eram os temperamentos na casa de seu pai, ele satisfazia a todos. Tolerava tudo bem demais, dava-se bem demais com as pessoas. Falara com ela, com algum grau de franqueza, a respeito da sra. Clay, parecera compreender à perfeição o que pretendia a sra. Clay e falara dela com desprezo. E ainda assim, a sra. Clay o considerava tão agradável quanto qualquer um dos outros.

Lady Russell talvez visse mais ou menos do que sua jovem amiga, pois nada via que gerasse descrédito. Não podia imaginar um homem que mais se adequasse ao que deve ser um homem do que o sr. Elliot, nem jamais acalentara sentimento mais doce do que a esperança de vê-lo receber a mão de sua querida Anne na igreja de Kellynch, no outono seguinte.

Capítulo 18

Era o começo de fevereiro, e Anne, tendo passado um mês em Bath, ansiava cada vez mais por notícias de Uppercross e Lyme. Queria saber muito mais o que Mary lhe dissera. Três semanas sem que tivesse notícias. Sabia apenas que Henrietta estava de volta à casa e que Louisa, embora se considerasse que a recuperação era rápida, ainda estava em Lyme. E pensava em todos com muita intensidade quando, certa tarde, lhe foi entregue uma carta de Mary, mais volumosa do que o habitual e, para aumentar o prazer e a surpresa, com os cumprimentos do almirante e sra. Croft.

Os Croft decerto estavam em Bath! Um acontecimento que lhe interessava. Eram pessoas para as quais seu coração se inclinava com muita naturalidade.

– O que é isto? – exclamou Sir Walter. – Os Croft chegaram a Bath? Os Croft que arrendaram Kellynch? O que lhe trouxeram?

– Uma carta de Uppercross Cottage, senhor.

– Oh! Tais cartas são convenientes passaportes. Garantem uma apresentação. Mas eu, de qualquer maneira, teria visitado o almirante Croft. Sei o que é devido ao meu locatário.

Anne não podia continuar a ouvir. Nem poderia ter comentado que o pobre almirante escapara de boa; a carta a absorvia. O início datava de vários dias.

1º de fevereiro

Minha querida Anne:

Não peço desculpas pelo meu silêncio, porque sei a pouca importância dada às cartas num lugar como Bath. Você deve estar feliz demais para se preocupar com Uppercross, que, como bem sabe, não oferece muito sobre o que escrever. Tivemos um Natal muito monótono; o sr. e sra. Musgrove não deram um só jantar nos feriados. Não considero os Hayter gente importante.

Mas os feriados enfim acabaram: acho que as crianças nunca tiveram férias tão longas. Tenho certeza de que eu não tive. A casa esvaziou ontem, a não ser pelos pequenos Harville, você vai se surpreender ao saber que eles ainda não voltaram para casa. A sra. Harville deve ser uma mãe muito estranha, para se separar deles por tanto tempo. Não entendo. Não são umas crianças boazinhas, na minha opinião, mas a sra. Musgrove parece gostar deles tanto quanto dos netos, senão mais. Que tempo medonho temos tido! Não se deve perceber em Bath, com as ruas bem pavimentadas, mas no campo os estragos são grandes. Não recebi uma única visita desde a segunda semana de janeiro, a não ser Charles Hayter, que tem vindo com muito maior frequência do que seria desejável. Aqui entre nós, acho uma pena que Henrietta não tenha ficado em Lyme tanto quanto Louisa; isso a tiraria um pouco do caminho dele. A carruagem partiu hoje para trazer Louisa e os Harville amanhã. Mas só fomos convidados a jantar com eles no dia seguinte; a sra. Musgrove tem muito medo de que ela se canse com a viagem, o que não é muito provável, considerando os cuidados que receberá; e para mim teria sido muito mais conveniente jantar lá amanhã. Estou contente por você achar o sr. Elliot tão agradável e gostaria de conhecê-lo também, mas minha sorte continua a mesma: estou sempre longe quando há alguma coisa boa acontecendo; sempre a última da família a ser avisada. A sra. Clay já está com Elizabeth há um tempo enorme! Ela não pretende ir embora? Mas, mesmo que ela deixasse o quarto vago, talvez não fôssemos convidados. Diga-me o que acha. Não espero que convidem meus filhos, você sabe. Posso muito bem deixá-los em Great House por um mês ou seis semanas. Acabo de saber que os Croft estão indo para Bath quase imediatamente; acham que o almirante está sofrendo de gota. Charles ouviu isso por acaso, eles não tiveram a gentileza de me informar, ou de se oferecer para levar alguma coisa. Não os vejo se tornando vizinhos melhores. Nunca os vemos, e isso é realmente uma grande falta de consideração. Charles junta-se a mim para expressar seu afeto e tudo o mais. Sua, com carinho,

Mary M...

Lamento dizer que estou longe de me sentir bem, e Jemina acaba de me dizer que o açougueiro lhe disse que há por aqui muita gente com dor de garganta. Atrevo-me a dizer que fui contaminada; e minhas dores de garganta, você sabe, são sempre piores do que as de qualquer um.

Assim terminava a primeira parte, depois colocada num envelope com quase o dobro do conteúdo.

Mantive a carta aberta porque queria lhe informar como Louisa suportou a viagem e, agora, estou muito feliz por tê-lo feito, já que há muito a acrescentar. Em primeiro lugar, recebi ontem um bilhete da sra. Croft, oferecendo-se para levar algo para você; um bilhete, aliás, muito gentil e amistoso, endereçado a mim, exatamente como deve ser. Poderei, então, tornar esta carta tão longa quanto quiser. O almirante não parece muito doente, e sinceramente espero que Bath lhe seja tão benéfico quando ele deseja. Ficarei realmente muito satisfeita tendo-os de volta. Nossa vizinhança não pode se privar de tão agradável família. Mas vamos a Louisa. Tenho algo a lhe comunicar que a surpreenderá, e não pouco. Ela e os Harville chegaram terça-feira, sãos e salvos, e à tarde fomos saber como ela estava, quando ficamos um tanto admirados por não encontrar entre eles o capitão Benwick, que havia sido convidado com os Harville. E qual você imagina ter sido a razão? Nem mais nem menos do que o fato de estar ele apaixonado por Louisa e preferir não se aventurar a vir a Uppercross até ter uma resposta do sr. Musgrove; pois tudo ficou acertado entre ele e ela antes que ela voltasse, e ele escreveu ao pai dela aos cuidados do capitão Harville. É verdade, palavra de honra! Você não está perplexa? Eu ficaria no mínimo surpresa se você alguma vez tivesse imaginado tal coisa, pois a mim jamais ocorreu. A sra. Musgrove afirma solenemente que nada sabia a respeito. Estamos todos, entretanto, muito satisfeitos, pois, embora não seja a mesma coisa do que ela se casar com o capitão Wentworth, isso é infinitas vezes melhor do que Charles Hayter, e o sr. Musgrove escreveu dando seu consentimento, e o capitão Benwick é esperado para hoje. A sra. Harville diz que o marido sofre bastante por causa da irmã, mas, seja como for, Louisa é muito querida por ambos. Na verdade, a sra. Harville e eu concordamos que gostamos ainda mais dela por termos cuidado dela. Charles se pergunta o que dirá o capitão Wentworth, mas, se você se lembra, nunca achei que ele se interessasse por Louisa, nunca observei nada parecido. E assim chega ao fim, veja você, a suposição de que o capitão Benwick era um admirador seu. Jamais compreendi como pôde tal coisa ter passado pela cabeça de Charles. Espero que agora ele seja mais agradável. Com certeza, não é um grande partido para Louisa Musgrove, mas um milhão de vezes melhor do que se casar com um dos Hayter.

Mary não precisaria ter receado que a irmã estivesse de algum modo preparada para as notícias. Ela nunca, em toda a vida, ficara mais atônita. O capitão Benwick e Louisa Musgrove! Era quase maravilhoso demais para acreditar, e foi com grande esforço que ela conseguiu continuar na sala, manter um ar de tranquilidade e responder às perguntas comuns do momento. Felizmente para ela, não foram muitas. Sir Walter quis saber se os Croft viajavam com quatro cavalos e se era provável que estivessem alojados numa parte de Bath adequada para serem visitados pela srta. Elliot e por ele próprio, mas, quanto ao resto, pouca curiosidade houve.

– Como está Mary? – perguntou Elizabeth. E sem esperar resposta: – Diga-me, o que traz os Croft a Bath?

– Vêm por causa do almirante. Acreditam que tem gota.

– Gota e decrepitude! – disse Sir Walter. – Pobre senhor.

– Têm eles relações aqui? – quis saber Elizabeth.

– Não sei, mas acho difícil imaginar que, considerando a idade e a profissão do almirante Croft, ele não tenha muitas relações num lugar como este.

– Suspeito – disse Sir Walter com frieza – que o almirante Croft será mais conhecido em Bath como o arrendatário de Kellynch Hall. Elizabeth, devemos nos aventurar a apresentá-lo, e a esposa, em Laura Place?

– Oh! Não! Acho que não. Na posição em que estamos com Lady Dalrymple, de primos, precisamos ser muito cautelosos para não a constranger com quaisquer relações que ela possa não aprovar. Se não fôssemos parentes, não teria importância, mas, como primos, ela se sentiria coagida por qualquer proposta vinda de nós. Faremos melhor deixando os Croft encontrarem seu próprio nível. Há vários homens de aspecto estranho andando por aí que, ao que me disseram, são marinheiros. Os Croft se juntarão a eles.

Essa foi a cota de interesse de Sir Walter e Elizabeth pela carta. Quando a sra. Clay pagou seu tributo de uma atenção mais decente, com perguntas sobre a sra. Charles Musgrove e seus adoráveis meninos, Anne se viu livre.

Em seu próprio quarto, tentou compreender. É claro que Charles se perguntava como se sentiria o capitão Wentworth! Talvez ele tenha abandonado a luta, desistido de Louisa, deixado de amá-la, descoberto que não a amava. Ela não podia suportar a ideia de traição ou leviandade, ou algo parecido com má-fé entre ele e o amigo. Ela não poderia suportar que uma amizade como a deles acabasse por deslealdade.

O capitão Benwick e Louisa Musgrove! A impetuosa, alegre e falante Louisa Musgrove e o depressivo, contemplativo, sensível, amante de livros capitão Benwick pareciam ser, cada um deles, tudo o que não se adequaria ao outro. Maneiras de ser muito diferentes! Onde poderia estar a atração? A resposta logo se apresentou. Nas circunstâncias. Estiveram juntos por várias semanas; viveram no mesmo restrito grupo familiar: desde que Henrietta se fora, praticamente só tiveram um ao outro em quem se apoiar. E Louisa, convalescendo, era uma companhia interessante, e o capitão Benwick não estava inconsolável. Isso era algo de que Anne não pudera deixar de suspeitar e, não chegando à mesma conclusão de Mary diante do atual curso dos acontecimentos, servia apenas para confirmar a ideia de que ele sentira por ela um princípio de ternura. Ela não pretendia, porém, extrair disso muito mais alimento para sua vaidade do que Mary teria permitido. Estava convencida de que qualquer moça razoavelmente agradável que o ouvisse e parecesse se interessar por ele teria despertado os mesmos sentimentos. Ele tinha um coração afetuoso. Precisava amar alguém.

Ela não via razões para que não fossem felizes. Louisa, para início de conversa, adorava a Marinha, e logo os dois se pareceriam mais. Ele ganharia exuberância e ela aprenderia a se entusiasmar com Scott e Lord Byron; não, talvez já tivesse aprendido; com certeza se apaixonaram por meio da poesia. A ideia de Louisa Musgrove transformada numa pessoa interessada por literatura e dada a reflexões sentimentais era divertida, mas ela não duvidava de que assim fosse. A estada em Lyme e a queda no Cobb poderiam lhe ter afetado a saúde, os nervos, a coragem e o caráter, para toda a vida, tão profundamente quanto pareciam lhe ter influenciado o destino.

A conclusão geral era que, se a mulher que fora sensível aos méritos do capitão Wentworth se permitira preferir outro homem, nada havia no noivado que provocasse maiores assombros; e, se o capitão Wentworth não perdera um amigo, sem dúvida nada a ser lamentado. Não, não era tristeza o que, a despeito dela mesma, fazia bater o coração de Anne e coloria suas faces quando pensava no capitão Wentworth livre e desimpedido. Havia alguns sentimentos que se envergonhava de investigar. Pareciam-se demais com alegria, insensata alegria!

Ela ansiava por ver os Croft. Mas, quando se deu o encontro, ficou evidente que nenhum eco das novidades chegara até eles. A visita cerimonial foi feita e retribuída, e Louisa

Musgrove foi mencionada, e também o capitão Benwick, sem qualquer sorriso esboçado.

Os Croft se haviam instalado numa casa em Gay Street, perfeita para a aprovação de Sir Walter. Ele não ficou, em absoluto, envergonhado por conhecê-los e, na verdade, pensou e falou no almirante muito mais do que o almirante jamais pensou ou falou nele.

Os Croft conheciam mais pessoas em Bath do que gostariam e consideravam seus encontros com os Elliot como mera formalidade, e de modo algum algo para lhes proporcionar qualquer prazer. Trouxeram consigo o hábito rural de estarem quase sempre juntos. Ele recebera ordens de caminhar para combater a gota, e a sra. Croft parecia dividir tudo com o marido e caminhar todo o tempo para lhe fazer bem. Anne os via onde quer que fosse. Lady Russell levava-a em sua carruagem quase todas as manhãs, e ela nunca deixava de pensar neles e nunca deixou de vê-los. Conhecendo os sentimentos de ambos como conhecia, aquela era para ela uma sedutora imagem de felicidade. Sempre os observava pelo maior tempo possível, encantada ao fantasiar que sabia o que estavam dizendo, enquanto caminhavam em feliz independência, ou igualmente encantada ao ver o caloroso aperto de mão do almirante quando encontrava um velho amigo e observar o entusiasmo da conversa quando ocasionalmente se criava um pequeno grupo da Marinha, a sra. Croft parecendo tão inteligente e atenta quanto qualquer oficial ao seu redor.

Anne estava por demais comprometida com Lady Russell para andar sozinha e a pé com muita frequência, mas aconteceu que uma manhã, cerca de uma semana ou dez dias após a chegada dos Croft, foi-lhe mais conveniente deixar a amiga, ou a carruagem da amiga, na parte baixa da cidade e voltar sozinha para Camden Place; e ao subir a Milsom Street teve a sorte de encontrar o almirante. Ele estava sozinho, diante da vitrine de uma loja de quadros, mãos para trás, em profunda contemplação de alguma pintura, e ela não apenas teria passado despercebida como foi obrigada a tocá-lo e falar com ele antes de conseguir atrair-lhe a atenção. Quando ele percebeu e a cumprimentou, entretanto, isso foi feito com a franqueza e o bom humor habituais:

– Ah! É a senhorita? Obrigado, obrigado. Isto é me tratar como amigo. Aqui estou eu, como vê, absorto numa pintura. Nunca posso passar por esta loja sem parar. Mas o que temos aqui, pretendendo ser um barco? Olhe para isto. Já viu algo parecido? Que camaradas extravagantes devem ser seus bons pintores para acharem que alguém arriscaria a vida numa velha casca de noz disforme como esta? E ainda há dois cavalheiros enfiados dentro dela, muito à vontade, olhando para as rochas e montanhas ao redor, como se não fossem ser derrubados no instante seguinte, como com certeza serão. Pergunto-me onde foi construído este barco! – rindo muito. – Eu não me arriscaria num laguinho de pasto dentro dele. Bem – dando meia-volta –, e então, qual o seu destino? Posso ir a algum lugar para a senhorita, ou com a senhorita? Posso ser de alguma utilidade?

– Não, muito obrigada. A não ser que me dê o prazer da sua companhia pelo pequeno trecho em que nosso trajeto é comum. Estou a caminho de casa.

– Isto eu farei, de todo coração, e até mais adiante, também. Sim, sim, daremos um agradável passeio juntos, e tenho algo a lhe dizer enquanto andamos. Pronto, tome meu braço, assim está bem, não me sinto confortável se não tenho uma mulher aí. Senhor! Que barco é este! – lançando um último olhar ao quadro, quando começaram a caminhar.

– O senhor mencionou ter algo a me dizer, almirante?

– Sim, tenho, daqui a pouco. Mas aí vem um amigo, o capitão Brigden. Mas só vou dizer "Como está?" quando cruzarmos. Não vou parar. "Como está?" Brigden escancara os olhos ao ver comigo alguém que não é a minha mulher. Ela, pobrezinha, está presa pelo pé. Tem uma bolha, num dos calcanhares, do tamanho de uma moeda de três xelins. Se olhar para a outra calçada, verá o almirante Brand descendo a rua com o irmão. Camaradas miseráveis, os dois! Fico contente por não estarem deste lado. Sophy não os suporta.

Aprontaram-me uma trapaça das boas certa vez: levaram alguns dos meus melhores homens. Contarei toda a história num outro momento. Aí vêm o velho Sir Archibald Drew e o neto. Olhe, ele nos viu; está lhe fazendo o beija-mão; tomou-a pela minha esposa. Oh! A paz chegou cedo demais para aquele menino. Pobre velho Sir Archibald! O que acha de Bath, srta. Elliot? Nós gostamos muito. Estamos sempre encontrando algum velho amigo, as ruas estão cheias deles todas as manhãs, certeza de muita conversa, e então nos afastamos de todos, nos trancamos em casa, puxamos as cadeiras e nos sentimos confortáveis como se estivéssemos em Kellynch, ou como ficávamos até mesmo em North Yarmouth e Deal. Posso afirmar que não apreciamos menos a casa que alugamos aqui por nos lembrar da primeira que tivemos em North Yarmouth. O vento sopra num dos armários exatamente como lá.

Quando se adiantaram um pouco mais, Anne aventurou-se a perguntar outra vez o que ele tinha a lhe dizer. Esperava ter a curiosidade satisfeita ao saírem da Milsom Street, mas foi ainda obrigada a esperar, pois o almirante decidira não começar até se verem na amplidão e tranquilidade de Belmont, e ela realmente não era a sra. Croft, precisava deixá-lo seguir seu próprio ritmo. Tão logo alcançaram a ladeira de Belmont, ele começou:

– Bem, agora a senhorita ouvirá algo que vai surpreendê-la. Mas, antes de tudo, precisa me dizer o nome da moça a respeito da qual vou falar. Aquela moça, sabe, com quem todos estivemos tão preocupados. A srta. Musgrove, com quem tudo aconteceu. Seu nome de batismo: sempre me esqueço do nome de batismo.

Anne ficara constrangida por parecer compreender tão depressa, mas agora podia com tranquilidade sugerir o nome de "Louisa".

– Ai, ai, srta. Louisa Musgrove, é este o nome. Eu gostaria que as moças não tivessem tantos nomes de batismo. Eu nunca me enganaria se todas fossem Sophy ou algo assim. Bem, essa srta. Louisa, todos acreditávamos, como sabe, iria se casar com Frederick. Ele a cortejava há semanas. A única pergunta era o que ele estaria esperando, até acontecer o que houve em Lyme. Então, é claro, era bastante evidente que deveriam esperar até que o cérebro da moça estivesse consertado. Mas mesmo então havia algo estranho no modo como as coisas caminhavam. Em vez de ficar em Lyme, ele foi para Plymouth e depois partiu para ver Edward. Quando voltamos de Minehead, ele estava na casa de Edward, e lá tem estado desde então. Nada sabemos dele desde novembro. Nem mesmo Sophy é capaz de compreender. Mas agora a coisa toda deu a mais estranha das reviravoltas, pois essa moça, a mesma srta. Musgrove, em vez de se casar com Frederick, vai se casar com James Benwick. A senhorita conhece James Benwick.

– Um pouco. Conheci um pouco o capitão Benwick.

– Bem, ela vai se casar com ele. Não, é provável que já estejam casados, pois não sei por que deveriam esperar.

– Considero o capitão Benwick um rapaz muito agradável – disse Anne – e me parece que tem excelente caráter.

– Oh! Sim, sim. Não há uma palavra a ser dita contra James Benwick. É apenas um comandante, é verdade, promovido no último verão, e os tempos estão ruins para fazer carreira, mas não lhe conheço qualquer outro defeito. Um camarada excelente, de bom coração, posso lhe afiançar. E também um oficial zeloso e muito ativo, o que talvez seja mais do que a senhorita imaginaria, pois aqueles modos mansos não lhe fazem justiça.

– Na verdade, o senhor se engana, almirante. Nunca vi falta de fibra nas maneiras do capitão Benwick. Considero-as particularmente agradáveis e posso lhe assegurar que, de modo geral, agradam a todos.

– Bem, bem, senhoras são os melhores juízes. Mas James Benwick é parado demais para o meu gosto e, embora seja provável que sejamos parciais, Sophy e eu não podemos deixar de achar que as maneiras de Frederick são melhores do que as dele. Há em Frederick algo que combina mais conosco.

Anne sentiu-se encurralada. Pretendera apenas se opor à ideia, frequente demais, de serem inteligência e gentileza incompatíveis, de modo algum apresentar as maneiras do capitão Benwick como as melhores que existem. E, depois de leve hesitação, começava a dizer:

– Não estou fazendo comparações entre os dois amigos...

Mas o almirante interrompeu-a com:

– E a coisa é mesmo verdade. Não são meros boatos. Soubemos pelo próprio Frederick. A irmã dele recebeu ontem uma carta na qual ele nos conta tudo isso, e ele acabava de receber uma carta, recém-escrita, de Uppercross. Imagino que estejam todos em Uppercross.

Era uma oportunidade à qual Anne não podia resistir. Assim, ela disse:

– Espero, almirante, espero que nada no tom da carta do capitão Wentworth tenha, de alguma forma, deixado o senhor e a sra. Croft especialmente desconfortáveis. Parecia, no outono, haver um compromisso entre ele e Louisa Musgrove, mas espero que se possa concluir que tenha sido desfeito de comum acordo, e sem violência. Espero que a carta dele não deixe transparecer sentimentos de um homem traído.

– De modo algum, de modo algum. Não há qualquer blasfêmia ou queixa, do começo ao fim.

Anne baixou o rosto para ocultar o sorriso.

– Não, não. Frederick não é um homem que resmungue ou se lamente. É muito forte para isso. Se a garota prefere outro homem, é justo que fique com ele.

– Sem dúvida. Mas o que eu quis dizer é que espero que nada exista, na maneira de escrever do capitão Wentworth, que os faça pensar que ele se considera traído pelo amigo, e isso pode transparecer, o senhor sabe, sem que coisa alguma seja dita. Eu lamentaria muito que uma amizade como a que se criou entre ele e o capitão Benwick fosse destruída, ou mesmo maculada, por uma situação como essa.

– Sei, sei, eu a compreendo. Mas nada dessa natureza existe na carta. Ele não faz qualquer insinuação quanto a Benwick, não diz coisas do tipo "Eu bem que imaginei, eu tinha as minhas razões para imaginar alguma coisa". Não, ninguém diria, pela maneira como escreve, que ele alguma vez tenha pensado em querer para si essa srta. (como é o nome dela?). Com muita elegância, deseja que sejam felizes juntos, e não há qualquer tom de vingança nisso, acredito.

Anne não se deixou persuadir pela absoluta convicção que o almirante quis transmitir, mas teria sido inútil levar adiante as perguntas. Limitou-se então às observações de praxe ou à atenção silenciosa, e o almirante continuou a dizer o que pensava.

– Pobre Frederick! – disse ele, afinal. – Agora precisa recomeçar tudo com outra pessoa. Acho que devemos trazê-lo a Bath. Sophy pode escrever e implorar para que ele venha a Bath. Há aqui moças bonitas em número suficiente, tenho certeza. De nada serviria ir para Uppercross outra vez, pois aquela outra srta. Musgrove, acho eu, está prometida ao primo, o jovem pároco. Não acha, srta. Elliot, que deveríamos tentar trazê-lo a Bath?

Capítulo 19

Enquanto o almirante Croft passeava com Anne e expressava seu desejo de levar o capitão Wentworth a Bath, o capitão Wentworth já se encontrava a caminho. Antes que a sra. Croft escrevesse, ele chegou e, na primeira vez que Anne saiu de casa, ela o viu.

O sr. Elliot acompanhava as duas primas e a sra. Clay. Estavam em Milsom Street. Começou a chover, não muito, mas o suficiente para que um abrigo fosse desejável para as mulheres e o bastante para que a srta. Elliot considerasse muito desejável ter a vantagem de ser levada à casa na carruagem de Lady Dalrymple, que foi vista aguardando não muito longe. Ela, Anne e a sra. Clay, então, entraram no Molland's, enquanto o sr. Elliot ia ao encontro de Lady Dalrymple em busca de ajuda. Logo se reuniu às três, com boas notícias, é claro. Lady Dalrymple teria o maior prazer em levá-las para casa e iria buscá-las dentro de alguns minutos.

A carruagem de Sua Senhoria era uma caleça de duas rodas e não transportava mais de quatro pessoas com algum conforto. A srta. Carteret estava com a mãe, não seria portanto razoável esperar acomodação para as três senhoras de Camden Place. Não haveria qualquer dúvida quanto à srta. Elliot. Sofresse quem sofresse, ela é que não passaria por qualquer inconveniente, mas levou algum tempo para que se definisse a questão da cortesia entre as duas outras. A chuva era pouca, e Anne era sincera ao preferir caminhar com o sr. Elliot. Mas a chuva também era pouca para a sra. Clay; ela mal admitiria estar caindo uma só gota, e suas botas eram tão grossas!, muito mais grossas do que as da srta. Anne, e, em resumo, sua gentileza tornava-a tão ansiosa por ser deixada com o sr. Elliot para continuarem a pé quanto Anne poderia estar, e isso foi discutido entre ambas com uma generosidade tão polida e tão determinada que os outros foram obrigados a resolver por elas, a srta. Elliot afirmando que a sra. Clay já estava um pouco resfriada e o sr. Elliot, a pedidos, determinando serem as botas da prima Anne as mais grossas.

Assim foi acordado que a sra. Clay se juntaria ao grupo na carruagem e acabavam de chegar a esse ponto quando Anne, sentada junto à janela, avistou, inquestionável e claramente, o capitão Wentworth descendo a rua.

Seu sobressalto foi perceptível apenas para ela mesma, mas ela naquele exato instante sentiu-se a maior tola do mundo, a mais inexplicável e absurda! Por alguns minutos nada viu à frente, tudo ficou confuso. Estava perdida e, quando conseguiu se refazer, percebeu as outras ainda à espera da carruagem, e o sr. Elliot (sempre gentil) se dirigia à Union Street em busca de algo para a sra. Clay.

Sentia agora uma vontade enorme de ir à porta da rua, queria ver se chovia. Por que deveria suspeitar haver outro motivo? O capitão Wentworth deveria estar fora de alcance. Levantou-se, iria. Metade dela não deveria ser sempre tão ajuizada quanto a outra metade, ou sempre suspeitava de que a outra fosse pior do que era. Ia ver se chovia. Foi, no entanto, bem depressa obrigada a retroceder, com a entrada do próprio capitão Wentworth, num grupo de cavalheiros e damas, evidentemente conhecidos dele e que ele devia ter encontrado um pouco além da Milsom Street. Ele ficou mais surpreso e confuso ao vê-la do que ela jamais observara antes; ficou bastante ruborizado. Pela primeira vez, desde que reataram relações, ela sentiu ser quem, entre os dois, demonstrava menos sensibilidade. Tinha sobre ele a vantagem da preparação dos últimos poucos minutos. Todos os esmagadores, ofuscantes, atordoantes primeiros efeitos da enorme surpresa nela já haviam desaparecido. Ainda assim, seus sentimentos eram muitos! Agitação, dor, prazer, algo entre êxtase e tormento.

Ele falou com ela e se afastou. A marca de sua atitude era o constrangimento. Ela não a definiria como fria ou amistosa, ou qualquer outra coisa senão constrangimento.

Depois de pouco tempo, porém, ele foi até ela e voltou a falar. Perguntas recíprocas sobre assuntos triviais foram feitas: nenhum dos dois, talvez, prestando muita atenção ao que ouvia, e Anne ainda muito sensível à percepção de que ele estava muito menos à vontade do que antes. À força de estarem tantas vezes juntos, chegaram a falar um com o outro com uma considerável cota de aparente calma e indiferença, mas agora ele não conseguia fazê-lo. O tempo o transformara, ou Louisa o transformara. Percebia-se que algo havia. Ele parecia muito bem, não como se tivesse enfrentado problemas de saúde ou emocionais, e falou de Uppercross, dos Musgrove, até de Louisa, e chegou a dar uma rápida demonstração de seu próprio temperamento provocador ao mencioná-la. Mas, ainda assim, o capitão Wentworth não estava confortável, nem à vontade, nem era capaz de aparentar que estava.

Não a surpreendeu, mas magoou Anne observar que Elizabeth não o cumprimentara. Ela viu que ele viu Elizabeth, que Elizabeth o viu, que houve total reconhecimento por parte de ambos; estava convencida de que nada impedia que ele fosse admitido no círculo social, esperava por isso, e sofreu ao ver a irmã virar o rosto com inalterável frieza.

A carruagem de Lady Dalrymple, pela qual a srta. Elliot começava a ficar muito impaciente, estava agora às ordens; o criado foi anunciar. Começava a chover de novo e, ao mesmo tempo, houve um atraso, uma pressa, um burburinho, que fez toda a pequena multidão na loja saber que Lady Dalrymple mandara buscar a srta. Elliot. Afinal, a srta. Elliot e sua amiga, escoltadas apenas pelo criado (pois ainda não voltara o primo), saíam, e o capitão Wentworth, observando-as, voltou-se outra vez para Anne e, por gestos, mais do que por palavras, ofereceu-lhe seus préstimos.

– Agradeço muitíssimo – foi a resposta dela –, mas não vou com elas. A carruagem não acomoda tanta gente. Vou a pé: prefiro ir a pé.

– Mas está chovendo.

– Ah! Muito pouco. Nada que me incomode.

Depois de um instante de pausa, ele disse:

– Embora só tendo chegado ontem, já estou devidamente equipado para Bath, como vê – mostrando um guarda-chuva novo –, e gostaria que o utilizasse, se estiver determinada a andar, embora eu ache que seria mais prudente deixar-me providenciar um transporte.

Ela estava muitíssimo agradecida, mas declinou de tudo, repetindo sua convicção de que a chuva já quase não caía e acrescentando:

– Estou apenas à espera do sr. Elliot. Ele estará aqui num instante, estou certa.

Mal terminara de pronunciar essas palavras quando entrou o sr. Elliot. O capitão Wentworth reconheceu-o perfeitamente. Não havia diferença entre ele e o homem que se detivera nos degraus em Lyme, admirando Anne enquanto ela passava, exceto pela expressão, pela aparência e pelo comportamento de parente e amigo privilegiado. Chegou preocupado, parecendo só vê-la e pensar nela, desculpou-se pelo atraso, estava desolado por tê-la deixado esperando e ansioso para por tirá-la dali sem mais perda de tempo e antes que a chuva aumentasse; e no momento seguinte saíam juntos, o braço dela no dele, um olhar gentil e constrangido e um "Tenha um bom dia!", que foi tudo o que ela teve tempo para dizer ao se afastar.

Tão logo os perderam de vista, as moças no grupo do capitão Wentworth começaram a falar de ambos.

– O sr. Elliot está interessado na prima, ou estou imaginado coisas?

– Ah! Não! Está bem evidente. Já se pode adivinhar o que acontecerá. Ele está sempre com eles, passa a metade do tempo com a família, acredito. Que homem atraente!

– É, e a srta. Atkinson, que jantou uma vez com ele nos Wallis, disse que ele é o homem mais agradável que ela já teve como companhia.

– Ela é bonita, eu acho, a Anne Elliot. Muito bonita, quando se presta atenção nela. Não é de bom tom dizer isso, mas confesso que a admiro mais do que a irmã.

– Ah! Eu também.

– E eu também. Sem comparação. Mas os homens são loucos pela srta. Elliot. Anne é delicada demais para eles.

Anne teria ficado especialmente grata ao primo se ele tivesse caminhado a seu lado até chegarem a Camden Place sem dizer uma palavra. Nunca achara tão difícil ouvi-lo, embora nada pudesse haver de mais solícito e cuidadoso, e embora os assuntos dele fossem, sobretudo e como de costume, interessantes: elogios calorosos, justos e perspicazes a Lady Russell, e insinuações bastante coerentes em relação à sra. Clay. Mas, exatamente agora, ela só podia pensar no capitão Wentworth. Não era capaz de compreender seus sentimentos atuais, se ele realmente sofria muito com a frustração ou não, e, até que isso ficasse esclarecido, ela não conseguiria ter paz.

Esperava, com o tempo, ser sensata e ajuizada; mas que pena!, que pena!, era obrigada a admitir para si mesma que ainda não era sensata.

Outra coisa que ela considerava essencial saber era por quanto tempo ele pretendia ficar em Bath. Ele não dissera, ou ela não conseguia se lembrar. Poderia estar apenas de passagem. Mas era mais provável que tivesse vindo para ficar. Nesse caso, provável como era que todos se encontrassem com todos em Bath, Lady Russell com certeza o veria em algum lugar. Será que o reconheceria? O que aconteceria?

Ela já fora obrigada a dizer a Lady Russell que Louisa Musgrove iria se casar com o capitão Benwick. Tinha sido algo penoso enfrentar a surpresa de Lady Russell; e agora, se ela por acaso se visse no mesmo grupo que o capitão Wentworth, sua imperfeita interpretação do caso poderia acrescentar mais uma sombra de preconceito contra ele.

Na manhã seguinte, Anne saiu com a amiga e passou a primeira hora numa incessante e temerosa tentativa de vê-lo; mas, afinal, ao voltar pela Pulteney Street, avistou-o na calçada da direita a uma distância tal que ele podia ser visto por quase toda a rua. Havia muitos outros homens perto dele, muitos grupos andando do mesmo lado, mas não havia como se enganar. Instintivamente, olhou para Lady Russell, mas não por qualquer ideia louca de que ela fosse reconhecê-lo tão depressa quanto ela mesma o fizera. Não, não seria de imaginar que Lady Russell o avistasse até que estivessem frente a frente. Olhava para ela, porém, de vez em quando, ansiosa; e, quando se aproximou o momento em que ele seria identificado, embora não ousando olhar mais uma vez (pois seu próprio rosto, ela sabia, não deveria ser visto), teve plena consciência dos olhos de Lady Russell voltando-se exatamente na direção dele... de ela estar, em resumo, observando-o com atenção. Podia muito bem compreender o tipo de fascínio que ele podia exercer sobre a mente de Lady Russell, a dificuldade que representava para ela desviar os olhos, a perplexidade que deveria estar sentindo terem oito ou nove anos passado por ele, em climas desconhecidos e em serviço ativo, sem privá-lo de um único de seus encantos!

Afinal, Lady Russell virou a cabeça. E agora, o que diria dele?

– Você deve se perguntar – disse ela – o que atraiu meu olhar por tanto tempo, mas eu estava procurando algumas janelas com cortinas de que me falaram ontem à noite Lady Alicia e a sra. Frankland. Elas descreveram as cortinas da sala de estar de uma das casas daquele lado da calçada, e neste trecho da rua, como sendo as mais bonitas e bem penduradas de toda Bath, mas não consegui me lembrar do número exato e estava tentando descobrir qual delas poderia ser. Mas confesso que não vi cortina alguma por aqui que correspondesse à descrição das duas.

Anne suspirou e enrubesceu e sorriu, com pena e desdém, tanto da amiga quanto de si mesma. O que mais a aborrecia era que, em todo aquele desperdício de vigilância e cautela, por certo perdera o momento certo de confirmar se ele as vira.

Um dia ou dois se passaram sem que nada acontecesse. O teatro ou os saraus, onde era mais provável que ele estivesse, não eram refinados o bastante para os Elliot, cujos divertimentos noturnos concentravam-se apenas na elegante estupidez das festas particulares, que frequentavam cada vez mais; e Anne, entediada com aquele estado de estagnação, farta da falta de notícias e imaginando-se mais forte porque sua força não fora posta à prova, estava um tanto impaciente pela noite do concerto. Era um concerto beneficente para algum protegido por Lady Dalrymple. Compareceriam, é claro. Na verdade, parecia ser um bom concerto, e o capitão Wentworth gostava de música. Se ela ao menos pudesse conversar com ele por alguns minutos, imaginou que ficaria satisfeita; e, quanto à força para se dirigir a ele, acreditava ter toda a coragem de fazê-lo, caso a oportunidade se apresentasse. Elizabeth lhe virara o rosto, Lady Russell não o percebera; seus nervos estavam fortalecidos por tais circunstâncias; ela sentia que lhe devia atenção.

Havia mais ou menos prometido à sra. Smith estar com ela à noite, mas, numa curta e apressada visita, desculpou-se e adiou, com a promessa mais solene de fazer-lhe companhia por mais tempo no dia seguinte. A sra. Smith concordou, bem-humorada.

– Sem problema algum – disse ela. – Só quero que me conte tudo, quando vier. Quem faz parte do grupo?

Anne mencionou todos. A sra. Smith não deu resposta; mas, ao se despedir, disse, com uma expressão meio séria, meio maliciosa:

– Bem, desejo de todo o coração que o concerto corresponda às suas expectativas. E não me falte amanhã, se puder vir, pois começo a ter um pressentimento de que eu talvez não receba mais muitas visitas suas.

Anne ficou perplexa e confusa. Depois de um momento de indecisão, foi obrigada, e não lamentou ser obrigada, a sair correndo.

Capítulo 20

Sir Walter, as duas filhas e a sra. Clay foram os primeiros de todo o grupo a chegar ao sarau naquela noite. E, como era preciso esperar por Lady Dalrymple, ocuparam seus lugares perto de uma das lareiras da Sala Octogonal. Mas mal começavam a se instalar quando a porta se abriu outra vez e o capitão Wentworth entrou sozinho. Anne era quem estava mais perto dele e, avançando um pouco mais, falou no mesmo instante. Ele se preparava para apenas curvar-se e prosseguir, mas o gentil "Como tem passado?" dela tirou-o da linha reta e o fez parar a seu lado e retribuir a pergunta, a despeito dos formidáveis pai e irmã ao fundo. Eles estarem às suas costas era um alívio para Anne; não via os olhares deles e sentia-se à vontade para fazer tudo o que acreditava ser correto.

Enquanto conversavam, um sussurro entre o pai e Elizabeth chegou-lhe aos ouvidos. Ela não entendeu, mas podia adivinhar o assunto; e, tendo o capitão Wentworth inclinado a cabeça numa fria mesura, compreendeu que o pai se dignara a conceder a ele aquele simples gesto de reconhecimento e teve tempo de ver, de relance, uma leve reverência da própria Elizabeth. Aquilo, mesmo com atraso, relutante e descortês, ainda era melhor do que nada, e seu humor melhorou.

Depois, porém, de falarem sobre o tempo, Bath e o concerto, a conversa começou a esfriar e tão pouco foi então dito que ela esperou que ele se fosse a qualquer momento, mas ele não o fez; parecia não ter pressa de deixá-la. E agora, com coragem renovada, com um pequeno sorriso, um pequeno brilho, disse:

– Quase não a vi desde nosso dia em Lyme. Receio que tenha sofrido com o choque, sobretudo por não se ter permitido perder o controle.

Ela garantiu que não.

– Foi um momento terrível – disse ele –, um dia terrível!

E passou a mão nos olhos, como se a lembrança ainda fosse muito dolorosa, mas, num momento, esboçando outro sorriso, acrescentou:

– O dia, entretanto, produziu alguns efeitos, teve algumas consequências que podem ser consideradas o absoluto reverso do terror. Quando a senhorita teve a presença de espírito de sugerir que Benwick seria a pessoa mais adequada para encontrar um cirurgião, não poderia imaginar vir ele a ser um dos mais preocupados com a recuperação de Louisa.

– Com certeza, eu não poderia. Mas parece... espero que seja uma união muito feliz. Dos dois lados há bons princípios e bom gênio.

– É – disse ele olhando não exatamente para frente. – Mas aí, acho eu, termina a semelhança. De todo o coração desejo-lhes felicidade e me alegro com todas as circunstâncias favoráveis. Eles não têm dificuldades a enfrentar em casa, nenhuma oposição, nem caprichos, nem adiamentos. Os Musgrove comportam-se com naturalidade, da maneira mais honrada e gentil, apenas ansiosos, com verdadeiro amor paternal, para promover o conforto da filha. Tudo isso é muito, muito mesmo, favorável à felicidade deles, mais do que, talvez...

Parou. Uma súbita lembrança pareceu surgir e lhe dar uma amostra da emoção que ruborizava as faces de Anne e prendia seus olhos no chão. Depois de limpar a garganta, porém, prosseguiu:

– Confesso que acredito existir uma disparidade, uma disparidade bastante grande, e num ponto não menos essencial do que o humor. Vejo Louisa Musgrove como uma moça muito amável e de bom gênio, não desprovida de inteligência, mas Benwick é algo mais. É um homem perspicaz, um homem letrado. E confesso que me deixa um pouco surpreso o compromisso dele com ela. Tivesse sido resultado de gratidão, tivesse ele aprendido a amá-la por acreditar que ela o preferia, seria outra coisa. Mas não tenho motivos para supor que assim seja. Parece, ao contrário, ter sido um sentimento absolutamente espontâneo, instintivo, por parte dele, e isso me surpreende. Um homem como ele, na situação dele! Com o coração machucado, ferido, quase partido! Fanny Harville era uma criatura superior, e sua afeição por ela era uma afeição verdadeira. Um homem não se recupera de tamanho apego do coração a uma mulher daquelas. Não deve, não consegue.

Entretanto, talvez pela consciência de que o amigo se recuperara, ou por outra consciência, ele não continuou; e Anne que, apesar da voz perturbada na qual fora dita a última parte e apesar de todos os diversos ruídos na sala, o quase incessante bater da porta e o incessante burburinho de pessoas andando, compreendera cada palavra, estava perplexa, encantada, confusa e começando a respirar muito depressa e a sentir mil coisas ao mesmo tempo. Era impossível para ela entrar naquele assunto; ainda assim, depois de uma pausa, sentindo necessidade de falar e, de modo algum desejando evitá-lo, desviou-se apenas o suficiente:

– Ficou um bom tempo em Lyme, não é mesmo?

– Cerca de duas semanas. Não poderia partir sem ter certeza de que Louisa estava fora de perigo. Eu estava por demais envolvido no problema para me acalmar depressa. A culpa era minha, exclusivamente minha. Ela não teria sido teimosa se eu não tivesse sido fraco. O campo ao redor de Lyme é muito bonito. Andei e cavalguei bastante e quanto mais via, mais coisas havia para admirar.

– Eu gostaria muito de voltar a Lyme – disse Anne.

– É mesmo? Eu não imaginaria que a senhorita pudesse ter encontrado em Lyme algo que inspirasse tal sentimento. O horror e a angústia em que esteve envolvida, a tensão psicológica, o esgotamento mental! Eu poderia acreditar que suas últimas impressões de Lyme tivessem sido de extrema aversão.

– As últimas horas foram sem dúvida muito penosas – respondeu Anne –, mas, quando a dor é superada, a lembrança de lá é muitas vezes um prazer. Não se gosta menos de um lugar por ter sofrido ali, a não ser que tenha havido apenas sofrimento, nada além de sofrimento, o que de modo algum foi o caso em Lyme. Só estivemos ansiosos e angustiados durante as últimas duas horas. Antes houve muitos motivos de alegria. Tanta novidade e beleza! Viajei tão pouco que qualquer lugar novo seria interessante para mim, mas há uma beleza real em Lyme e, afinal – ruborizada por algumas lembranças –, minhas impressões gerais são muito agradáveis.

Quando parou, a porta de entrada voltou a se abrir e surgiu o grupo pelo qual esperavam. "Lady Dalrymple, Lady Dalrymple", foi o som exultante. E, com todo o entusiasmo compatível com ansiosa elegância, Sir Walter e as duas senhoras adiantaram-se ao encontro dela. Lady Dalrymple e a srta. Carteret, acompanhadas pelo sr. Elliot e pelo coronel Wallis, que por acaso chegara quase no mesmo instante, entraram na sala. Os outros se juntaram a eles e formou-se um grupo no qual Anne se viu necessariamente incluída. Foi separada do capitão Wentworth. Sua conversa interessante, quase interessante demais, deveria se interromper por algum tempo, mas leve era a pena comparada à felicidade causada! Ela soubera, nos últimos dez minutos, mais sobre os sentimentos dele em relação a Louisa, mais sobre os sentimentos dele do que ousara adivinhar. E entregou-se às exigências do grupo, às necessárias cortesias do momento, com deliciosas, embora agitadas, sensações. Tratou todos com bom humor. Recebera informações que a dispunham a ser cortês e gentil com todos, e a lamentar por serem menos felizes do que ela.

As maravilhosas emoções arrefeceram um pouco quando, ao se afastar do grupo, para que o capitão Wentworth se aproximasse outra vez, percebeu que ele se fora. Mal teve tempo de vê-lo entrar no salão de música. Ele se fora, desaparecera. Ela sentiu um instante de tristeza. Mas se encontrariam de novo. Ele a procuraria, ele a localizaria antes do fim da noite, e no momento, talvez, fosse melhor se separarem. Ela precisava de um pequeno intervalo, para recordar.

Com a chegada de Lady Russell, pouco tempo depois, todo o grupo estava reunido e só lhes restava se posicionar e se dirigir ao salão de música. E demonstrar toda a importância que tinham, atrair tantos olhares, provocar tantos sussurros e perturbar tantas pessoas quanto pudessem.

Muito, muito felizes estavam tanto Elizabeth quanto Anne Elliot ao entrar. Elizabeth, braços dados com a srta.

Carteret e olhando para as amplas costas da viúva viscondessa Dalrymple à sua frente, nada tinha a desejar que não parecesse estar ao seu alcance. E Anne... mas seria um insulto à natureza da felicidade de Anne fazer qualquer comparação entre a dela e a da irmã, a origem de uma sendo a vaidade egoísta, e da outra, generoso afeto.

Anne nada via, nada pensava do brilhantismo da sala. Sua felicidade vinha de dentro. Tinha os olhos brilhantes e o rosto luminoso, mas ela de nada sabia. Pensava apenas na última meia hora e, enquanto se dirigiam às poltronas, sua mente passou-a rapidamente em revista. Os assuntos por ele escolhidos, as expressões dele e, mais ainda, sua atitude e olhar, eram tais que ela só poderia interpretar de uma maneira. A opinião a respeito da inferioridade de Louisa Musgrove, opinião que ele parecera desejoso de dar, sua estranheza com o capitão Benwick, seus sentimentos em relação a um primeiro e forte afeto. Frases começaram que ele não pôde terminar, os olhos um tanto fugidios e olhares mais que apenas expressivos, tudo, tudo declarava que ele tinha um coração que afinal voltava para ela; que raiva, ressentimento, fuga, não mais existiam e haviam sido substituídos não apenas por amizade e consideração, mas pela ternura do passado. É, uma cota da ternura do passado. Ela não podia interpretar a mudança como menos do que isso. Ele devia amá-la.

Esses eram pensamentos, com suas respectivas visões, que a ocupavam e agitavam demais para lhe deixar qualquer poder de observação; e ela atravessou a sala sem qualquer vislumbre dele, sem sequer tentar vê-lo. Quando os lugares foram definidos e todos estavam devidamente instalados, ela olhou em volta para ver se por acaso ele estaria na mesma parte da sala, mas ele não estava; seu olhar não o alcançava; e estando o concerto a ponto de começar, ela precisou se contentar, por um tempo, em ser feliz de forma mais humilde.

O grupo foi dividido e disposto em dois bancos contíguos: Anne estava entre os da frente, e o sr. Elliot manobrara tão bem, com a ajuda do amigo coronel Wallis, que conseguira um lugar ao lado dela. A srta. Elliot, ladeada pelas primas e principal objeto da galanteria do coronel Wallis, estava bem satisfeita.

A disposição de Anne estava num estado bastante favorável ao entretenimento da noite; era ocupação suficiente: tinha cuidados para os ternos, humor para os alegres, atenção para os científicos e paciência para os enfadonhos; e jamais gostara tanto de um concerto, pelo menos durante o primeiro ato. Perto do final, no intervalo que sucedeu uma canção italiana, ela explicou a letra da música para o sr. Elliot. Dividiam um programa do concerto.

– Este – disse ela – é mais ou menos o sentido, ou pelo menos o significado das palavras, pois com certeza não se explica o sentido de uma canção de amor italiana, mas é mais ou menos o significado, até onde consigo dizer, pois não pretendo compreender o idioma. Sei muito pouco da língua italiana.

– É, é, vejo que sabe. Vejo que nada sabe a respeito. Só conhece o suficiente para traduzir de improviso esses versos italianos invertidos, transpostos e truncados para um inglês compreensível e elegante. Não precisa dizer mais nada a respeito de sua ignorância. Aqui está a prova cabal.

– Não vou me opor a tão gentil cumprimento, mas não me sairia bem se examinada por um perito.

– Não tive o prazer de frequentar Camden Place por tanto tempo – retrucou ele – sem conhecer algo a respeito da srta. Anne Elliot. E a considero uma criatura modesta demais para que o mundo em geral seja conhecedor da metade de seus talentos e talentosa demais para que sua modéstia pareça natural em qualquer outra mulher.

– O senhor deveria se envergonhar! Isso é adulação em excesso. Esqueci-me do que teremos a seguir! – exclamou Anne, voltando a consultar o programa.

– Talvez – disse o sr. Elliot, falando baixo – eu conheça o seu caráter há mais tempo do que a senhorita pode imaginar.

– É mesmo? De que maneira? O senhor só o conhece desde que vim para Bath, a não ser que possa ter ouvido algo dito antes pela minha própria família.

– Eu a conheço de nome muito antes de sua chegada a Bath. Ouvi descrições de quem a conheceu intimamente. Tenho informações a seu respeito há muitos anos. Sua pessoa, seu temperamento, talentos, modo de ser, tudo me foi apresentado.

O sr. Elliot não se desapontou com o interesse que esperava despertar. Ninguém poderia resistir aos encantos de tal mistério. Ter sido descrito há muito tempo para um conhecido recente, por pessoas não identificadas, é irresistível. E Anne era toda curiosidade. Tentou adivinhar, interrogou-o avidamente, mas em vão. Ele adorava estar sendo questionado, mas não responderia.

– Não, não, num outro momento talvez, mas não agora.

Ele não mencionaria nomes agora, mas podia garantir que tudo se tinha passado daquela maneira. Há muitos anos ouvira sobre a srta. Anne Elliot tal descrição que o deixara com a melhor das impressões sobre seus méritos e despertara uma enorme curiosidade em conhecê-la.

Anne só podia pensar em alguém capaz de ter falado dela em bons termos muitos anos antes, o sr. Wentworth de Monkford, o irmão do capitão Wentworth. Ele poderia ter convivido com o sr. Elliot, mas ela não teve coragem de perguntar.

– O nome de Anne Elliot – disse ele – soou interessante para mim durante muito tempo. Por muito tempo fascinou minha imaginação; e, se me atrevesse, formularia o desejo de que tal nome nunca mudasse.

Tais, acreditava ela, foram as palavras; mas ela mal percebeu-lhes o som, sua atenção tendo sido atraída por outros sons logo atrás de si, que tornavam banal tudo o mais. Seu pai e Lady Dalrymple falavam.

– Um homem de boa aparência – dizia Sir Walter –, um homem de excelente aparência.

– Um rapaz muito atraente, sem dúvida! – dizia Lady Dalrymple. – Mais presença do que se costuma ver em Bath. Irlandês, eu diria.

– Não, por acaso sei seu nome. Um conhecido de vista. Wentworth, capitão Wentworth, da Marinha. A irmã dele é casada com Croft, meu locatário em Somersetshire, que reside em Kellynch.

Antes que Sir Walter chegasse a esse ponto, os olhos de Anne foram na direção certa e avistaram o capitão Wentworth de pé num grupo de homens a pouca distância. Quando seu olhar o atingiu, o dele parecia se desviar. Tal foi sua impressão. Pareceu-lhe que chegara com um minuto de atraso; e, enquanto ousou observar, ele não voltou a olhá-la: mas o espetáculo recomeçava, e ela foi obrigada a aparentar concentrar sua atenção na orquestra e a olhar para frente.

Quando pôde olhar de novo, ele mudara de lugar. Não poderia ter chegado mais para perto dela, se quisesse; tão cercada e imobilizada ela estava: mas ao menos teriam trocado olhares.

A conversa do sr. Elliot também a angustiava. Não tinha mais qualquer vontade de falar com ele. Gostaria que ele não estivesse tão perto dela.

Terminara o primeiro ato. Agora ela esperava alguma mudança para melhor; e, depois de um tempo de silêncio no grupo, alguns decidiram sair em busca de chá. Anne foi uma das poucas que preferiu não se mover. Continuou no lugar, e o mesmo fez Lady Russell, mas ela teve o prazer de se livrar do sr. Elliot. E não pretendia, fossem quais fossem seus sentimentos em relação a Lady Russell, evitar conversar com o capitão Wentworth, caso ele lhe desse a oportunidade. Estava convencida, pela expressão de Lady Russell, de que ela o vira.

Ele não apareceu, entretanto. Anne, algumas vezes, imaginou avistá-lo à distância, mas ele não apareceu. O ansioso intervalo esgotou-se, improdutivo. Os outros voltaram, a sala tornou a se encher, bancos foram reclamados e retomados, e outra hora de prazer ou penitência logo teria início, outra hora de música traria encanto ou bocejos, conforme fosse o interesse por ela real ou afetado. Para Anne, representava acima de tudo a perspectiva de uma hora de agitação. Ela não poderia deixar aquela sala em paz sem ter visto o capitão Wentworth mais uma vez, sem a troca de um olhar amistoso.

Ao se reinstalarem, houve agora diversas mudanças, cujo resultado lhe foi favorável. O coronel Wallis preferiu não se sentar, e o sr. Elliot foi convidado por Elizabeth e pela srta. Carteret, num tom que não admitia recusas, a se sentar entre ambas. E, por algumas outras alterações e algum empenho por parte dela, Anne conseguiu se colocar muito mais perto do final do banco do que estivera antes, muito mais ao alcance de alguém que passasse. Ela não pôde fazer aquilo sem se comparar com a srta. Larolles, a incomparável srta. Larolles*... Mas ainda assim o fez, e não com um resultado muito mais feliz, embora, pelo que pareceu sorte na forma de uma prematura abdicação a favor de seus vizinhos próximos, se tenha visto na ponta do banco antes do final do concerto.

Tal era sua posição, com um lugar vago à mão, quando o capitão Wentworth deixou-se ver outra vez. Ela o avistou não muito longe. Ele também a viu, mas tinha um ar circunspecto e parecia indeciso, e só a passos muito lentos aproximou-se o suficiente para falar com ela. Ela percebeu que algo deveria ter acontecido. A mudança era incontestável. A diferença entre a expressão atual e a que tivera na Sala Octogonal era demasiado evidente. O que havia? Ela pensou no pai, em Lady Russell. Poderia ter havido algum olhar desagradável? Ele começou por comentar o concerto, com seriedade, mais como o capitão Wentworth de Uppercross; confessou-se desapontado, esperara algumas árias; e, em resumo, era obrigado a declarar que não lamentaria quando acabasse. Anne respondeu e falou tão bem a favor do recital, ainda que com grande consideração pelos sentimentos dele, que alguma leveza surgiu em sua expressão e ele voltou a responder com um quase sorriso. Conversaram por mais alguns minutos; a leveza permaneceu, ele chegou a olhar para o banco como se visse um lugar que valeria ocupar, quando, nesse momento, um toque no ombro obrigou Anne a se virar. Viera do sr. Elliot. Ele se desculpou, mas precisava recorrer a ela para mais uma vez explicar o italiano. A srta. Carteret estava muito ansiosa por ter uma ideia geral do que seria apresentado a seguir. Anne não poderia se recusar, mas

* Personagem de *Cecilia ou Memórias de uma herdeira*, de Frances Burney (1752-1840), romancista e dramaturga inglesa. (N.T.)

nunca, em nome da boa educação, se sacrificara com maior sofrimento.

Alguns minutos, mesmo que tão poucos quanto possível, foram inevitavelmente consumidos. E quando ela voltou a ser dona de si, quando foi capaz de se virar e ser a mesma de antes, viu-se abordada pelo capitão Wentworth numa retraída embora apressada espécie de despedida. Ele devia lhe desejar uma boa noite; estava saindo; precisava estar em casa o mais depressa possível.

– Não vale a pena ficar para esta música? – perguntou Anne, de repente tomada por uma ideia que a deixou ainda mais ansiosa para ser encorajadora.

– Não! – respondeu ele, enfático. – Nada faz minha permanência valer a pena.

E retirou-se sem mais dizer.

Ciúmes do sr. Elliot! Era a única explicação lógica. O capitão Wentworth com ciúmes de seu afeto! Teria acreditado nisso há um mês, há três horas? Por um instante, o deslumbramento foi delicioso. Mas, infelizmente, pensamentos muito diferentes se sucederiam. Como aplacar tais ciúmes? Como chegaria a ele a verdade? Como, diante de todas as desvantagens peculiares de suas respectivas posições, poderia ele vir a saber de seus verdadeiros sentimentos? Era desolador pensar nas atenções do sr. Elliot. O mal provocado era incalculável.

Capítulo 21

ANNE LEMBROU-SE COM PRAZER, NA manhã seguinte, da promessa de visitar a sra. Smith, o que significava que isso a colocaria fora de casa na hora em que seria mais provável a ida do sr. Elliot, pois evitar o sr. Elliot era quase um objetivo primordial.

Ela sentiu por ele grande dose de benevolência. Apesar do dano causado por suas atenções, devia-lhe gratidão e estima, talvez compaixão. Não podia deixar de pensar nas extraordinárias circunstâncias presentes em seu primeiro encontro, do direito que ele parecia ter de interessá-la, por toda a situação, pelos próprios sentimentos dele, pela simpatia desde logo demonstrada. Tudo aquilo era muito extraordinário: lisonjeiro, mas penoso. Havia muito a lamentar. Não era o caso de indagar como ela se teria sentido se não houvesse no caso um capitão Wentworth, pois havia um capitão Wentworth, e, fosse boa ou ruim a conclusão da atual expectativa, sua afeição a ele pertenceria para sempre. Sua união, acreditava ela, não a afastaria mais de outros homens do que sua separação final.

Mais belos pensamentos de amor tumultuado e fidelidade eterna jamais atravessaram as ruas de Bath do que os levados por Anne de Camden Place a Westgate Buildings. Chegavam quase a espargir purificação e perfume por todo o percurso.

Ela tinha certeza de uma agradável recepção, e a amiga parecia naquela manhã especialmente grata a ela pela visita, mal aparentando esperá-la, embora houvesse um compromisso marcado.

Um relato do concerto foi pedido no mesmo instante, e as lembranças de Anne eram felizes o bastante para animar seu rosto e deixá-la contente ao falar da noite. Tudo o que podia contar ela contou com muita alegria, mas o tudo era pouco para quem lá havia estado, e insatisfatório para alguém como a sra. Smith, que já ouvira, por intermédio de uma lavadeira e de um garçom, bem mais sobre o sucesso geral e a produção da noite do que Anne poderia contar e que agora pedia em vão diversos detalhes a respeito dos presentes. Todas as pessoas de alguma importância ou notoriedade em Bath eram conhecidas de nome pela sra. Smith.

– Os pequenos Durand estavam lá, deduzo – disse ela –, com suas bocas abertas para absorver a música, como pardais implumes prontos para serem alimentados. Nunca perdem um concerto.

– Estavam. Eu não os vi, mas ouvi o sr. Elliot dizer que estavam em outra sala.

– Os Ibbotson estavam lá? E as duas novas beldades, com o oficial irlandês alto, que dizem estar comprometido com uma delas?

– Não sei. Não acredito que estivessem.

– A velha Lady Mary Maclean? Não preciso perguntar por ela. Ela nunca deixa de ir, eu sei, e deve tê-la visto. É provável que estivesse perto de seus amigos, pois, como estavam com Lady Dalrymple, ocuparam os lugares de honra, ao lado da orquestra, é claro.

– Não, isso era o que eu temia. Teria sido muito desagradável para mim, sob todos os aspectos. Mas felizmente Lady Dalrymple sempre prefere se sentar bem mais longe; e estávamos muitíssimo bem colocados, quero dizer, para ouvir. Não posso dizer quanto a ver, porque me parece ter visto muito pouco.

– Oh! Viu o suficiente para se distrair. Posso compreender. Há uma espécie de divertimento doméstico mesmo numa multidão, e isso lhes foi dado. Eram um grande grupo, e nada queriam além dele.

– Mas eu deveria ter olhado um pouco mais em volta – disse Anne, consciente ao afirmar que de fato não deixara de olhar em volta, apenas o objetivo fora restrito.

– Não, não; ocupou melhor seu tempo. Não precisa dizer que passou uma noite agradável. Vejo em seus olhos. Vejo muito bem como se passaram as horas: sempre tinha algo agradável para ouvir. Nos intervalos do concerto, havia conversa.

Anne esboçou um sorriso e disse:

– Vê isso em meus olhos?

– Vejo sim. Sua expressão me informa perfeitamente que teve ontem à noite a companhia da pessoa que considera a mais agradável do mundo, da pessoa que nos dias atuais a interessa mais do que todo o resto do mundo reunido.

O rubor se espalhou pelas faces de Anne. Ela nada podia dizer.

– E, sendo esse o caso – continuou a sra. Smith depois de pequena pausa –, espero que acredite que reconheço o valor de sua amabilidade por vir me ver hoje pela manhã. É realmente muito gentil de sua parte vir aqui e conversar comigo, quando deve ter tantas ocupações mais agradáveis para seu tempo.

Anne não ouvia. Ainda estava mergulhada na perplexidade e na confusão despertadas pela perspicácia da amiga, incapaz de imaginar como qualquer notícia a respeito do capitão Wentworth poderia ter chegado a seus ouvidos. Depois de um curto silêncio...

– Por favor – disse a sra. Smith –, o sr. Elliot tem conhecimento do nosso relacionamento? Ele sabe que estou em Bath?

– O sr. Elliot? – repetiu Anne, surpresa, levantando os olhos.

Um momento de reflexão mostrou-lhe o engano cometido. Ela o percebeu no mesmo instante e, recobrando a coragem com o sentimento de segurança, logo acrescentou, mais controlada:

– Conhece o sr. Elliot?

– Conheci-o bastante bem – respondeu a sra. Smith, séria –, mas isso parece acabado agora. Muito tempo se passou desde que nos encontramos.

– Eu não fazia ideia. Nunca me disse. Se eu soubesse, teria tido o prazer de falar com ele a seu respeito.

– Para dizer a verdade – observou a sra. Smith, assumindo seu habitual tom de alegria –, esse é exatamente o prazer que lhe desejo dar. Quero que fale a meu respeito com o sr. Elliot. Quero que o interesse por mim. Ele pode me prestar um favor essencial; e se a minha cara srta. Elliot tivesse a bondade de fazer disso um objetivo, é claro que tudo correria bem.

– Eu ficaria extremamente feliz. Espero que não duvide do meu desejo de lhe ser útil nas mínimas coisas – retrucou Anne. – Mas, suspeito, considera-me mais capaz de influenciar o sr. Elliot, acredita que eu tenha mais direito de influenciá-lo do que é realmente o caso. Estou certa de que, de alguma maneira, chegou a essa conclusão. Deve me ver apenas como uma parente do sr. Elliot. Se, nessas condições, houver algo pelo que acredite ser a prima dele capaz de interceder, peço-lhe que não hesite em me usar.

A sra. Smith lançou-lhe um olhar penetrante e, então, sorrindo, disse:

– Fui um tanto precipitada, percebo. Peço-lhe desculpas. Eu deveria ter esperado a notificação oficial. Mas agora, minha cara srta. Elliot, como uma velha amiga, dê-me uma ideia de quando poderei falar. Na próxima semana? Para ter certeza de que na próxima semana terei permissão para considerar tudo definido e fazer meus próprios planos egoístas em relação à boa sorte do sr. Elliot.

– Não – respondeu Anne. – Nem na próxima semana, nem na seguinte, nem na outra. Posso garantir-lhe que nada do que está imaginando se definirá em qualquer semana. Não vou me casar com o sr. Elliot. Gostaria de saber por que imagina que vou.

A sra. Smith olhou-a outra vez, olhou-a com ar sério, sorriu, sacudiu a cabeça e exclamou:

– Mas como eu gostaria de compreendê-la! Como gostaria de saber o que pretende! Acredito que não tenha a intenção de ser cruel quando chegar o momento certo. Até que chegue, como sabe, nós mulheres nunca admitimos ter alguém. É um pensamento feminino, sem dúvida, que todo homem seja recusado, até que ele se ofereça. Mas porque seria cruel? Deixe-me interceder por meu... amigo atual não posso chamá-lo, mas por meu antigo amigo. Onde poderia encontrar parceiro mais adequado? Onde poderia conceber homem mais cavalheiresco, mais agradável? Deixe-me recomendar o sr. Elliot. Estou certa de que só ouviu falar bem dele pelo coronel Wallis. E quem poderia conhecê-lo melhor do que o coronel Wallis?

– Minha cara sra. Smith, só faz meio ano que a esposa do sr. Elliot morreu. Ninguém deveria imaginá-lo cortejando alguém.

– Oh! Se são apenas essas as suas objeções – exclamou a sra. Smith em tom malicioso –, o sr. Elliot está salvo, e não mais me darei o trabalho de me preocupar com ele. Não se esqueça de mim quando estiver casada, é tudo. Deixe-o saber que sou sua amiga, e ele então considerará menor o incômodo necessário, já que é muito natural para ele agora, com tantos negócios e compromissos próprios, querer evitar e se livrar como puder; muito natural, talvez. Noventa por cento das pessoas fariam o mesmo. É claro, ele não poderia saber da importância para mim. Bem, minha cara srta. Elliot, espero e tenho certeza de que será muito feliz. O sr. Elliot sabe compreender o valor de uma mulher assim. Sua paz não será arruinada como foi a minha. Está protegida sob todos os aspectos mundanos e protegida quanto à natureza dele. Ele não se deixará desviar do bom caminho, não será levado à ruína por terceiros.

– Não – disse Anne –, posso muito bem acreditar que meu primo seja tudo isso. Ele parece ter um temperamento calmo e decidido, de modo algum aberto a impressões perigosas. Julgo-o digno de grande respeito. Não tenho razões, por tudo o que me foi dado observar, para pensar de outro modo. Mas não o conheço há muito tempo e ele não é homem, acredito, que se possa conhecer intimamente muito depressa. Não irá essa maneira de falar nele, sra. Smith, convencê-la de que ele nada representa para mim? Com certeza, há no que digo serenidade suficiente. E, dou-lhe minha palavra, ele nada representa para mim. Acaso ele viesse a me propor casamento (o que tenho poucos motivos para imaginar que tenha qualquer intenção de fazer), não o aceitarei. Afirmo que não. Afirmo, não se deve ao sr. Elliot o que esteve supondo, qualquer prazer que o concerto de ontem à noite possa ter oferecido: não o sr. Elliot; não foi o sr. Elliot que...

Parou, lamentando com profundo rubor ter dito tanto, mas menos não teria sido suficiente. A sra. Smith dificilmente acreditaria tão depressa na derrota do sr. Elliot, senão pela percepção de que havia outro alguém. Como aconteceu, ela aceitou no mesmo instante, e com toda a aparência de nada ver além. E Anne, ansiosa para escapar a maiores investigações, estava impaciente para saber como teria a sra. Smith acreditado que ela se casaria com o sr. Elliot, de onde poderia ter tirado aquela ideia, ou de quem a teria ouvido.

– Por favor, me diga como isso lhe veio à cabeça.

– Isso me veio à cabeça em primeiro lugar – respondeu a sra. Smith – por saber quanto tempo vocês dois passavam juntos, e por sentir ser isso a coisa mais provável do mundo a ser desejada por quem quer que conhecesse ambos. E pode ter certeza de que todos os seus conhecidos pensam da mesma forma. Mas nunca ouvi qualquer comentário a respeito, até dois dias atrás.

– E houve mesmo comentários a respeito?

– Prestou atenção na mulher que lhe abriu a porta ontem, quando veio me ver?

– Não. Não era a sra. Speed, como sempre, ou a criada? Não percebi ninguém em especial.

– Era minha amiga, a sra. Rooke, a enfermeira Rooke. Que, aliás, tinha grande curiosidade em vê-la e ficou contentíssima por poder deixá-la entrar. Ela veio de Marlborough Buildings no sábado e foi ela quem me falou do seu casamento com o sr. Elliot. Soube disso pela própria sra. Wallis, que parecia fonte confiável. Passou uma hora conversando comigo, na tarde de segunda-feira, e me contou toda a história.

– Toda a história! – repetiu Anne, rindo. – Ela não pode ter criado uma história muito grande, imagino, a partir de tão pouca informação a respeito de notícias sem fundamento.

A sra. Smith nada disse.

– Mas – continuou Anne logo depois –, mesmo não havendo qualquer verdade quanto à minha influência sobre o sr. Elliot, eu ficaria muitíssimo feliz em lhe ser útil no que me for possível. Devo mencionar a ele sua presença em Bath? Devo levar algum recado?

– Não, obrigada. Não, com certeza não. No calor do momento, e sob uma falsa impressão, posso talvez ter me empenhado em interessá-la por alguns detalhes, mas não agora. Não, obrigada, nada tenho com que perturbá-la.

– Acredito tê-la ouvido dizer que conheceu o sr. Elliot há muitos anos.

– É verdade.

– Não antes que ele se casasse, suponho.

– Antes, sim. Ele não era casado quando o conheci.

– E... conheciam-se bem?

– Intimamente.

– É mesmo? Então me conte como era ele naquela época. Tenho grande curiosidade de saber como era o sr. Elliot quando rapazinho. Parecia-se com o que é hoje?

– Não vejo o sr. Elliot há três anos – foi a resposta da sra. Smith, dada com tanta seriedade que tornou impossível prosseguir com o assunto. E Anne sentiu que nada conseguira além de uma curiosidade ainda maior.

Ficaram ambas em silêncio, a sra. Smith muito pensativa. Até que, afinal...

– Peço-lhe desculpas, minha cara srta. Elliot! – exclamou ela, no habitual tom de cordialidade. – Peço-lhe desculpas pelas respostas curtas que lhe tenho dado, mas estava indecisa quanto ao que devo fazer. Estive em dúvida e avaliando o que lhe deveria dizer. Há muitas coisas a serem consideradas. É desagradável ser intrometida, causar má impressão, trazer problemas. Mesmo a superfície tranquila da união familiar merece ser preservada, ainda que nada durável exista embaixo. Mesmo assim, cheguei a uma conclusão. Acredito estar certa. Acredito que a senhorita mereça conhecer o verdadeiro caráter do sr. Elliot. Embora tenha certeza de que, no momento, não há de sua parte qualquer intenção de aceitá-lo, não há como prever o que pode acontecer. É possível que, algum dia, pense diferente a respeito dele. Ouça porém a verdade agora, enquanto não tem ideias preconcebidas. O sr. Elliot é um homem sem coração ou consciência; um indivíduo manipulador, desconfiado, frio, que só pensa em si mesmo; que seria culpado de qualquer crueldade, ou qualquer traição que pudesse ser perpetrada sem riscos para o seu nome. Ele não tem consideração pelos outros. Aqueles cuja ruína teve nele o principal causador, ele é capaz de negligenciar e abandonar sem quaisquer escrúpulos. Não o atingem quaisquer sentimentos de justiça ou compaixão. Oh! Ele tem um coração negro, oco e negro!

O ar atônito de Anne e uma exclamação de perplexidade fizeram-na se interromper e, mais calma, acrescentar:

– Minhas expressões a assustam. Deve me tomar por uma mulher ofendida e furiosa. Mas tentarei me conter. Não o insultarei. Apenas lhe direi o que descobri a respeito dele. Os fatos falarão por si. Ele era o melhor amigo do meu querido marido, que nele confiava e o amava, acreditando-o tão bom quanto ele mesmo. A intimidade se criara antes do nosso casamento. Já os conheci como amigos íntimos, a mim também o sr. Elliot agradou muitíssimo e causou a melhor das impressões. Aos dezenove anos, como sabe, ninguém pensa com muita seriedade; mas o sr. Elliot me pareceu tão bom quanto os outros e muito mais agradável do que a maioria, e estávamos quase sempre juntos. Passávamos muito tempo na cidade, vivendo em grande estilo. Era ele, então, quem pertencia à classe inferior; era ele, então, o pobre. Mantinha uns quartos em Temple, e isso era o máximo que podia fazer para sustentar a aparência de um cavalheiro. Sempre que desejasse, tinha em nossa casa um lar, era sempre bem-vindo, era como um irmão. Meu pobre Charles, que era a melhor e mais generosa alma do mundo, teria dividido com ele seu último vintém, e sei que sua carteira estava sempre aberta para o amigo, sei que com frequência o ajudava.

– Isso deve ter acontecido exatamente no período da vida do sr. Elliot – disse Anne – que sempre despertou minha especial curiosidade. Deve ter sido mais ou menos na mesma ocasião em que ele conheceu meu pai e minha irmã... Eu nunca o vi, só ouvi falar dele, mas havia algo em sua conduta de então, em relação a meu pai e minha irmã, e depois, nas circunstâncias de seu casamento, que nunca consegui conciliar muito bem com os dias atuais. Aquilo parecia prenunciar outra espécie de homem.

Sei de tudo, sei de tudo – exclamou a sra. Smith. – Ele fora apresentado a Sir Walter e à sua irmã antes que eu o conhecesse, mas o ouvi falar neles desde sempre. Sei que era convidado e encorajado, e sei que preferiu não aceitar. Posso talvez satisfazer sua curiosidade em pontos que não imaginaria. E, quanto ao casamento, eu sabia de tudo naquela ocasião. Estava a par de todos os prós e contras, eu era a amiga a quem ele confidenciava esperanças e planos. E, embora eu não conhecesse antes sua esposa, circunstância tornada na verdade impossível pela condição social inferior da moça, sei de tudo a respeito dela depois do casamento, ou pelo menos até seus dois últimos anos de vida, e posso responder a qualquer pergunta que me queira fazer.

– Não – disse Anne –, não tenho qualquer pergunta a respeito dela. Sempre soube que não eram um casal feliz. Mas gostaria de saber por que, naquela ocasião, ele menosprezou as atenções de meu pai da maneira como fez. Meu pai estava sem dúvida disposto a acolhê-lo muito bem. Por que o sr. Elliot recuou?

– O sr. Elliot – respondeu a sra. Smith –, naquela época, tinha um único objetivo: fazer fortuna, e por meios bem mais rápidos do que os legais. Estava determinado a consegui-la pelo casamento. Estava determinado, no mínimo, a não frustrar tais planos com um casamento imprudente. E sei que ele acreditava (se com razão ou não, por certo não posso decidir) que seu pai e irmã, com suas gentilezas e convites, objetivavam uma união entre o herdeiro e a jovem, e era impossível que tal união correspondesse às ideias dele quanto a riqueza e independência. Foi esse o motivo do recuo por parte dele, posso lhe assegurar. Ele me contou a história toda. Não tinha segredos para mim. Era curioso que, tendo acabado de deixá-la em Bath, minha primeira e principal relação social advinda do casamento fosse o seu primo. E que, por intermédio dele, eu tivesse constantes notícias de seu pai e irmã... Ele descrevia uma srta. Elliot, e eu pensava com muito afeto na outra.

– É possível – exclamou Anne, tomada por uma ideia repentina – que tenha alguma vez falado a meu respeito com o sr. Elliot?

– Com certeza o fiz, muitas vezes. Eu costumava me vangloriar da minha Anne Elliot e garantia tratar-se de uma criatura muito diferente de...

Ela se conteve bem a tempo.

– Isso explica algo que o sr. Elliot disse ontem à noite – exclamou Anne. – Isso explica. Soube que ele costumava ouvir falar de mim. Não conseguia compreender como. Que ideias extravagantes podemos ter quando nossa preciosa identidade está em jogo! Como podemos nos enganar! Mas lhe peço desculpas, eu a interrompi. Então o sr. Elliot casou-se apenas por dinheiro? Isso talvez tenha sido o que primeiro lhe abriu os olhos para o caráter dele.

A sra. Smith hesitou um pouco.

– Ah! Essas coisas são muito comuns. Quando se vive em sociedade, um homem ou uma mulher casar-se por dinheiro é comum demais para chocar alguém como deveria. Eu era muito jovem, só me relacionava com jovens, e éramos parte de um grupo alegre e inconsequente, sem quaisquer regras restritas de conduta. Vivíamos para a diversão. Penso agora de modo muito diferente; o tempo, a doença e a dor me deram outras noções, mas devo confessar nada ter visto de repreensível na atitude do sr. Elliot, naquela época: "Fazer o melhor para si mesmo" era como um dever.

– Mas ela não era uma mulher muito inferior?

– Era. E fiz objeções a isso, mas ele não levou em consideração. Dinheiro, dinheiro, era tudo o que queria. O pai dela criava gado, o avô tinha sido açougueiro, mas nada importava. Ela era uma boa mulher, teve uma educação decente, foi criada por uns primos, conheceu por acaso o sr. Elliot e apaixonou-se por ele. E por parte dele não houve dificuldade ou escrúpulo algum em relação às origens dela. Toda a sua preocupação concentrou-se em saber ao certo o valor total da fortuna antes de se comprometer. Tenha certeza, seja qual for a consideração atual do sr. Elliot por sua própria posição social, ele não lhe dava o menor valor quando jovem. A possibilidade de herdar o patrimônio de Kellynch valia alguma coisa, mas pela honra da família não tinha qualquer apreço. Muitas vezes o ouvi declarar que, se baronatos fossem vendáveis, qualquer um poderia ter o seu por cinquenta libras, brasão e lema, nome e libré incluídos. Mas não pretendo repetir metade do que costumava ouvi-lo dizer sobre o assunto. Não seria justo. Mesmo assim, é preciso que tenha provas, pois o que é tudo isso senão palavras? E terá provas.

– Na verdade, minha cara sra. Smith, não desejo prova alguma – exclamou Anne. – Nada do que afirmou é contraditório com o que o sr. Elliot pareceu ser há alguns anos. Pelo contrário, tudo vem confirmar o que costumávamos ouvir e acreditar. Estou mais curiosa para saber por que estaria ele agora tão diferente.

– Mas, por favor, se tiver a bondade de tocar a sineta chamando Mary... Espere: tenho certeza de que me fará a gentileza ainda maior de ir por si mesma ao meu quarto e me trazer a pequena caixa de madeira trabalhada que encontrará na prateleira superior do closet.

Anne, vendo a amiga decidida, fez o que lhe foi pedido. A caixa foi trazida e colocada diante dela, e a sra. Smith, suspirando ao abri-la, disse:

– Isto está cheio de papéis pertencentes a ele, ao meu marido; apenas uma pequena parte do que precisei examinar quando o perdi. A carta que procuro foi uma escrita pelo sr. Elliot antes do nosso casamento, e por acaso guardada, não consigo imaginar por quê. Mas ele era descuidado e desorganizado, como outros homens, quanto a essas coisas. E, quando precisei examinar seus documentos, encontrei-a entre outras ainda mais triviais, de diversas pessoas esparsas aqui e ali, enquanto muitas cartas e memorandos de real importância haviam sido destruídos. Aqui está. Não a queimei porque, já então muito pouco satisfeita com o sr. Elliot, estava determinada a preservar qualquer documento que provasse uma intimidade anterior. Tenho agora outro motivo para me alegrar por poder apresentá-la.

Assim era a carta, dirigida a "Charles Smith, Esq. Tunbridge Wells" e datada de Londres, julho de 1803:

Caro Smith,

Recebi sua carta. Sua gentileza quase me oprime. Gostaria que a natureza fizesse com maior frequência corações como o seu, mas vivo no mundo há 23 anos e nunca vi nada igual. No momento, acredite-me, não preciso de seus serviços, estando outra vez abonado. Alegre-se comigo: livrei-me de Sir Walter e Senhorita. Voltaram para Kellynch e quase me fizeram jurar visitá-los no verão, mas minha primeira visita a Kellynch será com um avaliador, para que me diga como leiloá-la da maneira mais vantajosa. Não é improvável, contudo, que o baronete se case de novo; é imbecil o bastante para fazê-lo. Se o fizer, porém, serei deixado em paz, o que pode ser uma compensação decente para a reversão dos bens. Ele está pior do que no ano passado.

Eu gostaria de ter qualquer nome, menos Elliot. Estou farto dele. O nome Walter posso abandonar, graças a Deus! E desejo que você nunca mais me insulte com meu segundo W, pretendendo, para o resto da vida, ser apenas seu, devotado,

William Elliot.

Tal carta não poderia ser lida sem que Anne corasse. E a sra. Smith, observando o intenso rubor em seu rosto, disse:

– A linguagem, bem sei, é altamente desrespeitosa. Mesmo já tendo esquecido os termos exatos, tinha uma noção perfeita do sentido geral. Mas isso lhe mostra o homem. Observe os comentários que fez ao meu pobre marido. Pode haver algo mais forte?

Anne não conseguiu superar de imediato o choque e a angústia de ouvir tais palavras aplicadas ao seu pai. Era obrigada a reconhecer que ver a carta era uma violação das leis da honra, que ninguém deveria ser julgado ou conhecido por tais testemunhos, que nenhuma correspondência privada deveria cair sob olhos alheios, antes de poder recuperar a calma suficiente para devolver a carta sobre a qual estivera pensando e dizer:

– Obrigada. Sem dúvida, trata-se de prova indubitável, prova de tudo o que me disse. Mas por que voltar a se dar conosco?

– Posso explicar isso também! – exclamou a sra. Smith, sorrindo.

– Pode mesmo?

– Posso. Mostrei-lhe o sr. Elliot como era há doze anos e vou mostrá-lo como é hoje. Não tenho como produzir provas escritas mais uma vez, mas posso oferecer um testemunho oral autêntico, se assim desejar, do que ele quer hoje e do que ele faz hoje. Hoje, ele não é hipócrita. Quer mesmo casar-se com você. As atuais atenções à sua família são muito sinceras: vêm do coração. Informo minha fonte: o coronel Wallis, amigo dele.

– O coronel Wallis! Conhece-o?

– Não. Tudo isso não me chega em linha tão direta assim; é preciso um ou outro desvio, mas nada importante. O córrego é tão bom quanto a nascente; o pouco lixo que arrasta pelas curvas é facilmente removido. O sr. Elliot fala sem reservas ao coronel Wallis a respeito do que pensa a seu respeito, e o citado coronel Wallis, assim imagino, tem um tipo de temperamento sensível, cuidadoso e sensato. Mas o coronel Wallis tem uma esposa muito linda e tola, a quem conta coisas que não deveria, e repete para ela tudo o que ouve. Ela, exuberante com a recuperação, repete tudo para a enfermeira, e a enfermeira, sabedora de nossas relações, naturalmente traz tudo ao meu conhecimento. Na segunda-feira à tarde, minha boa amiga a sra. Rooke, me pôs a par dos segredos de Marlborough Buildings. Quando falei em toda a história, portanto, pode ver que eu não romanceava tanto quanto imaginou.

– Minha cara sra. Smith, suas fontes são deficientes. Não me servem. O fato de o sr. Elliot ter intenções a meu respeito de modo algum explica os esforços por ele feitos para uma reconciliação com meu pai. Tudo aquilo foi anterior à minha vinda para Bath. Encontrei-os, ao chegar, já nos mais amigáveis termos.

– Sei que encontrou, sei muito bem de tudo isso, mas...

– Na verdade, sra. Smith, não devemos esperar obter informações reais por meio de um caminho como esse. Fatos ou opiniões que passaram por tantas mãos, mal-interpretados pela tolice de alguns e pela ignorância de outros, dificilmente guardariam muita verdade.

– Apenas me ouça. Logo poderá julgar o devido crédito ao ouvir alguns detalhes que poderá por si mesma contradizer ou confirmar de imediato. Ninguém supõe ter sido a senhorita o primeiro estímulo dele. Ele a tinha visto, sem dúvida, antes de chegar a Bath, e a tinha admirado, mas sem saber quem era. Assim, pelo menos, diz minha narradora. É verdade? Ele a viu no último verão, ou outono, "em algum lugar do oeste", para usar as palavras dela, sem saber de quem se tratava?

– Com certeza. Até aí é tudo verdade. Em Lyme. Isso aconteceu em Lyme.

– Bem – continuou a sra. Smith, triunfante –, seja dado à minha amiga o devido crédito pelo primeiro ponto marcado. Então, ele a viu em Lyme, e apreciou-a a ponto de ficar imensamente feliz por encontrá-la de novo em Camden Place, como a srta. Anne Elliot, e, daquele momento em diante, não tenho dúvidas, teve um duplo motivo para suas visitas. Mas havia outro, e anterior, que passarei agora a explicar. Se houver algo na minha história que saiba ser falso ou improvável, interrompa-me. Minha versão diz que a amiga de sua irmã, a dama que agora vive em sua casa, que já a ouvi mencionar, chegou a Bath com a srta. Elliot e Sir Walter no mês de setembro (resumindo, quando ambos chegaram) e continua aqui desde então; que ela é uma mulher esperta, insinuante, atraente, pobre e trapaceira, o que, tanto pela situação quanto pelas atitudes, leva os conhecidos de Sir Walter, de maneira geral, a perceber ter ela a intenção de se tornar Lady Elliot e faz ser também motivo de surpresa geral o fato de estar a srta. Elliot aparentemente cega ao perigo.

Aqui, a sra. Smith fez um momento de pausa, mas Anne não teve o que dizer, e ela prosseguiu:

– Tal era a situação vista pelos que conheciam a família, muito antes de sua vinda. E o coronel Wallis tinha os olhos voltados para seu pai, o bastante para perceber tudo isso, embora na ocasião não frequentasse Camden Place. Mas o afeto pelo sr. Elliot despertava nele o interesse de observar tudo o que lá acontecia e, quando o sr. Elliot veio a Bath por um dia ou dois, como costumava fazer pouco antes do Natal, o coronel Wallis deu-lhe ciência das aparências e dos rumores que começavam a circular. Agora, deve compreender que o tempo operara uma considerável mudança nas opiniões do sr. Elliot quanto ao valor de um baronato. Em relação a todos os aspectos de linhagem e parentesco, ele era um homem absolutamente mudado. Tendo por muito tempo tido tanto dinheiro quanto pudesse gastar, nada a desejar em termos de avareza ou extravagância, ele aos poucos aprendera a atribuir sua felicidade à posição da qual era herdeiro. Eu acreditava perceber tudo isso antes de nosso afastamento, mas tenho hoje a convicção de estar certa. Ele não consegue suportar a ideia de não ser Sir William. Pode imaginar, portanto, que as notícias transmitidas pelo amigo não foram muito agradáveis e pode imaginar o resultado: a decisão de voltar a Bath o mais depressa possível e aqui se instalar por algum tempo, com o propósito de reatar suas antigas relações e recuperar junto à família um lugar que lhe desse meios de avaliar o grau do risco que corria, e desbancar a dama, se fosse o caso. Concordaram os dois amigos ser essa a única atitude a tomar, e o coronel Wallis deveria assisti-lo em tudo o que pudesse. Seria apresentado, e a sra. Wallis seria apresentada, e todos seriam apresentados. O sr. Elliot voltou, como combinado, e a pedidos foi perdoado, como sabe, e readmitido na família. E era seu constante objetivo, e único objetivo (até sua chegada acrescentar outro motivo), observar Sir Walter e a sra. Clay. Não perdia qualquer oportunidade de estar com eles, surgia diante deles, visitava-os a qualquer hora. Mas não preciso entrar em detalhes. A senhorita pode imaginar o que faria um homem astuto e, com este relato, talvez tenha recordado o que já o viu fazer.

– É verdade – disse Anne –, a senhora nada me disse que não esteja de acordo com o que eu já sabia ou podia imaginar. Há sempre algo de ofensivo nos detalhes da astúcia. As manobras do egoísmo e da duplicidade são sempre revoltantes, mas nada ouvi que realmente me surpreendesse. Conheço alguns que ficariam chocados com tal descrição do sr. Elliot, que teriam dificuldade em acreditar em tudo isso. Mas nunca me deixei enganar. Sempre suspeitei de algum outro motivo para sua conduta, além das aparências. Gostaria de conhecer sua opinião atual em relação às probabilidades de acontecer o que ele temia, se ele considera o perigo afastado ou não.

– Afastado, acredito – respondeu a sra. Smith. – Ele acha que a sra. Clay tem medo dele, sabe que vê através dela e que ela não ousa agir como faria na ausência dele. Mas, como ele precisará se ausentar algumas vezes, não vejo como poderá ter certeza, enquanto ela mantiver a atual influência. A sra. Wallis teve uma ideia divertida, segundo me disse a enfermeira, que é incluir no contrato nupcial, quando a senhorita e o sr. Elliot se casarem, um artigo estipulando que seu pai não pode se casar com a sra. Clay. Um estratagema digno da inteligência da sra. Wallis, sem dúvida, mas minha sensata enfermeira Rooke percebe o absurdo que é. "Porque, aliás, minha senhora", disse ela, "isso não o impediria de se casar com outra pessoa." E de fato, a bem da verdade, não acredito que a enfermeira, no íntimo, seja uma ardente oponente a um segundo casamento de Sir Walter. Ela pode ser considerada uma defensora do matrimônio, como sabe, e (sendo ela quem é) quem pode afirmar que não crie algumas fantasias de cuidar da próxima Lady Elliot, com a recomendação da sra. Wallis.

– Fico muito contente por saber de tudo isso – disse Anne, depois de pensar um pouco. – Será mais penoso para mim, sob alguns aspectos, conviver com ele, mas saberei melhor o que fazer. Minha linha de conduta será mais direta. O sr. Elliot é sem dúvida um homem medíocre, artificial e mundano, que nunca teve qualquer outro princípio a guiá-lo além do egoísmo.

Mas ainda havia o que dizer do sr. Elliot. A sra. Smith se desviara do rumo original, e Anne, envolvida em suas próprias preocupações familiares, esquecera-se do quanto havia sido a princípio insinuado contra ele. Sua atenção foi agora atraída pela explicação daquelas primeiras alusões, e ela ouviu um relato que, se de todo não justificava o excessivo amargor da sra. Smith, provava ter sido ele bastante insensível ao se conduzir em relação a ela, deixando muito a desejar tanto em justiça quanto em compaixão.

Ouviu que (permanecendo a intimidade entre eles inalterada pelo casamento do sr. Elliot) continuaram a estar sempre juntos e que o sr. Elliot levou o amigo a fazer despesas muito além de suas posses. A sra. Smith não quis assumir a responsabilidade e era afetuosa demais para de algum modo culpar o marido, mas Anne pôde perceber que a renda de ambos nunca se equiparara ao estilo de vida e que, desde o início, tinha havido uma boa cota de extravagância geral e conjunta. Pela descrição da esposa, podia deduzir ter sido o sr. Smith um homem de sentimentos intensos, bom gênio, hábitos imprudentes e não muito inteligente, muito mais amável que o amigo, muito diferente dele e, provavelmente, desprezado por ele. O sr. Elliot, elevado pelo casamento a uma excelente situação financeira e disposto a satisfazer todos os prazeres e vaidades que pudesse obter sem se envolver (pois, apesar de toda a autoindulgência, tornara-se um homem prudente) e começando a ser rico exatamente quando o amigo foi obrigado a se descobrir pobre, parecera não ter qualquer consideração pelos prováveis problemas financeiros desse amigo, mas, pelo contrário, instigara e encorajara despesas que só poderiam resultar em ruína; e assim foram os Smith levados à ruína.

O marido morrera bem a tempo de ser poupado do total conhecimento da situação. Haviam, antes, passado por embaraços suficientes para pôr à prova a estima dos amigos e comprovar que era melhor não testar a do sr. Elliot, mas não antes de sua morte revelou-se o lamentável estado de seus negócios. Confiando na amizade do sr. Elliot, dando mais crédito aos sentimentos do que ao bom-senso, o sr. Smith o nomeara seu testamenteiro; mas o sr. Elliot não fez jus a tal responsabilidade, e as dificuldades e aflições que tal recusa acarretaram à sra. Smith, somadas ao inevitável sofrimento decorrente da situação, foram tais que não poderiam ser relatadas sem angústia ou ouvidas sem a devida indignação.

Anne viu algumas cartas dele na ocasião, respostas a urgentes pedidos da sra. Smith, transmitindo todas a mesma firme determinação de não se envolver em problemas infrutíferos e, sob uma fria polidez, a mesma impiedosa indiferença em relação a quaisquer males que isso lhe pudesse causar. Era um terrível quadro de ingratidão e desumanidade, e Anne sentia, em alguns momentos, que nenhum crime flagrante e público poderia ter sido pior. Teve muito a ouvir, todos os detalhes de tristes cenas passadas, todas as minúcias de angústia após angústia, que em conversas anteriores haviam sido apenas mencionadas, foram agora expostas com natural permissividade. Anne podia sem dúvida compreender o imenso alívio e foi apenas levada a admirar ainda mais a compostura do costumeiro estado de espírito da amiga.

Havia uma circunstância, na história de seus ressentimentos, a causar especial irritação. Ela tinha boas razões para acreditar que determinada propriedade do marido nas Índias Ocidentais, que por muitos anos estivera sob uma espécie de confisco para o pagamento de seus próprios custos, poderia ser recuperada por meio de determinadas providências. E essa propriedade, embora não enorme, seria suficiente para torná-la relativamente rica. Mas não havia ninguém que se ocupasse do assunto. O sr. Elliot nada faria, e ela nada podia fazer, incapacitada tanto para agir por si mesma, pelo seu estado de fraqueza física, quanto para contatar alguém, pela falta de dinheiro. Não tinha parentes que a apoiassem, nem mesmo com conselhos, e não tinha condições para bancar uma assistência legal. Aquilo era um cruel agravante para seus já escassos recursos. Sentir que poderia estar em melhor situação, que um pouco de esforço no lugar certo poderia conseguir essa mudança e recear que a demora pudesse vir a enfraquecer seus direitos, era difícil de suportar.

Era nesse sentido que ela tivera esperanças de usar da influência de Anne sobre o sr. Elliot. Receara bastante, com a antecipação do casamento de ambos, perder a amiga; mas, tranquilizada ao saber que ele não poderia fazer qualquer tentativa nesse sentido, já que sequer tinha conhecimento da presença dela em Bath, no mesmo instante ocorreu-lhe que algo poderia ser feito a seu favor graças à influência da mulher que ele amava e apressou-se em se preparar para interessar Anne, até onde permitisse a devida observância do caráter do sr. Elliot, quando a negação de Anne quanto ao suposto compromisso mudara todo o cenário. E isso, mesmo anulando a recém-criada esperança de ser bem-sucedida no assunto que mais a angustiava, deu-lhe pelo menos o consolo de contar toda a história à sua maneira.

Depois de ouvir toda a descrição do sr. Elliot, Anne não pôde deixar de expressar alguma surpresa por ter a sra. Smith falado tão bem dele no começo daquela conversa. "Ela parecera recomendá-lo e elogiá-lo."

– Minha cara – foi a resposta da sra. Smith –, não poderia ser diferente. Eu considerava decidido o seu casamento com ele, mesmo que ele ainda não tivesse feito o pedido, e não podia contar-lhe a verdade, não mais do que se ele já fosse seu marido. Meu coração sangrava, quando falei em felicidade, e apesar de tudo ele é sensível, é agradável, e, com uma mulher como a senhorita, poderia haver esperanças. Ele era muito grosseiro com a primeira mulher. Ambos eram infelizes. Mas ela era ignorante e frívola demais para ser respeitada, e ele nunca a amou. Eu queria acreditar que com a senhorita tudo seria melhor.

Anne não podia deixar de admitir para si mesma a possibilidade de ter sido induzida a se casar com ele, e a ideia do sofrimento que se seguiria a fez estremecer. Era bem possível que fosse convencida por Lady Russell! E, sob tal suposição, quem teria ficado mais desesperada quando o tempo revelasse a verdade, tarde demais?

Era bastante desejável que Lady Russell não continuasse iludida, e um dos acordos finais dessa importante conversa, que lhes ocupou grande parte da manhã, foi que Anne tinha total liberdade de comunicar à amiga tudo o que dissesse respeito à sra. Smith e em que estivesse envolvida a conduta do sr. Elliot.

Capítulo 22

ANNE FOI PARA CASA, PENSAR em tudo o que ouvira. Num ponto, seus sentimentos ficaram aliviados pelas informações sobre o sr. Elliot. Não mais havia qualquer vestígio de ternura devida a ele. Sua posição era oposta à do capitão Wentworth, em toda a sua indesejada e incômoda presença; e o mal causado por suas atenções na véspera, o irremediável mal-entendido por ele provocado, foi lembrado com sensações inqualificáveis, inequívocas. Piedade, ela sentia por ele. Mas esse era o único ponto de alívio. Sob qualquer outro aspecto, olhando ao seu redor ou buscando mais longe, ela via mais motivos de desconfiança e questionamento. Preocupava-se com o desapontamento e a dor que sentiria Lady Russell; com as angústias que sem dúvida pairavam sobre seu pai e sua irmã, e viveu toda a angústia de prever múltiplos males, sem saber como avisar os outros. Estava muito grata por tudo o que sabia. Nunca se considerara merecedora de recompensas por não menosprezar uma velha amiga como a sra. Smith, mas eis que disso brotava uma recompensa. A sra. Smith pudera contar-lhe o que ninguém mais poderia. Poderia tal conhecimento se estender a toda a família? Mas esse era um pensamento inútil. Ela precisava falar com Lady Russell, contar-lhe, consultá-la e, tendo feito o possível, esperar pelos acontecimentos com o máximo de sangue-frio. E, por fim, sua maior necessidade de sangue-frio se concentraria naquela parte da mente que não podia ser revelada a Lady Russell, naquele fluxo de ansiedade e medo que precisava guardar para si mesma.

Ao chegar em casa, descobriu que, como pretendera, conseguira evitar um encontro com o sr. Elliot, que ele lá estivera e fizera uma longa visita matinal. Mas mal se alegrava e se sentia a salvo quando soube que ele voltaria à noite.

– Eu não tinha a menor intenção de convidá-lo – disse Elizabeth, fazendo-se de indiferente –, mas ele se insinuou tanto. Assim, pelo menos, disse a sra. Clay.

– É verdade, eu disse. Nunca na vida vi alguém pedir tanto um convite. Pobre homem! Eu já estava até com pena dele, pois sua desalmada irmã, srta. Anne, parecia disposta a ser cruel.

– Oh! – exclamou Elizabeth. – Já estou por demais acostumada ao jogo para ser logo derrotada pelas insinuações de um cavalheiro. Entretanto, quando percebi o quanto ele lamentava não ter encontrado meu pai pela manhã, cedi de imediato, pois nunca deixaria passar uma oportunidade de aproximá-lo de Sir Walter. Parecem tão bem na companhia um do outro. Ambos se comportam com tanta delicadeza. O sr. Elliot demonstra tanto respeito.

– Uma maravilha! – concordou a sra. Clay, não ousando, porém, voltar o olhar para Anne. – Exatamente como pai e filho! Minha cara srta. Elliot, posso dizer pai e filho?

– Oh! Não faço objeções às palavras alheias. Se quer ter tais ideias...! Mas, sinceramente, mal percebo que as atenções dele sejam maiores do que as dos outros homens.

– Minha cara srta. Elliot! – exclamou a sra. Clay, erguendo mãos e olhos e mergulhando todo o resto de seu assombro num conveniente silêncio.

– Bem, minha cara Penelope, não precisa ficar tão preocupada com ele. Eu o convidei, como sabe. Despedi-me dele com sorrisos. Quando soube que ele passaria todo o dia de amanhã com os amigos em Thornberry Park, compadeci-me dele.

Anne admirou o bom desempenho da amiga ao ser capaz de demonstrar tanto prazer como fez, na espera e na chegada da pessoa cuja presença deveria estar realmente interferindo no seu objetivo primordial. Era impossível que a sra. Clay não odiasse a visão do sr. Elliot; e ainda assim ela conseguia assumir um ar condescendente e plácido e parecer bem satisfeita com a reduzida permissão para dedicar a Sir Walter apenas metade da atenção que, de outro modo, lhe daria.

Para a própria Anne, foi muito angustiante ver o sr. Elliot entrar na sala e bastante penoso vê-lo se aproximar e falar com ela. Costumava, antes, perceber que ele nem sempre era sincero, mas agora via falsidade em tudo. A respeitosa deferência a seu pai, contrastada com suas antigas palavras, era odiosa. E, quando pensava na crueldade por ele demonstrada em relação à sra. Smith, mal podia suportar a visão dos atuais sorrisos e amabilidades ou o som de seus afetados bons sentimentos.

Ela gostaria de evitar que tamanha mudança de atitude provocasse protestos por parte dele. Era para ela questão vital esquivar-se a quaisquer perguntas ou conflitos, mas era sua intenção ser em relação a ele tão fria quanto lhe permitisse o parentesco e recuar, com a maior discrição possível, os poucos passos da desnecessária intimidade que lhe concedera. Estava assim mais contida e mais fria do que na noite anterior.

Ele quis mais uma vez despertar-lhe a curiosidade sobre como e quando ouvira elogios a respeito dela, quis muito ter o prazer de ouvi-la perguntar mais, mas o encanto estava quebrado: ele descobriu que o calor e a animação de um ambiente público eram necessários para despertar a vaidade da modesta prima; descobriu, por fim, que não deveria fazê-lo agora, com as tentativas que se podia permitir em meio às solicitações demasiado imperiosas dos outros. Não imaginou que agia agora exatamente contra seus interesses, trazendo de imediato à lembrança dela os fatos menos desculpáveis de sua conduta.

Ela teve alguma satisfação ao saber que ele realmente deixaria Bath no dia seguinte, saindo cedo, e que estaria fora pela maior parte de dois dias. Ele foi convidado a voltar a Camden Place na mesma noite do retorno, mas da manhã de quinta-feira à noite de sábado sua ausência estava garantida. Já era ruim o bastante ter todo o tempo diante dela uma sra. Clay, mas um hipócrita ainda maior ser adicionado ao grupo parecia a destruição de tudo o que significasse paz e conforto. Era tão humilhante assistir à fraude imposta a seu pai e Elizabeth, pensar nas diversas fontes de angústia preparadas para eles! O egoísmo da sra. Clay não era tão complicado nem tão revoltante quanto o dele; e Anne concordaria na mesma hora com o casamento, apesar de todos os pesares, para se livrar das astúcias tramadas pelo sr. Elliot para impedi-lo.

Na manhã de sexta-feira, ela pretendia ir bem cedo ao encontro de Lady Russell e fazer os necessários comunicados, e teria ido logo após o café da manhã, mas a sra. Clay também sairia, com algum propósito cortês de poupar incômodos a Elizabeth, o que determinou que ela esperasse até se ver a salvo de semelhante companhia. Mal a sra. Clay desapareceu de vista, porém, começou a falar em passar a manhã em Rivers Street.

– Muito bem – disse Elizabeth –, nada tenho a mandar além de meu carinho. Oh! Você pode também devolver aquele livro cansativo que ela me emprestou e fazer de conta que o li. Eu realmente não posso viver me atormentando com todos os novos poemas e documentos nacionais que surgem por aí. Lady Russell é um tanto aborrecida com suas novas edições. Você não precisa dizer, mas achei medonho o vestido dela na outra noite. Eu costumava achar que ela tinha algum gosto para se vestir, mas senti vergonha dela no concerto. Havia alguma coisa tão formal e afetada no jeito dela! E ela se senta tão reta! Meu grande carinho para ela, é claro!

– E o meu – acrescentou Sir Walter. – Meus cumprimentos. E você pode dizer que pretendo visitá-la em breve. Diga isso de forma gentil, mas passarei apenas para deixar meu cartão. Visitas matinais nunca são favoráveis para mulheres com o tempo de vida dela, que se enfeitam tão pouco. Se ela ao menos usasse ruge, não teria medo de ser vista; mas na última vez que a visitei, observei que as venezianas foram abaixadas no mesmo instante.

Enquanto o pai falava, houve uma batida na porta. Quem poderia ser? Anne, recordando as visitas anteriores, a qualquer hora, do sr. Elliot, poderia esperar por ele, não soubesse do compromisso a sete milhas de distância. Depois do costumeiro período de suspense, os costumeiros sons de aproximação se fizeram ouvir e "o sr. e a sra. Charles Musgrove" foram introduzidos na sala.

Surpresa foi a maior emoção provocada pelo aparecimento dos dois, mas Anne ficou realmente contente ao vê-los, e os outros não o lamentaram a ponto de não conseguir assumir um ar decente de boas-vindas. E, tão logo ficou claro que ambos, seus parentes mais próximos, não haviam chegado com pretensões de se acomodar naquela casa, Sir Walter e Elizabeth foram capazes de demonstrar cordialidade e fazer muito bem as devidas honras. Tinham ido a Bath por alguns dias com a sra. Musgrove e hospedavam-se no White Hart. Isso foi logo compreendido, mas até que Sir Walter e Elizabeth levassem Mary até a outra sala de visitas e se deliciassem com sua admiração, Anne não conseguiu extrair de Charles uma história aceitável para sua vinda, ou uma explicação para algumas insinuações sorridentes de negócios particulares, ostensivamente deixadas escapar por Mary, bem como para alguma aparente confusão quanto a quem viera com eles.

Descobriu então que o grupo consistia na sra. Musgrove, Henrietta e o capitão Harville, além de ambos. Ele lhe fez uma simples e inteligível descrição da situação, um relato no qual ela reconheceu uma boa cota de atitudes bem características. O plano recebera seu primeiro impulso da necessidade de o capitão Harville ir a Bath a negócios. Ele começara a falar nisso uma semana antes e, para fazer alguma coisa, estando encerrada a temporada de caça, Charles propôs acompanhá-lo, e a sra. Harville pareceu gostar muito da ideia, vantajosa para o marido. Mas Mary não conseguiu suportar a ideia de ser deixada para trás e ficara tão infeliz que por um ou dois dias tudo pareceu ficar em suspenso ou chegar ao fim. Então, seus pais assumiram o controle. A mãe tinha alguns velhos amigos em Bath que gostaria de ver, a ida foi considerada uma boa oportunidade para Henrietta comprar enxovais para ela e a irmã. E, em resumo, tudo terminou com a mãe dele se responsabilizando por tornar tudo mais confortável e fácil para o capitão Harville, e ele e Mary foram incluídos no grupo por conveniência geral. Haviam chegado tarde da noite, na véspera. A sra. Harville, os filhos e o capitão Benwick ficaram com o sr. Musgrove e Louisa em Uppercross.

A única surpresa de Anne foi que as coisas estivessem adiantadas a ponto de se falar no enxoval de Henrietta. Imaginara existirem algumas dificuldades financeiras impedindo a breve realização do casamento, mas soube por Charles que, nos últimos dias (depois da última carta de Mary para ela), Charles Hayter fora indicado por um amigo para administrar a propriedade de um rapaz que só poderia reivindicá-la dali a muitos anos e que, considerando sua renda atual, com uma quase certeza de algo mais permanente muito antes do prazo em questão, as duas famílias haviam cedido aos desejos dos dois jovens e o casamento deveria acontecer em alguns meses, praticamente junto com o de Louisa.

– E trata-se de uma propriedade muito boa – acrescentou Charles. – Fica a apenas 25 milhas de Uppercross, numa região muito bonita, a melhor parte de Dorsetshire. No centro de algumas das melhores reservas do reino, cercado por três grandes senhores rurais, cada um mais cuidadoso e ciumento do que o outro. E para pelo menos dois deles, Charles Hayter pode conseguir uma recomendação especial. Não que ele valorize isso como deveria – observou ainda –, Charles é por demais desligado dos esportes. É seu pior defeito.

– Estou muitíssimo contente, de verdade – exclamou Anne –, especialmente contente por isso ter acontecido e pelas duas irmãs, ambas merecedoras de tudo de bom, e sempre tão boas amigas, porque a agradável expectativa de uma não ofuscará a da outra... por terem a chance de serem também iguais em prosperidade e conforto. Espero que seus pais estejam bastante felizes por ambas.

– Ah! Estão. Meu pai ficaria muito satisfeito se os cavalheiros fossem mais ricos, mas não pode se queixar de outros defeitos. Dinheiro, como sabe, gastar muito dinheiro... duas filhas ao mesmo tempo... pode não ser uma operação muito agradável, e com isso ele se priva de muitas coisas. Mas não estou dizendo que elas não tenham direitos. É muito justo que recebam seus dotes de filhas, e tenho certeza de que ele sempre foi, para mim, um pai bom e liberal. Mary não está muito de acordo com a união de Henrietta. Nunca esteve, como sabe. Mas ela não é justa com ele, nem tem razão quanto a Winthrop. Não consigo convencê-la do valor da propriedade. É uma união muito boa, hoje em dia. E eu, a vida inteira, gostei de Charles Hayter; não vou deixar de gostar agora.

– Pais excelentes como o sr. e sra. Musgrove – exclamou Anne – devem estar felizes com o casamento das filhas. Fazem tudo para garantir essa felicidade, tenho certeza. Que bênção para os jovens estar em mãos assim! Seus pais parecem tão absolutamente livres de todos aqueles sentimentos ambiciosos que provocaram tantos erros e sofrimentos, dos moços e dos mais velhos. Espero que Louisa já se tenha restabelecido de todo!

Ele respondeu com alguma hesitação:

– Já, acredito que sim, bastante restabelecida, mas ela está mudada, não há mais correrias e pulos, não há risos ou danças, é tudo muito diferente. Se por acaso alguém fecha a porta com um pouco mais de força, ela estremece e se contorce como um patinho na água. E Benwick passa o dia todo sentado perto dela, lendo versos ou sussurrando.

Anne não pôde deixar de rir.

– Isso não faz muito o seu gênero, imagino – disse ela. – Mas eu o considero um excelente rapaz.

– Claro que é. Ninguém duvida disso, e espero que não me acredite tão intolerante a ponto de querer que todos os homens tenham os mesmos objetivos e prazeres que eu. Tenho Benwick em alto conceito, e, quando alguém consegue fazê-lo falar, ele tem muito a dizer. As leituras não lhe fizeram mal, porque ele lutou tanto quanto leu. É um sujeito corajoso. Aproximei-me dele na última segunda-feira, mais do que em qualquer outra ocasião. Travamos uma incrível caça aos ratos nos enormes celeiros de meu pai durante toda a manhã; e ele fez sua parte tão bem que gostei dele mais do que nunca.

Nesse momento, foram interrompidos pela absoluta necessidade de Charles se juntar aos outros na admiração de espelhos e porcelanas, mas Anne já ouvira o bastante para compreender a atual situação de Uppercross e se alegrar com a felicidade existente. E, embora suspirasse ao se alegrar, seus suspiros nada tinham da animosidade característica da inveja. Ela sem dúvida gostaria de ter as mesmas bênçãos, se pudesse, mas não queria diminuir as deles.

A visita transcorreu em excelente clima. Mary estava de ótimo humor, aproveitando a alegria e a quebra da rotina, e tão satisfeita com a viagem na carruagem de quatro cavalos da sogra e com sua própria total independência de Camden Place que tinha o espírito certo para admirar tudo como devia e poder bem depressa ser posta a par de todas as maravilhas da casa, à medida que lhes eram descritas. Nada tinha a reclamar do pai e da irmã, e sentiu-se ainda mais importante diante das belas salas de visita.

Elizabeth, por algum tempo, passou por maus pedaços. Achava que deveria convidar a sra. Musgrove e todo o grupo para jantar com eles, mas não podia suportar a ideia de ter a diferença de estilo, a redução de criados, que seria revelada por um jantar, testemunhadas por aqueles que sempre haviam sido tão inferiores aos Elliot de Kellynch. Era uma guerra entre as convenções sociais e a vaidade, mas a vaidade levou a melhor, e Elizabeth voltou a ser feliz. Assim se convenceu: "Noções antiquadas, hospitalidade rural, não costumamos dar jantares, poucas pessoas em Bath o fazem, Lady Alicia nunca os dá, sequer convidou a própria família da irmã, embora lá estivessem há um mês: e chego a acreditar que seria muito inconveniente para a sra. Musgrove tirá-la de seus planos. Tenho certeza de que ela preferiria não vir, ela não consegue ficar à vontade conosco. Convidarei todos para um sarau, será muito melhor, será uma novidade e uma diversão. Eles nunca viram duas salas de visitas como estas. Ficaram deliciados por vir amanhã à noite. Será uma reunião informal, pequena, mas muito elegante". E isso satisfez Elizabeth: e, quando o convite foi feito aos dois presentes e aceito em nome dos ausentes, Mary ficou mais do que satisfeita. Pediu em especial para conhecer o sr. Elliot e para ser apresentada a Lady Dalrymple e à srta. Carteret, que felizmente já se haviam comprometido a comparecer, e ela não poderia ter recebido atenção maior. A srta. Elliot teria o prazer de fazer uma visita à sra. Musgrove durante a manhã, e Anne saiu com Charles e Mary para vê-la e estar com Henrietta.

Seus planos de conversar com Lady Russell precisaram dar lugar ao presente. Os três ficaram em Rivers Street por alguns minutos, mas Anne se convenceu de que um dia de atraso no comunicado a ser feito não poderia ter consequências e apressou-se a ir a White Hart para rever os amigos e companheiros do outono anterior com ansiosa boa vontade, provocada por diversas associações.

Encontraram a sra. Musgrove sozinha com a filha e, por elas, Anne foi recebida com muito carinho. Henrietta estava exatamente naquele estado de recente entusiasmo, de felicidade há pouco conquistada, que a tornava cheia de cuidados e interesse por aqueles de quem antes nem mesmo gostava, e o afeto verdadeiro da sra. Musgrove fora conquistado por sua ajuda quando estavam em dificuldades. Havia um envolvimento, um calor e uma sinceridade que encantavam Anne ainda mais, diante da triste falta dessas bênçãos em casa. Pediram-lhe que lhes desse o máximo de tempo possível, convidaram-na para todos os dias o dia inteiro, ou melhor, trataram-na como parte da família; e ela, em troca, naturalmente se dispôs a lhes dar toda a costumeira atenção e assistência e, quando Charles as deixou, ouviu da sra. Musgrove a história de Louisa, e a de Henrietta por ela mesma, dando opiniões e recomendando lojas, com intervalos para atender qualquer pedido de ajuda de Mary, desde mudar uma fita a pagar sua conta, desde encontrar as chaves e arrumar bijuterias a tentar convencê-la de que ninguém a estava maltratando, pensamento que, mesmo entretida como estava, sentada à janela observando a entrada das termas, Mary não conseguia deixar de alimentar.

Podia-se esperar uma manhã de confusão generalizada. Um grande grupo num hotel garantia um cenário de alvoroço e agitação. Cada cinco minutos traziam um bilhete, os seguintes um embrulho; e Anne não estava lá há meia hora quando a sala de jantar, espaçosa como era, pareceu quase lotada: um grupo de velhos amigos fiéis sentava-se ao redor da sra. Musgrove, e Charles voltou com os capitães Harville e Wentworth. A aparição de Wentworth não poderia ser mais do que uma surpresa momentânea. Era impossível que ela se esquecesse de imaginar que a chegada de seus amigos comuns logo deveria reuni-los mais uma vez. O último encontro fora muito importante, pela exposição dos sentimentos dele, o que para ela resultara numa encantadora convicção. Mas, pela expressão dele, ela temeu que ainda persistisse a mesma infeliz convicção que o afastara dela no concerto. Ele não parecia disposto a se aproximar o suficiente para que conversassem.

Tentou se acalmar e deixar as coisas seguirem seu curso, e tentou se convencer com este argumento racional: "Com certeza, se há um afeto estável de ambos os lados, nossos corações devem se pôr de acordo em breve. Não somos crianças para implicar um com o outro, para nos deixarmos levar por imprudências de momento e para sermos inconsequentes em relação à nossa própria felicidade". Poucos minutos depois, porém, acreditou que estarem na companhia um do outro, nas atuais circunstâncias, só poderia expô-los a imprudências e mal-entendidos da pior espécie.

– Anne! – exclamou Mary, ainda na janela –, ali está a sra. Clay, tenho certeza, de pé junto às colunas, e há um cavalheiro com ela. Eu os vi desde que dobraram a esquina de Bath Street. Parecem numa conversa animada. Quem é ele? Venha me dizer. Santo Deus! Eu o reconheço. É o sr. Elliot em carne e osso!

– Não – exclamou Anne, depressa –, não pode ser o sr. Elliot, eu lhe garanto. Ele deveria sair de Bath às nove da manhã de hoje e não voltar até amanhã.

Ao falar, sentiu que o capitão Wentworth a olhava, e essa consciência perturbou-a e embaraçou-a, fazendo-a lamentar ter dito tanto, por mais simples que tivessem sido suas palavras.

Mary, ofendida por imaginarem que ela não conhecia o próprio primo, começou a falar com muita veemência sobre traços familiares e a afirmar cada vez mais que se tratava do sr. Elliot, chamando Anne mais uma vez para que fosse ver por si mesma, mas Anne não pretendia se mexer e tentava permanecer calma e indiferente. Seu mal-estar voltou, porém, ao perceber sorrisos e olhares maliciosos trocados entre duas ou três amigas da sra. Musgrove, como se elas se acreditassem conhecedoras do segredo. Era evidente que os boatos a seu respeito se tinham espalhado, e seguiu-se uma breve pausa, que pareceu garantir que não se espalhariam mais.

– Venha cá, Anne! – chamou Mary –, venha e veja por si mesma. Vai ser tarde demais se você não se apressar. Estão se despedindo, estão apertando as mãos. Ele está dando meia-volta. Não reconhecer o sr. Elliot, ora essa! Você parece ter se esquecido de tudo o que houve em Lyme.

Para tranquilizar Mary, e talvez disfarçar seu próprio constrangimento, Anne moveu-se em silêncio até a janela. Chegou a tempo de confirmar que se tratava realmente do sr. Elliot, no que nunca acreditara, antes que ele desaparecesse de um lado, enquanto a sra. Clay apressava o passo para o outro. E, dominando a surpresa que não poderia deixar de sentir diante da visão de um encontro amigável entre duas pessoas de interesses tão opostos, disse calmamente:

– É, é o sr. Elliot, sem dúvida. Ele mudou o horário da viagem, imagino que seja apenas isso, ou posso estar enganada, talvez não tenha prestado atenção.

E voltou ao seu lugar, recomposta e com a confortável esperança de ter se saído bem.

As visitas se despediram, e Charles, esperando civilizadamente vê-las partir e fazendo então uma careta por trás delas, reclamou por terem vindo, e começou...

– Bem, mamãe, fiz algo que a senhora vai gostar. Estive no teatro e reservei um camarote para amanhã à noite. Não sou um bom menino? Sei que a senhora adora uma peça, e há lugar para todos nós. Cabem nove. Convidei o capitão Wentworth. Anne não se importará de ir conosco, tenho certeza. Todos nós gostamos de teatro. Não fiz bem, mamãe?

A sra. Musgrove começava, bem-humorada, a exprimir sua total disponibilidade para o teatro, se Henrietta e todos os outros concordassem, quando Mary a interrompeu, impaciente, exclamando:

– Santo Deus, Charles! Como você pôde pensar numa coisa dessas? Reservar um camarote para amanhã à noite! Esqueceu-se de que temos um compromisso em Camden Place amanhã à noite? E que fomos especialmente convidados para conhecer Lady Dalrymple e a filha, e o sr. Elliot, e todos os parentes mais importantes, para sermos apresentados a eles? Como pôde ser tão negligente?

– Ora, ora! – retrucou Charles. – O que é um sarau? Nunca valem a pena. Seu pai poderia ter nos convidado para jantar, acho eu, se quisesse nos ver. Pode fazer o que quiser, mas eu vou ao teatro.

– Oh, Charles! Declaro que isso será abominável demais, pois você prometeu ir.

– Não, eu não prometi. Só dei um sorrisinho e me inclinei, e disse a palavra "prazer". Não houve promessa.

– Mas precisa ir, Charles. Seria imperdoável faltar. Fomos convidados de propósito para sermos apresentados. Sempre houve um grande vínculo entre os Dalrymple e os Elliot. Nunca algo aconteceu num dos lados que não tenha sido avisado de imediato. Somos parentes bem próximos, como sabe. E o sr. Elliot também, a quem especialmente deveria conhecer! Toda a atenção é devida ao sr. Elliot. Pense bem, é o herdeiro de meu pai: o futuro representante da família.

– Não me fale em herdeiros e representantes! – exclamou Charles. – Não sou desses que negligenciam o poder reinante para me inclinar diante do sol nascente. Se eu não for em consideração a seu pai, acho escandaloso ir em consideração ao herdeiro dele. O que representa para mim o sr. Elliot?

A expressão de pouco caso reviveu Anne, que percebeu estar o capitão Wentworth muito atento, olhando e ouvindo com intensidade, e terem as últimas palavras desviado seu olhar interrogativo de Charles para ela.

Charles e Mary continuavam a falar no mesmo tom; ele, meio a sério e meio gracejando, mantendo os planos para o teatro, e ela, invariavelmente séria, cada vez se opondo com mais veemência e não omitindo tornar público que, mesmo determinada a ir a Camden Place, não se consideraria respeitada se eles fossem ao teatro sem ela. A sra. Musgrove interveio.

– Seria melhor adiarmos. Charles, você faria muito bem voltando lá e trocando o camarote para quinta-feira. Seria uma pena nos dividirmos, e perderíamos também a srta. Anne, em havendo uma reunião na casa do pai dela. E estou certa de que nem eu nem Henrietta gostaríamos da peça se a srta. Anne não estivesse conosco.

Anne ficou muito agradecida por tamanha gentileza e quase mais ainda pela oportunidade que lhe dava de dizer sem rodeios...

– Se dependesse apenas da minha inclinação, senhora, o sarau em casa (a não ser pela presença de Mary) não representaria qualquer impedimento. Não aprecio esse tipo de reunião e ficaria muito feliz em trocá-la por uma peça de teatro na sua companhia. Mas talvez seja melhor não fazê-lo.

Ela falou, mas tremia ao terminar, consciente de que suas palavras foram ouvidas, e não ousando sequer tentar observar seu efeito.

Logo foi acordado por todos que quinta-feira seria o melhor dia. Charles foi o único a insistir em tirar proveito de implicar com a esposa, continuando a dizer que iria ao teatro no dia seguinte, se ninguém mais fosse.

O capitão Wentworth levantou-se e andou até a lareira; talvez para poder se afastar dali pouco depois e ocupar um lugar, de forma menos evidente, perto de Anne.

– Não está em Bath há tempo suficiente – disse ele – para apreciar os saraus noturnos da cidade.

– Ah, não! O espírito geral dessas reuniões nada me diz. Não jogo cartas.

– Não jogava antes, eu sei. Não costumava gostar das cartas, mas o tempo faz muitas mudanças.

– Eu não mudei tanto assim! – exclamou Anne, e parou, receando não saber se seria mal-interpretada.

Depois de alguns momentos ele falou, e foi como se expressasse o resultado de um sentimento recém-descoberto.

– É muito tempo, realmente! Oito anos e meio, é muito tempo.

Se ele teria continuado foi deixado para a imaginação de Anne pensar em momentos mais calmos pois, enquanto ainda ouvia os sons que ele murmurara, ela foi requisitada para outros assuntos por Henrietta, ávida por aproveitar o tempo disponível para sair e pedindo aos companheiros que se apressassem, ou alguém mais poderia chegar.

Foram obrigados a se mover. Anne disse estar pronta e tentou parecer como se estivesse, mas sentiu que, se Henrietta soubesse da lástima e da relutância em seu coração ao deixar aquela cadeira, ao se preparar para deixar a sala, teria encontrado, em seus próprios sentimentos pelo primo, na própria segurança de seu afeto, motivos para se apiedar dela.

Os preparativos, porém, foram interrompidos. Sons alarmantes foram ouvidos; outras visitas se aproximavam, e a porta foi aberta para Sir Walter e a srta. Elliot, cuja entrada pareceu provocar um calafrio geral. Anne sentiu uma instantânea opressão e, para onde quer que olhasse, via sintomas idênticos. O conforto, a liberdade e a alegria da sala desapareceram, oprimidos por fria compostura, silêncio estudado ou conversa insípida, de acordo com a insensível elegância de seu pai e irmã. Como era angustiante aquela constatação!

O olhar atento de Anne alegrou-se com um detalhe. O capitão Wentworth foi cumprimentado mais uma vez por ambos, e por Elizabeth com mais graça do que antes. Ela chegou a se dirigir a ele uma vez e olhou-o mais de uma vez. Elizabeth estava, de fato, preparando uma grande cartada. Os fatos seguintes explicaram. Depois do desperdício de alguns minutos com as devidas frivolidades, ela começou a fazer o convite que incluiria todos os remanescentes do grupo dos Musgrove.

– Amanhã à noitinha, para que conheçam alguns amigos: nada formal.

Isso foi dito com muita graça, e os cartões providenciados por ela mesma, os "srta. Elliot recebe", foram colocados sobre a mesa, com um cortês sorriso abrangente a todos, e um sorriso e um cartão inquestionavelmente dirigidos ao capitão Wentworth. A verdade era que Elizabeth já estava em Bath há tempo suficiente para compreender a importância de um homem com aquele rosto e aparência. O passado nada importava. No presente, o capitão Wentworth faria muito boa figura em sua sala de visitas. O cartão foi devidamente entregue; Sir Walter e Elizabeth levantaram-se e desapareceram.

A interrupção fora pequena, embora terrível, e o bem-estar e a animação voltaram à maioria quando a porta se fechou atrás deles, mas não a Anne. Ela só conseguia pensar no convite que presenciara com tanto assombro e na reação com que fora recebido; uma reação de duplo significado, mais de surpresa do que de satisfação, mais de constatação cortês do que de aceitação. Ela o conhecia, viu desdém em seus olhos, e não se aventuraria a acreditar que ele estivesse decidido a aceitar aquela oferta como uma reparação por toda a insolência do passado. Seu ânimo esmoreceu. Ele tomou o cartão nas mãos depois que os dois saíram, como se o estudasse com toda a atenção.

– Vejam só, Elizabeth incluindo todos! – sussurrou Mary em tom bem audível. – Não me surpreende que o capitão Wentworth esteja encantado! Veja como ele não consegue largar o cartão.

O olhar de Anne encontrou o dele, viu seu rosto corar e a boca se mover numa súbita expressão de desdém, e deu meia-volta, para nada mais ver ou ouvir que a angustiasse.

O grupo separou-se. Os cavalheiros tinham suas ocupações, as senhoras cuidaram de seus afazeres, e não mais se encontraram enquanto Anne esteve com os Musgrove. Convidaram-na com insistência para almoçar com eles e lhes dedicar todo o resto do dia, mas sua energia fora por tanto tempo exigida que no momento ela se sentia incapaz de continuar, e precisava ir para casa, onde poderia ter certeza de ficar em silêncio o quanto quisesse.

Prometendo então passar com eles toda a manhã seguinte, ela coroou o cansaço do dia com uma exaustiva caminhada até Camden Place, para lá passar quase toda a tarde ouvindo os ruidosos preparativos de Elizabeth e da sra. Clay para o sarau da próxima noite, a frequente enumeração das pessoas convidadas e os detalhes cada vez maiores de todos os embelezamentos a serem feitos para torná-lo o mais absolutamente elegante de todos os similares em Bath, enquanto se torturava com a incessante pergunta, se o capitão Wentworth iria ou não. As outras contavam com ele como certo, mas para ela isso era uma angustiante ansiedade, nunca aplacada sequer por cinco minutos. Na maior parte do tempo, achava que ele iria, porque em geral pensava que ele deveria ir, mas aquele era um caso em que não podia transformar tal convicção em qualquer atitude encorajadora de dever ou discrição sem inevitavelmente desafiar a lembrança de sentimentos um tanto opostos.

Ela só deixou de remoer essa incontrolável agitação para informar à sra. Clay que ela havia sido vista com o sr. Elliot três horas depois do horário em que ele deveria ter saído de Bath, pois, tendo em vão esperado por alguma alusão ao encontro vinda da própria dama, decidiu mencioná-lo, e pareceu-lhe ver culpa no rosto da sra. Clay ao ouvi-la. Foi breve, desapareceu num instante, mas Anne pôde acreditar ter lido a informação de ter sido ela, devido à confusão de algum estratagema recíproco, ou a alguma exacerbada autoridade por parte dele, obrigada a ouvir (talvez por meia hora) suas censuras e advertências quanto às intenções dela em relação a Sir Walter. Ela exclamou, porém, com uma imitação de naturalidade bastante tolerável:

– Oh! Minha cara! É verdade. Imagine, srta. Elliot, para minha total surpresa encontrei o sr. Elliot em Bath Street. Nunca fiquei tão admirada. Ele deu meia-volta e andou comigo até Pump Yard. Algo o impedira de partir para Thornberry, mas já não lembro o que houve, porque eu estava com pressa, não prestei muita atenção e só me recordo de que ele estava determinado a não se atrasar na volta. Ele queria saber a que horas poderia ser recebido amanhã. Ele estava cheio de "amanhãs", e é claro que eu também estive cheia deles, desde que entrei em casa e soube da extensão de seus planos e de tudo o que acontecera, ou o fato de tê-lo visto jamais teria saído daquela maneira da minha cabeça.

Capítulo 23

Apenas um dia se passara desde a conversa de Anne com a sra. Smith, mas um interesse maior se apresentara, e ela estava agora tão pouco afetada pela conduta do sr. Elliot, exceto quanto a seus efeitos sobre determinada questão, que foi natural, na manhã seguinte, adiar mais uma vez sua visita esclarecedora a Rivers Street. Prometera ficar com os Musgrove do café da manhã ao almoço. Sua palavra fora dada, e o caráter do sr. Elliot, como a cabeça da sultana Sherazade, teria mais um dia de vida.

Ela não conseguiu, entretanto, ser pontual em seu compromisso. O clima estava desfavorável e ela lamentou a chuva, pelas amigas, e sentiu muito também por si mesma, antes de poder tentar sair. Quando chegou a White Hart e dirigiu-se ao apartamento certo, descobriu que não chegara a tempo, nem fora a primeira a chegar. Do grupo que lá estava faziam parte a sra. Musgrove, conversando com a sra. Croft, e o capitão Harville com o capitão Wentworth. E ela logo soube que Mary e Henrietta, impacientes demais para esperar, haviam saído no instante em que a chuva amainara, mas deveriam voltar em breve, e que as mais rigorosas instruções haviam sido deixadas com a sra. Musgrove para que a mantivesse lá até que voltassem. Só lhe restava obedecer, sentar-se, manter uma aparência composta e sentir-se de imediato mergulhar em todas as preocupações às quais mal começara a dar alguma atenção antes do final da manhã. Não houve interrupção, nenhuma perda de tempo. Ela se viu no mesmo instante envolta pela felicidade daquela angústia ou pela angústia daquela felicidade. Dois minutos após sua entrada na sala, o capitão Wentworth disse:

– Escreveremos agora a carta da qual falávamos, Harville, se me der o material necessário.

O material estava à mão, numa mesa afastada. Ele foi até lá e, quase dando as costas a todos, absorveu-se na escrita.

A sra. Musgrove contava à sra. Croft a história do noivado da filha mais velha e o fazia naquele tom de voz inconveniente que era perfeitamente audível embora pretendesse ser um sussurro. Anne sentiu que não pertencia à conversa e mesmo assim, como o capitão Harville parecia pensativo e não disposto a falar, não pôde deixar de ouvir muitos detalhes indesejáveis, por exemplo, "como o sr. Musgrove e meu irmão Hayter se encontraram inúmeras vezes para acertar tudo, o que meu irmão Hayter disse num dia e o que o sr. Musgrove propôs no dia seguinte, e o que pensou minha irmã Hayter e o que os jovens queriam, e que eu no começo disse que jamais consentiria, mas fui depois convencida a pensar que tudo daria certo", e diversas outras coisas no mesmo tom de desabafo sincero: pormenores que, mesmo com todas as atenuantes do bom gosto e da delicadeza, de que a boa sra. Musgrove não dispunha, só poderiam interessar aos protagonistas. A sra. Croft ouvia com ótimo humor e, quando dizia alguma coisa, era com muita sensibilidade. Anne desejou que os cavalheiros estivessem ambos ocupados demais para ouvir.

– E então, minha senhora, tudo isso levado em conta – disse a sra. Musgrove em seu poderoso sussurro –, apesar de termos desejado que as coisas fossem diferentes, mesmo assim, enfim, não consideramos justo continuar a não ceder, pois Charles Hayter estava um tanto exaltado, e Henrietta quase tão mal quanto ele, e então pensamos que seria melhor que se casassem logo e se ajeitassem da melhor maneira, como tantos outros já fizeram antes deles. De qualquer maneira, eu disse, isso será melhor do que um longo noivado.

– Era exatamente o que eu ia dizer – exclamou a sra. Croft. – Eu preferiria ver os jovens casados, dispondo de uma pequena renda e precisando passar juntos por algumas dificuldades a vê-los envolvidos num longo noivado. Sempre acho que nenhum...

– Ah! Minha cara sra. Croft – exclamou a sra. Musgrove, incapaz de deixá-la terminar a frase –, nada é mais abominável do que um noivado longo. Foi o que sempre disse aos meus filhos. Está tudo muito bem, eu costumava dizer, quanto aos jovens ficarem noivos, desde que haja uma certeza de que possam se casar em seis meses, ou até em doze, mas um noivado longo...

– Sim, minha cara – disse a sra. Croft –, ou um noivado incerto, um noivado que possa se estender. Começar sem saber se nesse prazo haverá possibilidade de casamento é algo que considero um tanto arriscado e imprudente e que todos os pais devem evitar sempre que possível.

Anne descobriu um inesperado interesse. Sentiu que aquilo se aplicava a ela, sentiu-o com um arrepio nervoso que percorreu todo o seu corpo, e quando, ao mesmo tempo, seus olhos instintivamente se dirigiram para a mesa distante, a pena do capitão Wentworth parou de se mover, sua cabeça estava levantada, parada, ouvindo, e ele se virou no momento seguinte para lançar-lhe um olhar, um olhar rápido e sem disfarces.

As duas senhoras continuaram a conversar, a reafirmar as mesmas crenças admitidas e a corroborá-las com exemplos do péssimo efeito da prática oposta por elas observados, mas Anne nada mais ouvia com clareza, havia apenas um zumbido de palavras em seus ouvidos, sua mente estava confusa.

O capitão Harville, que na verdade nada ouvira, deixou sua poltrona e dirigiu-se a uma janela, e Anne, parecendo observá-lo, embora o fizesse por total ausência de pensamentos, foi aos poucos percebendo que ele a convidava a se aproximar. Ele a olhava com um sorriso e um leve movimento de cabeça, que dizia: “Venha até aqui, tenho algo a lhe dizer”. E a sincera e natural gentileza de seu gesto, que exprimia os sentimentos de um amigo mais antigo do que ele na verdade era, reforçava o convite. Ela se levantou e foi até ele. A janela, ao lado da qual ele estava, ficava na outra extremidade da sala em que conversavam as duas senhoras e, embora mais perto da mesa do capitão Wentworth, não muito perto. Quando ela chegou, os traços do capitão Wentworth reassumiram a expressão séria e pensativa que parecia lhe ser peculiar.

– Olhe aqui – disse ele, abrindo a caixa que tinha nas mãos e exibindo uma pequena miniatura –, sabe quem é este?

– Sem dúvida: o capitão Benwick.

– É, e a senhorita deve imaginar para quem é. Mas... – num tom mais baixo – não foi mandado fazer para ela. Srta. Elliot, lembra-se do nosso passeio juntos em Lyme, quando nos preocupávamos com ele? Cheguei a pensar... mas não importa. Isto foi pintado no Cabo. Ele conheceu um jovem e talentoso artista no Cabo e, para cumprir uma promessa feita a minha pobre irmã, posou para ele e o estava trazendo para ela. E agora compete a mim mandar emoldurá-lo para outra! Ele assim me encarregou! Mas a quem mais poderia pedir? Espero poder ser útil. Não lamento, na verdade, passar a responsabilidade a outro. Ele cuidará disso – olhando na direção do capitão Wentworth –, está escrevendo agora a respeito.

E, com lábios trêmulos, concluiu, acrescentando:

– Pobre Fanny! Ela não o teria esquecido tão cedo!

– Não – respondeu Anne, em voz baixa e emocionada. – Posso imaginar.

– Não era da natureza dela. Ela era apaixonada por ele.

– Não seria da natureza de mulher alguma que amasse de verdade.

O capitão Harville sorriu, como se dissesse: "Acredita ser prerrogativa do seu sexo?".

E ela respondeu à pergunta, também sorrindo:

– Sim. Nós sem dúvida não os esquecemos tão depressa quanto os senhores nos esquecem. Talvez seja mais por nosso destino do que por nosso mérito. Nada podemos fazer. Vivemos em casa, quietas, confinadas, e somos presas dos nossos sentimentos. Os senhores sempre têm uma profissão, interesses, negócios de algum tipo, para devolvê-los de imediato ao mundo, e a sucessão de atividades e mudanças logo atenua as marcas.

– Considerando sua afirmativa de que o mundo faz tudo isso tão depressa com os homens (com o que, entretanto, não penso concordar), isso não se aplica a Benwick. Ele não foi obrigado a fazer qualquer esforço. A paz trouxe-o para terra de imediato, e desde então ele tem vivido conosco, em nosso pequeno círculo familiar.

– É verdade – disse Anne –, é bem verdade, não pensei nisso. Mas o que poderemos dizer agora, capitão Harville? Se a mudança não veio de circunstâncias externas, devem ter sido internas. Deve ter sido a natureza, a natureza masculina, que se manifestou no capitão Benwick.

– Não, não, não se trata de natureza masculina. Não permitirei que seja mais parte da natureza masculina do que da feminina ser inconstante e esquecer os que amam, ou que amaram. Acredito no oposto. Acredito numa verdadeira analogia entre nossa constituição física e a mental. E que, assim como nossos corpos são mais fortes, também o são nossos sentimentos; capazes de suportar os maiores danos e enfrentar os piores climas.

– Seus sentimentos podem ser mais fortes – retrucou Anne –, mas o mesmo espírito de analogia me autoriza a afirmar que os nossos são mais delicados. O homem é mais forte do que a mulher, mas não a sobrevive, o que explica exatamente minha visão da natureza de suas afeições. Não, seria penoso demais para os senhores se fosse de outra forma. Os senhores já têm demasiadas dificuldades, privações e perigos a enfrentar. Estão sempre trabalhando duro, expostos a todo tipo de riscos e adversidades. Suas casas, países, amigos, tudo deixado para trás. Nem tempo, ou saúde, ou vida, a serem chamados de seus. Seria cruel, de fato – e a voz lhe faltava – se a tudo isso se somassem sentimentos femininos.

– Nunca concordaremos quanto a este ponto... – começava a dizer o capitão Harville, quando um leve ruído chamou-lhes a atenção para o até então absolutamente silencioso canto da sala em que estava o capitão Wentworth. Nada além da pena que caíra, mas Anne sobressaltou-se ao perceber que ele estava mais perto do que imaginara e chegou a suspeitar que a pena só caíra porque ele prestava atenção neles, tentando captar sons, embora não acreditasse que tivesse conseguido.

– Terminou sua carta? – perguntou o capitão Harville.

– Ainda não, mais algumas linhas. Estarei pronto em cinco minutos.

– Não tenho pressa. Estou à sua disposição. Estou aqui muito bem ancorado – sorrindo para Anne –, bem suprido, nada me falta. Nenhuma pressa de receber qualquer sinal. Bem, srta. Elliot – baixando a voz –, como eu dizia, nunca concordaremos, acredito eu, quanto a este ponto. Nem é provável que concordassem qualquer homem e mulher. Mas deixe-me observar que todas as histórias estão contra a senhorita... todas as histórias, prosa e verso. Se eu tivesse tão boa memória quanto Benwick, poderia num instante apresentar-lhe cinquenta citações a favor do meu argumento e não acredito ter jamais aberto um livro na vida que não tivesse algo a dizer a respeito da inconstância feminina. Canções e provérbios, todos falam da volubilidade das mulheres. Mas talvez vá me dizer que foram todos escritos por homens.

– Talvez. Sim, sim, por favor, sem referências a exemplos em livros. Os homens sempre tiveram vantagens sobre nós ao contar sua própria história. Sempre receberam um grau muito maior de instrução, a pena sempre esteve em mãos masculinas. Não permitirei que livros provem o que quer que seja.

– Mas como poderemos provar algo?

– Nunca poderemos. Nunca podemos esperar provar coisa alguma em assuntos como este. Trata-se de uma diferença de opinião que não admite provas. Cada um de nós talvez parta de uma ideia preconcebida a favor de nosso próprio sexo, e sobre tal preconceito edificamos todas as circunstâncias favoráveis ocorridas em nosso próprio círculo, muitas delas (talvez os próprios casos que mais nos afetam) devam ser exatamente as que não se devem revelar sem trair uma confidência, ou de alguma maneira dizer o que não deveria ser dito.

– Ah! – exclamou o capitão Harville, num tom de intensa emoção. – Se eu ao menos pudesse fazê-la compreender o que sofre um homem quando lança um último olhar a sua mulher e filhos, e observa o navio no qual os embarcou, até perdê-lo de vista, e então dá meia-volta e diz: "Só Deus sabe se nos reencontraremos!". E então, se eu pudesse transmitir-lhe o brilho de sua alma quando ele os reencontra; quando, ao voltar, talvez depois de um ano de ausência e obrigado a ir para outro porto, ele calcula quando será possível levá-los para lá, pretendendo iludir-se e dizendo: "Não poderão chegar até tal dia", mas todo o tempo esperando vê-los doze horas mais cedo e vendo-os afinal chegar, como se o céu lhes tivesse dado asas, muitas horas antes! Se eu pudesse lhe explicar tudo isso, e tudo o que um homem precisa suportar e fazer, e se orgulha de fazer, pelo bem desses tesouros de sua existência! Estou falando, bem sabe, apenas dos homens que têm coração! – apertado o dele mesmo com emoção.

– Oh! – exclamou Anne com entusiasmo. – Espero fazer justiça a tudo o que o senhor sente e a todos os que sentem da mesma maneira. Deus não permita que eu subestime os sentimentos ardentes e leais de qualquer um de meus semelhantes! Eu mereceria o pior desprezo se ousasse supor que o afeto verdadeiro e a constância fossem vividos apenas pelas mulheres. Não, acredito-os capazes de tudo o que há de grandioso e bom em suas vidas matrimoniais. Acredito-os capazes de qualquer empenho importante e de superar qualquer problema doméstico, desde que... se me permite a expressão... desde que tenham um objetivo. Quero dizer, quando a mulher que amam está viva, e vive para os senhores. O único privilégio que reivindico para meu próprio sexo (não é algo invejável, não precisa cobiçá-lo) é o de amar por mais tempo quando se foi a existência ou a esperança.

Ela não poderia, não de imediato, ter proferido qualquer outra frase. Seu coração estava carregado demais, sua respiração oprimida demais.

– A senhorita é uma boa alma – exclamou o capitão Harville, colocando a mão em seu braço, com ternura. – Não se pode discutir consigo. E, quando penso em Benwick, meus lábios estão selados.

Sua atenção foi requisitada pelos outros. A sra. Croft se despedia.

– Aqui, Frederick, nós nos separamos, imagino – disse ela. – Estou indo para casa, e você tem um compromisso com seu amigo. Hoje à noite teremos o prazer de nos encontrar mais uma vez na reunião em sua casa – virando-se para Anne. – Recebemos ontem o convite de sua irmã, e soube que Frederick também recebeu um, embora eu não o tenha visto. E você não tem outro compromisso, não é mesmo, assim como nós?

O capitão Wentworth dobrava com muita pressa uma carta e não pôde ou não quis responder com detalhes.

– É verdade – disse ele –, aqui nos separamos, mas Harville e eu logo a encontraremos; ou seja, Harville, se estiver pronto, estarei em meio minuto. Sei que não lamentará se sairmos. Estarei à sua disposição em meio minuto.

A sra. Croft deixou-os, e o capitão Wentworth, tendo selado a carta com muita rapidez, estava mesmo pronto e chegava a ter um ar apressado, agitado, que demonstrava impaciência para sair. Anne não sabia como interpretar. Recebera o gentil "Tenha um bom dia, Deus a abençoe!" do capitão Harville, mas dele nem uma palavra, nem um olhar! Ele saíra da sala sem um olhar!

Mal teve tempo, entretanto, de se aproximar da mesa à qual ele estivera escrevendo, quando se fizeram ouvir passos que voltavam. A porta se abriu; era ele. Desculpou-se, mas esquecera as luvas, e num momento atravessou a sala até a mesinha, tirou uma carta debaixo dos papéis espalhados, colocou-a diante de Anne com olhos de brilhante ansiedade fixos nela por alguns segundos, apanhando apressado as luvas, estava outra vez fora da sala, quase antes que a sra. Musgrove se desse conta da sua presença: coisa de um instante!

A revolução que um instante fez em Anne quase não permitia descrição. A carta, com um cabeçalho praticamente ilegível, para "Srta. A. E.", era sem dúvida a que ele estivera dobrando com tanta pressa. Enquanto o acreditavam escrevendo apenas para o capitão Benwick, ele escrevia também para ela! Do conteúdo daquela carta dependia tudo o que o mundo poderia fazer por ela. Tudo era possível, tudo podia ser desafiado, menos o suspense. A sra. Musgrove se ocupava de alguns detalhes em sua própria mesa; precisava confiar naquela proteção. E, desabando sobre a cadeira que ele ocupara, seus olhos devoraram as seguintes palavras:

> "Não posso mais ouvir em silêncio. Devo falar-lhe com os meios que estão a meu alcance. Meu coração

está dilacerado. Estou em estado de semiagonia, semiesperança. Não me diga que cheguei tarde demais, que sentimentos tão preciosos se foram para sempre. Ofereço-me uma vez mais com um coração ainda mais seu do que quando quase o partiu, há oito anos e meio. Não ouse dizer que um homem se esquece mais depressa do que uma mulher, que o amor dele conhece primeiro a morte. Nunca amei outra pessoa. Injusto posso ter sido, fraco e rancoroso posso ter sido, mas nunca inconstante. Apenas por sua causa eu viria a Bath. Apenas por sua causa penso e planejo. Não percebeu tudo isso? Não foi capaz de compreender meus desejos? Eu não teria esperado sequer estes dez dias caso tivesse lido seus sentimentos, como acredito que deva ter interpretado os meus. Mal consigo escrever. A cada instante ouço algo que me angustia. Sua voz se abaixa, mas posso reconhecer os tons dessa voz mesmo quando se misturam aos demais. Boníssima, extraordinária criatura! Faz-nos justiça, sem dúvida. Acredita que existam a verdadeira afeição e constância entre os homens. Acredite serem mais ardentes, mais inalteráveis, em

F.W.

"Preciso ir, incerto quanto ao meu destino. Mas voltarei aqui, ou me reunirei a seu grupo, o mais depressa possível. Uma palavra, um olhar, serão o bastante para que me decida a ir à casa de seu pai esta noite ou nunca."

De uma carta assim ninguém se recupera logo. Meia hora de solidão e reflexão poderiam tê-la tranquilizado, mas os dez minutos transcorridos antes que fosse interrompida, com todas as restrições de sua posição, nenhuma tranquilidade poderiam trazer. Pelo contrário, cada momento trazia nova agitação. Era uma felicidade devastadora. E, antes que superasse o primeiro estágio de sensação plena, chegaram Charles, Mary e Henrietta.

A absoluta necessidade de se controlar produziu então uma batalha imediata, mas depois de pouco tempo ela não foi mais capaz. Começou a não compreender uma só palavra do que diziam e foi obrigada a pretextar indisposição e a se desculpar. Perceberam então que ela parecia muito doente, ficaram muito abalados e preocupados, e não sairiam dali sem ela. Aquilo era pavoroso. Se eles ao menos saíssem e a deixassem em paz e sozinha naquela sala, haveria cura, mas ter todos eles de pé ou à sua volta, à espera, era perturbador. E, em desespero, disse que iria para casa.

– Mas é claro, minha cara – exclamou a sra. Musgrove. – Vá direto para casa, e cuide-se, para que esteja bem à noite. Gostaria que Sarah estivesse aqui para atendê-la, mas não sei como fazê-lo. Charles, chame alguém e peça um coche. Ela não pode andar.

Mas o coche não lhe convinha. Nada seria pior! Perder a possibilidade de trocar duas palavras com o capitão Wentworth em sua tranquila e solitária caminhada pela cidade (e ela podia quase ter certeza de que o encontraria) era uma ideia insuportável. O coche foi recusado com veemência, e a sra. Musgrove, que só pensava num tipo de doença, certificando-se com alguma ansiedade de que nenhuma queda acontecera, de que em nenhum momento recente Anne escorregara ou recebera um golpe na cabeça, de que estava absolutamente certa de que não houve queda alguma, pôde se despedir aliviada e dizer que esperava vê-la melhor à noite.

Ansiosa para não deixar passar qualquer precaução possível, Anne fez um esforço e disse:

– Receio, minha senhora, que nem tudo tenha sido esclarecido. Peço-lhe que me faça a bondade de mencionar aos outros cavalheiros que esperamos ver todo o seu grupo hoje à noite. Receio que possa ter havido algum engano e gostaria que a senhora assegurasse em especial ao capitão Harville e ao capitão Wentworth que esperamos receber os dois.

– Oh! Minha cara, está perfeitamente entendido, dou-lhe minha palavra. O capitão Harville não pensa senão em comparecer.

– A senhora acredita? Mas fico receosa e lamentaria tanto... Promete-me tocar no assunto, quando o vir outra vez? Estará com ambos ainda pela manhã, acredito. Prometa-me.

– Esteja certa de que o farei, se assim deseja. Charles, se encontrar o capitão Harville em algum lugar, lembre-se de lhe dar o recado da srta. Anne. Mas na verdade, minha cara, não precisa se preocupar. O capitão Harville já se considera comprometido, dou-lhe minha palavra. E ouso dizer que também o capitão Wentworth.

Anne nada mais podia fazer, embora seu coração profetizasse alguma má sorte a destruir a perfeição de sua felicidade. Mas aquilo não durou muito. Mesmo se ele não fosse pessoalmente a Camden Place, ela teria a possibilidade de mandar um recado inteligível pelo capitão Harville. Outra agonia momentânea aconteceu. Charles, em sua real preocupação e boa índole, iria acompanhá-la à casa. Não havia como impedi-lo. Era quase cruel. Mas ela não podia ser ingrata, ele sacrificava um compromisso com um armeiro para lhe ser útil. E ela saiu com ele, sem qualquer sentimento além de uma aparente gratidão.

Estavam na Union Street quando passos rápidos atrás deles, um som algo familiar, deu a ela dois instantes de preparação para a visão do capitão Wentworth. Ele se aproximou, mas, como se indeciso quanto a juntar-se a ambos ou seguir adiante, nada disse, apenas olhou. Anne conseguiu se controlar o suficiente para receber aquele olhar, e sem qualquer repulsa. As faces antes pálidas estavam agora rubras, e os movimentos antes hesitantes estavam firmes. Ele se encaminhou para o lado dela. Nesse momento, assaltado por um súbito pensamento, Charles disse:

– Capitão Wentworth, para onde vai? Só até Gay Street ou mais adiante?

– Não saberia dizer – respondeu o capitão Wentworth, surpreso.

– Vai até Belmont? Vai para perto de Camden Place? Porque, se for, não terei escrúpulos em lhe pedir que tome o meu lugar e ofereça seu braço a Anne até a casa de seu pai. Ela está um tanto exausta esta manhã, e não deve ir tão longe sem ajuda, e eu deveria me encontrar com aquele camarada em

Market Place. Ele prometeu mostrar-me uma arma excepcional que deve despachar ainda hoje; disse que não a embrulharia até o último momento possível para que eu a pudesse ver; se eu não voltar agora, perderei a oportunidade. Pela descrição, deve ser muito parecida com a minha espingarda de dois canos de tamanho médio, com a qual já atirou um dia em Winthrop.

Não poderia haver uma recusa. Só poderia haver o mais correto entusiasmo, a mais cortês concordância para os olhos do público. E, sorrisos contidos e emoções dançando em êxtase privado. Em meio minuto, Charles estava outra vez no início da Union Street e os outros dois prosseguiam juntos. E logo palavras suficientes foram trocadas entre eles para decidir seu caminho em direção à relativamente tranquila e afastada alameda de cascalho, onde o poder da conversa transformaria o momento atual numa verdadeira bênção e o prepararia para toda a imortalidade que lhe pudessem conferir as mais felizes visões de suas próprias vidas futuras. Lá compartilharam mais uma vez aqueles sentimentos e aquelas promessas que, uma vez, pareceram garantir tudo, mas aos quais se seguiram tantos, tantos anos de separação e estranhamento. Lá voltaram outra vez ao passado, mais encantadoramente felizes, talvez, naquele reencontro do que quando pela primeira vez projetaram sua união; mais ternos, mais seguros, mais baseados no conhecimento do caráter, da lealdade e da fidelidade um do outro, mais capazes de tomar atitudes, mais razoáveis ao agir. E lá, subindo devagar a ladeira, desatentos a todos os grupos ao seu redor, sem perceber políticos a passeio, governantas atarefadas, mocinhas namoradeiras, ou babás e crianças, puderam entregar-se a recordações e reconhecimentos, e sobretudo às explicações do que precedia de pouco o momento presente, que tanto e com tanta urgência os interessavam. Todas as pequenas variações da última semana foram examinadas, e as de ontem e hoje pareciam não ter fim.

Ela não o compreendera mal. Ciúme do sr. Elliot havia sido o peso opressor, a dúvida, o tormento. Seus efeitos surgiram no mesmo instante do primeiro encontro em Bath; voltaram, depois de breve suspensão, para arruinar o concerto;

e o haviam influenciado em tudo o que dissera e fizera, ou deixara de dizer e fazer, nas últimas 24 horas. Foram aos poucos cedendo a maiores esperanças, ocasionalmente encorajadas por olhares, palavras ou atitudes dela. Foram afinal eliminados por aqueles sentimentos e aqueles tons de voz que o alcançaram quando ela conversava com o capitão Harville e pelo irresistível impulso que o levara a tomar de uma folha de papel e nela extravasar seus sentimentos.

Do que ele escrevera, nada havia a ser retratado ou alterado. Ele insistiu em nunca ter amado outra além dela. Ela nunca fora suplantada. Ele sequer acreditava poder haver outra igual. Mas era obrigado a admitir: sua fidelidade fora não apenas inconsciente como involuntária; quis esquecê-la e acreditou ter conseguido. Imaginara-se indiferente, quando estava apenas zangado, e fora injusto quanto aos méritos dela, porque sofrera por causa deles. Agora, a personalidade dela estava gravada em sua mente como a perfeição absoluta, mantendo o adorável equilíbrio entre determinação e suavidade; mas ele era obrigado a reconhecer que só em Uppercross aprendera a lhe fazer justiça e só em Lyme começara a compreender a si mesmo. Em Lyme, recebera lições de mais de um tipo. A passageira admiração do sr. Elliot o tinha, no mínimo, provocado, e as cenas no Cobb e na casa do capitão Harville comprovaram a superioridade dela.

Quanto às tentativas anteriores de se afeiçoar a Louisa Musgrove (tentativas do orgulho ferido), afirmou ter sempre sentido que seria impossível, que ele não gostava, não podia gostar de Louisa; embora até aquele dia, até a possibilidade de reflexão que se seguiu, não tivesse compreendido a perfeita grandeza da personalidade com a qual a de Louisa mal suportaria uma comparação, ou o absoluto e inigualável domínio exercido sobre a dele. Ali, ele aprendera a distinguir entre a firmeza de princípios e a obstinação da rebeldia, entre o atrevimento do descuido e a bravura de um espírito tranquilo. Ali percebera todas as razões para valorizar em sua estima a mulher que perdera; e ali começou a lamentar o orgulho, a insensatez, a loucura do rancor que o haviam impedido de tentar reconquistá-la quando ela reapareceu diante dele.

A partir de então, sua penitência se agravara. Mal se libertara do horror e do remorso presentes nos primeiros dias após o acidente de Louisa, mal voltara a se sentir vivo, quando começou a se sentir, embora vivo, sem liberdade.

– Percebi – disse ele – que eu era considerado por Harville um homem comprometido. Que nem Harville nem sua esposa tinham dúvidas quanto ao nosso afeto recíproco. Fiquei perplexo e chocado. Até certo ponto, eu poderia contradizer aquilo no mesmo instante. Mas, quando comecei a refletir que outros talvez pudessem imaginar o mesmo... a família dela, e pior, talvez ela própria... não pude mais ser dono de mim mesmo. Eu seria dela, em nome da honra, se ela assim quisesse. Eu tinha sido imprudente. Não pensara a sério a respeito disso. Não imaginara que minha excessiva intimidade pudesse resultar em danos de todo tipo e que eu não tinha o direito de tentar ver se conseguia gostar de uma das moças, correndo o risco de provocar, ao menos, um comentário desagradável, senão outros problemas. Meu erro tinha sido enorme, e eu precisava arcar com as consequências.

Em resumo, ele havia descoberto tarde demais que se metera em apuros e que, exatamente quando se convenceu de que não gostava mesmo de Louisa, precisara se considerar preso a ela, caso seus sentimentos por ele fossem o que supunham os Harville. Isso o fez deixar Lyme e aguardar em outro lugar o total restabelecimento da moça. Enfraqueceria de bom grado, por todos os meios decentes, quaisquer sentimentos ou especulações que pudessem existir a respeito dele. E foi, então, para a casa do irmão, pretendendo depois de algum tempo voltar a Kellynch e agir conforme ditassem as circunstâncias.

– Passei seis semanas com Edward – disse ele – e o vi feliz. Não podia ter qualquer outro prazer. Não merecia. Ele fez perguntas muito específicas a seu respeito, chegou a me perguntar se estava mudada, mal suspeitando que a meus olhos jamais haveria mudanças.

Anne sorriu e não fez comentários. Era uma bobagem agradável demais para merecer censuras. Significa algo para uma mulher ouvir a afirmação, aos 27 anos, de que não perdera o encanto da juventude; mas o valor de tal homenagem era indescritivelmente maior para Anne, ao compará-la com palavras anteriores e perceber haver ali o resultado, e não a causa, do renascimento dos fervorosos sentimentos dele.

Ele ficara em Shropshire, lamentando a cegueira de seu próprio orgulho e a insensatez de seus próprios cálculos, até ser libertado por Louisa com a surpreendente e oportuna notícia de seu noivado com Benwick.

– Nesse ponto – disse ele – terminou o pior da minha situação; agora eu poderia enfim me encaminhar para a felicidade; poderia me esforçar; poderia fazer algo. Mas ter esperado tanto tempo sem ação, e esperar apenas pelo pior, tinha sido terrível. Nos primeiros cinco minutos, eu disse: "Estarei em Bath na quarta-feira", e aqui estava. Terá sido imperdoável pensar que valeria a pena vir? E chegar com alguma dose de esperança? Você estava solteira. Era possível que conservasse os sentimentos do passado, assim como eu; e havia algo que me encorajava. Eu jamais poderia duvidar de que haveria outros que a amassem e quisessem, mas tinha informações seguras de que pelo menos um homem fora recusado e com melhores pretensões que as minhas. E eu não podia deixar de muitas vezes me perguntar, "Terá sido por minha causa?".

O primeiro encontro de ambos em Milsom Street permitira que muito fosse dito, mas o concerto ainda mais. Aquela noite parecia ter sido feita de momentos encantados. O momento em que ela se adiantou, na Sala Octogonal, para falar com ele; o momento em que surgiu o sr. Elliot e a levou embora, e um ou dois momentos posteriores, marcados pela volta da esperança ou pelo crescente desalento, foram enfrentados com energia.

– Vê-la – continuou ele – entre aqueles que não poderiam querer o meu bem; ver seu primo a seu lado, conversando e sorrindo, e perceber toda a terrível conveniência e interesse de tal união! Considerar ser esse o inequívoco desejo de todos aqueles que pudessem ter esperanças de influenciá-la! Mesmo que seus próprios sentimentos fossem relutantes ou indiferentes, considerar como seriam poderosos os votos a favor dele! Já não era suficiente, para mim, estar fazendo papel de tolo? Como eu poderia presenciar tudo aquilo sem agonia? Já não era a própria visão da amiga sentada às suas costas a lembrança do que acontecera, o conhecimento da influência dela, a indelével, irremovível impressão do que a persuasão já conseguira... já não estava tudo contra mim?

– Deveria ter percebido a diferença – respondeu Anne. – Não deveria ter suspeitado de mim agora; a situação é tão diferente, e minha idade tão diferente. Se antes errei, deixando-me levar pela persuasão, lembre-se de que foi pela persuasão exercida em nome da segurança, não do risco. Quando cedi, pensei ceder ao dever, mas nenhum dever poderia agora ser invocado. Casando-me com um homem que me fosse indiferente, todos os riscos seriam corridos, e todos os deveres violados.

– Talvez eu devesse ter pensado assim – retrucou ele –, mas não pude. Não consegui aproveitar a recente percepção da sua personalidade. Não consegui trazê-la à tona; ela estava abafada, enterrada, perdida naqueles antigos sentimentos que me corroeram ano após ano. Só conseguia pensar a seu respeito como alguém que cedeu, que desistiu de mim, que se deixou influenciar por outra pessoa mais do que por mim. Eu a vi com a mesma pessoa que a aconselhou naquele ano terrível. Não tinha razões para acreditá-la, hoje, com menos autoridade. A força do hábito manifestou-se.

– Eu acreditava – disse Anne – que minha atitude o pudesse poupar de todas essas coisas.

– Não, não! Sua atitude só podia vir da tranquilidade que lhe daria o compromisso com outro homem. Deixei-a, acreditando nisso, mas determinado a vê-la outra vez. Meu ânimo voltou pela manhã, e senti que ainda tinha motivos para continuar aqui.

E então Anne estava em casa, mais feliz do que qualquer um poderia imaginar. Todas as surpresas e dúvidas, e qualquer outra parte dolorosa da manhã, dissipadas por essa conversa, ela voltou a entrar em casa tão feliz que precisou buscar equilíbrio em algumas apreensões passageiras de que aquilo não poderia durar. Um tempo de meditação, séria e agradecida, era o melhor corretivo para tudo o que pudesse haver de perigoso naquela intensa felicidade; e ela foi para o quarto e recobrou a firmeza e a confiança no reconhecimento de sua alegria.

A noite chegou, as salas de visitas foram iluminadas, os convidados recebidos. Era apenas uma reunião para jogos de baralho, era apenas uma mistura daqueles que nunca se tinham encontrado e dos que se encontravam com excessiva frequência. Nada de especial, um grupo grande demais para ser íntimo, pequeno demais para ser variado; mas Anne nunca achou uma noite tão curta. Radiante e encantadora em sua sensibilidade e felicidade, e mais admirada por todos do que imaginaria ou com que se preocuparia, reagia com satisfação ou tolerância a todos que a cercavam. O sr. Elliot lá estava; ela evitava, mas poderia ter pena dele. Quanto aos Wallis, divertia-se ao compreendê-los. Lady Dalrymple e a srta. Carteret... logo não passariam de primas inócuas. Ela não se importava com a sra. Clay, e nada a envergonhava no comportamento do pai e da irmã. Com os Musgrove, houve a conversa alegre dos que se sentem bem juntos; com o capitão Harville, o entendimento carinhoso entre irmão e irmã; com Lady Russell, tentativas de conversa, interrompidas por deliciosos pensamentos; com o almirante e a sra. Croft, toda a habitual cordialidade e um vivo interesse que os mesmos pensamentos tentavam disfarçar; com o capitão Wentworth, alguns momentos de comunicação a todo instante, sempre a esperança de mais e sempre a consciência da presença dele.

Foi num desses rápidos encontros, ambos aparentemente ocupados em admirar um belo arranjo de plantas de estufa, que ela disse:

– Estive pensando sobre o passado e tentando julgar com imparcialidade o que houve de certo e errado, quero dizer, em relação a mim mesma. Devo acreditar que estava certa, por mais que tenha sofrido, que sem dúvida agi certo ao me deixar guiar pela minha amiga, de quem aprenderá a gostar mais do que gosta agora. Para mim, ela ocupava o lugar de mãe. Mas não me entenda mal. Não estou dizendo que ela não estivesse errada em seus conselhos. Aquela talvez tenha sido uma dessas situações em que o conselho só se revela bom ou ruim conforme o desenrolar dos acontecimentos. E eu, com certeza, jamais teria dado tal conselho em quaisquer circunstâncias vagamente semelhantes. Mas o que quero dizer é que agi certo ao me submeter ao dela e, se não o tivesse feito, teria sofrido mais levando adiante nosso compromisso do que desistindo dele, porque surgiriam problemas de consciência. Hoje, até onde é tal sentimento admissível na natureza humana, nada tenho a me censurar; se não me engano, um forte senso de dever não é parte nociva das qualidades femininas.

Ele olhou para ela, olhou para Lady Russell e, voltando a olhar para ela, respondeu, como se depois de fria deliberação:

– Ainda não. Mas há esperanças de que ela seja perdoada com o tempo. Acredito poder em breve ser caridoso em relação a ela. Mas eu também estive pensando no passado, e uma pergunta se insinuou: se não pode ter havido alguém ainda mais contra mim do que aquela senhora? Eu mesmo. Diga-me se, quando voltei para a Inglaterra em 1808, com umas poucas mil libras, e fui designado para o *Laconia*, se eu, então, lhe tivesse escrito, responderia minha carta? Teria, enfim, renovado o compromisso naquela ocasião?

– Teria! – foi toda a resposta dela, mas o tom era mais do que definitivo.

– Bom Deus! – exclamou ele. – Teria! Não que eu não tenha pensado nisso, ou desejado, como algo que seria o único coroamento de todos os meus outros sucessos. Mas eu era orgulhoso, orgulhoso demais para refazer o pedido. Eu não a compreendi. Fechei os olhos e não a compreendi, nem lhe fiz justiça. Esta é uma recordação que me obriga a perdoar a quem quer que seja antes de a mim mesmo. Seis anos de separação e sofrimento poderiam ter sido poupados. E é também uma espécie de dor, nova para mim. Acostumei-me à satisfação de me acreditar merecedor de todas as bênçãos que me foram concedidas. Avaliei-me pelo trabalho honroso e pelas justas recompensas. Como outros grandes homens diante da adversidade – acrescentou ele, com um sorriso –, preciso me esforçar para sujeitar minha mente à minha sorte. Preciso aprender a suportar ser mais feliz do que mereço.

Capítulo 24

Quem pode ter dúvidas quanto ao que se seguiu? Quando dois jovens decidem se casar, têm certeza de que, pela perseverança, conseguirão o que desejam, ainda que sejam pobres, ou imprudentes, ou com poucas probabilidades de proporcionar um ao outro alguma eventual assistência. Tal moralidade pode não ser uma boa conclusão, mas acredito que seja verdadeira. E, se tais casais conseguem, como poderiam um capitão Wentworth e uma Anne Elliot, com a vantagem da maturidade, da consciência de seus direitos, e de uma fortuna independente, deixar de triunfar sobre qualquer oposição? Poderiam, na verdade, ter vencido muito mais do que o que enfrentaram, pois pouco havia para angustiá-los, além da falta de gentileza e entusiasmo. Sir Walter não fez objeções, e Elizabeth, nada pior do que uma aparente frieza e desinteresse. O capitão Wentworth, com 520 mil libras e com um posto tão elevado quanto o mérito e a profissão poderiam proporcionar, deixara de ser um joão-ninguém. Era agora considerado bastante adequado para pedir a mão da filha de um baronete tolo e esbanjador, que não tivera princípios ou bom-senso suficientes para se manter na condição em que a Providência o colocara e só podia agora dar à filha uma pequena parte da cota de dez mil libras às quais ela teria direito no futuro.

Sir Walter, é certo, embora não tivesse afeição por Anne e sem a vaidade lisonjeada, o que o deixaria realmente feliz, estava longe de considerar aquele um mau casamento para Anne. Pelo contrário, quando viu melhor o capitão Wentworth, quando o viu repetidas vezes à luz do dia e o examinou bem, ficou muito impressionado com os dotes físicos do rapaz e sentiu que aquela superioridade de aparência bem poderia contrabalançar a superioridade da posição social da filha. E tudo isso, somado ao sobrenome eufônico, permitiu enfim a Sir Walter preparar, com muito prazer, a pena para inscrever o casamento no volume de honra.

A única pessoa cujos sentimentos hostis poderiam provocar real ansiedade era Lady Russell. Anne sabia que Lady Russell deveria estar sofrendo por compreender e desistir do sr. Elliot, e se esforçando para conhecer melhor e fazer justiça ao capitão Wentworth. Mas isso era o que Lady Russell precisava fazer agora. Precisava aprender a compreender que se enganara em relação a ambos; que se deixara influenciar mal pelas aparências; que, porque as maneiras do capitão Wentworth não se adequavam às suas próprias ideias, depressa demais deduzira serem elas indício de um perigoso temperamento impetuoso; e que, por lhe terem agradado as maneiras do sr. Elliot exatamente por seu decoro e correção, pela cortesia e suavidade gerais, fora rápida demais ao considerá-las a inquestionável demonstração das mais corretas opiniões e de uma mente equilibrada. Nada mais poderia fazer Lady Russell além de admitir que tinha estado redondamente enganada e construir novo conjunto de opiniões e esperanças.

Há em alguns uma agilidade de percepção, uma sutileza na avaliação do caráter, um discernimento, enfim, que, em outros, nenhuma experiência consegue igualar, e Lady Russell fora menos abençoada nesse sentido do que sua jovem amiga. Mas ela era uma mulher muito boa e, se tinha por segundo objetivo ser sensata e boa avaliadora, o primeiro era ver Anne feliz. Ela amava Anne mais do que amava suas próprias qualidades; e, ao superar a estranheza inicial, pouca dificuldade encontrou para se afeiçoar, como uma mãe, ao homem que era a garantia de felicidade de sua outra filha.

De toda a família, Mary foi talvez a mais imediatamente satisfeita pelas circunstâncias. Era honroso ter uma irmã casada, e ela podia se vangloriar de ter exercido um importante papel naquela união, por ter recebido Anne no outono; e, como sua própria irmã deveria ser melhor do que as irmãs do marido, era muito agradável que o capitão Wentworth fosse um homem mais rico do que o capitão Benwick ou Charles Hayter. Teve algo a lamentar, talvez, quando voltaram a ter contato, ao ver Anne reinvestida dos direitos de prioridade e possuidora de um lindo coche descapotável; mas havia à sua espera um futuro que lhe servia de poderoso consolo. Anne não tinha uma Uppercross Hall a herdar, nenhuma propriedade rural, nenhuma posição de supremacia familiar; e, se pudessem impedir que o capitão Wentworth fosse feito baronete, ela não trocaria de lugar com Anne.

Teria sido muito bom para a irmã mais velha que ela também se alegrasse com a própria situação, pois nenhuma alteração era provável. Logo se viu angustiada pela saída de cena do sr. Elliot, e ninguém mais, com os devidos requisitos, se apresentou para fazer renascer mesmo as infundadas esperanças que com ele se foram.

A notícia do noivado de sua prima Anne muito surpreendeu o sr. Elliot. Destruiu seus melhores planos de felicidade doméstica, sua melhor esperança de manter Sir Walter solteiro por meio da vigilância que lhe dariam os direitos de genro. Mas, mesmo frustrado e desapontado, ainda foi capaz de fazer algo em seu próprio interesse e para seu próprio prazer. Logo deixou Bath e, com a partida, pouco tempo depois, da sra. Clay e a posterior informação de ter ela se estabelecido em Londres sob sua proteção, ficou evidente o jogo duplo que ele vinha fazendo e, no mínimo, o quanto estava determinado a não se deixar derrotar por uma mulher astuciosa.

Os sentimentos de afeto da sra. Clay sobrepujaram os de interesse, e ela sacrificara pelo rapaz a possibilidade de continuar a enredar Sir Walter. Mas ela, além de afeto, tinha talento; e permanece uma questão duvidosa se triunfará a astúcia dele, ou a dela; se ele, depois de impedir que ela se tornasse a esposa de Sir Walter, não pode ser seduzido e mimado a ponto de fazer dela a esposa de Sir William.

Não se pode duvidar que Sir Walter e Elizabeth tenham ficado chocados e humilhados com a perda da companheira e com a descoberta de sua traição. Tinham as primas importantes, é claro, a quem recorrer como consolo, mas devem ter percebido que adular e acompanhar os outros, sem ser por sua vez adulado e acompanhado, não passa de um prazer pela metade.

Anne, satisfeita com a rápida decisão tomada por Lady Russell de gostar do capitão Wentworth como deveria, não via qualquer outro entrave à felicidade de seus projetos do que as originadas pela consciência de não poder lhe apresentar um parente que pudesse ser apreciado por um homem de bom-senso. Nesse ponto, ela sentia muito vívida sua própria inferioridade. A desproporção de suas fortunas nada significava; isso não lhe dava um instante de amargura; mas não ter família que o recebesse e o estimasse devidamente, nenhuma respeitabilidade, ou harmonia, ou boa vontade com que retribuir toda a estima e toda a imediata acolhida vinda dos irmãos e irmãs dele, era uma fonte da mais intensa dor à qual podia ser sensível nas circunstâncias de, não fosse por isso, extrema felicidade. Ela só tinha no mundo duas amigas a oferecer, Lady Russell e a sra. Smith. Das duas, porém, ele estava inclinado a gostar. Lady Russell, apesar de todas as transgressões anteriores, ele era agora capaz de valorizar do fundo do coração. Mesmo não disposto a dizer que acreditava estar ela certa quando os separara, estava pronto a dizer quase tudo o mais a favor dela, e quanto à sra. Smith, tinha méritos de vários tipos a recomendá-la rápida e permanentemente.

Seus recentes bons ofícios a Anne eram por si suficientes, e o casamento, em vez de privá-la de uma amiga, dera-lhe dois amigos. Ela foi a primeira visita que receberam no novo lar; e o capitão Wentworth, ao lhe dar os meios de recuperar a propriedade do marido nas Índias Orientais, ao escrever por ela, agir por ela e ajudá-la a contornar todas as pequenas dificuldades do caso com a presteza e o interesse de homem corajoso e amigo empenhado, recompensou-a por todos os serviços que ela prestara, ou tencionara prestar, à sua esposa.

A alegria da sra. Smith não foi perturbada por esse aumento de renda, com alguma melhora de saúde, e o ganho de amigos como aqueles com quem conviver, pois seu otimismo e jovialidade não a abandonaram. E, enquanto durassem esses mananciais básicos de bem-estar, ela poderia ter enfrentado até mesmo maiores desafios de prosperidade mundana. Poderia ter sido absolutamente rica e perfeitamente saudável, e ainda assim ser feliz. Sua fonte de felicidade vinha da intensidade de sua fibra, assim como a de sua amiga Anne, do calor de seu coração.

Anne era a própria ternura e encontrara total retribuição no afeto do capitão Wentworth. A profissão dele era tudo o que poderia vir a fazer com que suas amigas preferissem uma ternura menor; e a ameaça de uma guerra futura tudo o que poderia nublar sua felicidade. Ela se orgulhava de ser a mulher de um marujo, mas devia pagar o tributo de um permanente alerta por pertencer a uma profissão que, se possível, é mais valorizada por suas virtudes domésticas do que por sua importância nacional.

FINIS.

Coleção L&PM POCKET (Lançamentos mais recentes)

1148. **O contrato social (Mangá)** – J.-J. Rousseau
1149. **Garfield fenomenal** – Jim Davis
1150. **A queda da América** – Allen Ginsberg
1151. **Música na noite & outros ensaios** – Aldous Huxley
1152. **Poesias inéditas & Poemas dramáticos** – Fernando Pessoa
1153. **Peanuts: Felicidade é...** – Charles M. Schulz
1154. **Mate-me por favor** – Legs McNeil e Gillian McCain
1155. **Assassinato no Expresso Oriente** – Agatha Christie
1156. **Um punhado de centeio** – Agatha Christie
1157. **A interpretação dos sonhos (Mangá)** – Freud
1158. **Peanuts: Você não entende o sentido da vida** – Charles M. Schulz
1159. **A dinastia Rothschild** – Herbert R. Lottman
1160. **A Mansão Hollow** – Agatha Christie
1161. **Nas montanhas da loucura** – H.P. Lovecraft
1162(28). **Napoleão Bonaparte** – Pascale Fautrier
1163. **Um corpo na biblioteca** – Agatha Christie
1164. **Inovação** – Mark Dodgson e David Gann
1165. **O que toda mulher deve saber sobre os homens: a afetividade masculina** – Walter Riso
1166. **O amor está no ar** – Mauricio de Sousa
1167. **Testemunha de acusação & outras histórias** – Agatha Christie
1168. **Etiqueta de bolso** – Celia Ribeiro
1169. **Poesia reunida (volume 3)** – Affonso Romano de Sant'Anna
1170. **Emma** – Jane Austen
1171. **Que seja em segredo** – Ana Miranda
1172. **Garfield sem apetite** – Jim Davis
1173. **Garfield: Foi mal...** – Jim Davis
1174. **Os irmãos Karamázov (Mangá)** – Dostoiévski
1175. **O Pequeno Príncipe** – Antoine de Saint-Exupéry
1176. **Peanuts: Ninguém mais tem o espírito aventureiro** – Charles M. Schulz
1177. **Assim falou Zaratustra** – Nietzsche
1178. **Morte no Nilo** – Agatha Christie
1179. **Ê, soneca boa** – Mauricio de Sousa
1180. **Garfield a todo o vapor** – Jim Davis
1181. **Em busca do tempo perdido (Mangá)** – Proust
1182. **Cai o pano: o último caso de Poirot** – Agatha Christie
1183. **Livro para colorir e relaxar** – Livro 1
1184. **Para colorir sem parar**
1185. **Os elefantes não esquecem** – Agatha Christie
1186. **Teoria da relatividade** – Albert Einstein
1187. **Compêndio da psicanálise** – Freud
1188. **Visões de Gerard** – Jack Kerouac
1189. **Fim de verão** – Mohiro Kitoh
1190. **Procurando diversão** – Mauricio de Sousa
1191. **E não sobrou nenhum e outras peças** – Agatha Christie
1192. **Ansiedade** – Daniel Freeman & Jason Freeman
1193. **Garfield: pausa para o almoço** – Jim Davis
1194. **Contos do dia e da noite** – Guy de Maupassant
1195. **O melhor de Hagar 7** – Dik Browne
1196(29). **Lou Andreas-Salomé** – Dorian Astor
1197(30). **Pasolini** – René de Ceccatty
1198. **O caso do Hotel Bertram** – Agatha Christie
1199. **Crônicas de motel** – Sam Shepard
1200. **Pequena filosofia da paz interior** – Catherine Rambert
1201. **Os sertões** – Euclides da Cunha
1202. **Treze à mesa** – Agatha Christie
1203. **Bíblia** – John Riches
1204. **Anjos** – David Albert Jones
1205. **As tirinhas do Guri de Uruguaiana 1** – Jair Kobe
1206. **Entre aspas (vol.1)** – Fernando Eichenberg
1207. **Escrita** – Andrew Robinson
1208. **O spleen de Paris: pequenos poemas em prosa** – Charles Baudelaire
1209. **Satíricon** – Petrônio
1210. **O avarento** – Molière
1211. **Queimando na água, afogando-se na chama** – Bukowski
1212. **Miscelânea septuagenária: contos e poemas** – Bukowski
1213. **Que filosofar é aprender a morrer e outros ensaios** – Montaigne
1214. **Da amizade e outros ensaios** – Montaigne
1215. **O medo à espreita e outras histórias** – H.P. Lovecraft
1216. **A obra de arte na era de sua reprodutibilidade técnica** – Walter Benjamin
1217. **Sobre a liberdade** – John Stuart Mill
1218. **O segredo de Chimneys** – Agatha Christie
1219. **Morte na rua Hickory** – Agatha Christie
1220. **Ulisses (Mangá)** – James Joyce
1221. **Ateísmo** – Julian Baggini
1222. **Os melhores contos de Katherine Mansfield** – Katherine Mansfied
1223(31). **Martin Luther King** – Alain Foix
1224. **Millôr Definitivo: uma antologia de *A Bíblia do Caos*** – Millôr Fernandes
1225. **O Clube das Terças-Feiras e outras histórias** – Agatha Christie
1226. **Por que sou tão sábio** – Nietzsche
1227. **Sobre a mentira** – Platão
1228. **Sobre a leitura *seguido do* Depoimento de Céleste Albaret** – Proust
1229. **O homem do terno marrom** – Agatha Christie
1230(32). **Jimi Hendrix** – Franck Médioni
1231. **Amor e amizade e outras histórias** – Jane Austen
1232. **Lady Susan, Os Watson e Sanditon** – Jane Austen
1233. **Uma breve história da ciência** – William Bynum

1234.**Macunaíma: o herói sem nenhum caráter** – Mário de Andrade
1235.**A máquina do tempo** – H.G. Wells
1236.**O homem invisível** – H.G. Wells
1237.**Os 36 estratagemas: manual secreto da arte da guerra** – Anônimo
1238.**A mina de ouro e outras histórias** – Agatha Christie
1239.**Pic** – Jack Kerouac
1240.**O habitante da escuridão e outros contos** – H.P. Lovecraft
1241.**O chamado de Cthulhu e outros contos** – H.P. Lovecraft
1242.**O melhor de Meu reino por um cavalo!** – Edição de Ivan Pinheiro Machado
1243.**A guerra dos mundos** – H.G. Wells
1244.**O caso da criada perfeita e outras histórias** – Agatha Christie
1245.**Morte por afogamento e outras histórias** – Agatha Christie
1246.**Assassinato no Comitê Central** – Manuel Vázquez Montalbán
1247.**O papai é pop** – Marcos Piangers
1248.**O papai é pop 2** – Marcos Piangers
1249.**A mamãe é rock** – Ana Cardoso
1250.**Paris boêmia** – Dan Franck
1251.**Paris libertária** – Dan Franck
1252.**Paris ocupada** – Dan Franck
1253.**Uma anedota infame** – Dostoiévski
1254.**O último dia de um condenado** – Victor Hugo
1255.**Nem só de caviar vive o homem** – J.M. Simmel
1256.**Amanhã é outro dia** – J.M. Simmel
1257.**Mulherzinhas** – Louisa May Alcott
1258.**Reforma Protestante** – Peter Marshall
1259.**História econômica global** – Robert C. Allen
1260(33).**Che Guevara** – Alain Foix
1261.**Câncer** – Nicholas James
1262.**Akhenaton** – Agatha Christie
1263.**Aforismos para a sabedoria de vida** – Arthur Schopenhauer
1264.**Uma história do mundo** – David Coimbra
1265.**Ame e não sofra** – Walter Riso
1266.**Desapegue-se!** – Walter Riso
1267.**Os Sousa: Uma famíla do barulho** – Mauricio de Sousa
1268.**Nico Demo: O rei da travessura** – Mauricio de Sousa
1269.**Testemunha de acusação e outras peças** – Agatha Christie
1270(34).**Dostoiévski** – Virgil Tanase
1271.**O melhor de Hagar 8** – Dik Browne
1272.**O melhor de Hagar 9** – Dik Browne
1273.**O melhor de Hagar 10** – Dik e Chris Browne
1274.**Considerações sobre o governo representativo** – John Stuart Mill
1275.**O homem Moisés e a religião monoteísta** – Freud
1276.**Inibição, sintoma e medo** – Freud
1277.**Além do princípio de prazer** – Freud
1278.**O direito de dizer não!** – Walter Riso
1279.**A arte de ser flexível** – Walter Riso
1280.**Casados e descasados** – August Strindberg
1281.**Da Terra à Lua** – Júlio Verne
1282.**Minhas galerias e meus pintores** – Kahnweiler
1283.**A arte do romance** – Virginia Woolf
1284.**Teatro completo v. 1: As aves da noite *seguido de* O visitante** – Hilda Hilst
1285.**Teatro completo v. 2: O verdugo *seguido de* A morte do patriarca** – Hilda Hilst
1286.**Teatro completo v. 3: O rato no muro *seguido de* Auto da barca de Camiri** – Hilda Hilst
1287.**Teatro completo v. 4: A empresa *seguido de* O novo sistema** – Hilda Hilst
1288.**Sapiens: Uma breve história da humanidade** – Yuval Noah Harari
1289.**Fora de mim** – Martha Medeiros
1290.**Divã** – Martha Medeiros
1291.**Sobre a genealogia da moral: um escrito polêmico** – Nietzsche
1292.**A consciência de Zeno** – Italo Svevo
1293.**Células-tronco** – Jonathan Slack
1294.**O fim do ciúme e outros contos** – Proust
1295.**A jangada** – Júlio Verne
1296.**A ilha do dr. Moreau** – H.G. Wells
1297.**Ninho de fidalgos** – Ivan Turguêniev
1298.**Jane Eyre** – Charlotte Brontë
1299.**Sobre gatos** – Bukowski
1300.**Sobre o amor** – Bukowski
1301.**Escrever para não enlouquecer** – Bukowski
1302.**222 receitas** – J. A. Pinheiro Machado
1303.**Reinações de Narizinho** – Monteiro Lobato
1304.**O Saci** – Monteiro Lobato
1305.**Memórias da Emília** – Monteiro Lobato
1306.**O Picapau Amarelo** – Monteiro Lobato
1307.**A reforma da Natureza** – Monteiro Lobato
1308.**Fábulas *seguido de* Histórias diversas** – Monteiro Lobato
1309.**Aventuras de Hans Staden** – Monteiro Lobato
1310.**Peter Pan** – Monteiro Lobato
1311.**Dom Quixote das crianças** – Monteiro Lobato
1312.**O Minotauro** – Monteiro Lobato
1313.**Um quarto só seu** – Virginia Woolf
1314.**Sonetos** – Shakespeare
1315(35).**Thoreau** – Marie Berthoumieu e Laura El Makki
1316.**Teoria da arte** – Cynthia Freeland
1317.**A arte da prudência** – Baltasar Gracián
1318.**O louco *seguido de* Areia e espuma** – Khalil Gibran
1319.**O profeta *seguido de* O jardim do profeta** – Khalil Gibran
1320.**Jesus, o Filho do Homem** – Khalil Gibran
1321.**A luta** – Norman Mailer
1322.**Sobre o sofrimento do mundo e outros ensaios** – Schopenhauer
1323.**Epidemiologia** – Rodolfo Saracci
1324.**Japão moderno** – Christopher Goto-Jones
1325.**A arte da meditação** – Matthieu Ricard
1326.**O adversário secreto** – Agatha Christie
1327.**Pollyanna** – Eleanor H. Porter

lepmeditores
www.lpm.com.br
o site que conta tudo

IMPRESSÃO:

PALLOTTI
GRÁFICA

Santa Maria - RS | Fone: (55) 3220.4500
www.graficapallotti.com.br